Z

Theodor Kallifatides

Der sechste Passagier

ROMAN

Aus dem Schwedischen von
Kristina Maidt-Zinke

Paul Zsolnay Verlag

Die schwedische Originalausgabe erschien erstmals 2002
unter dem Titel *Den sjätte passageraren*
im Albert Bonniers Förlag in Stockholm.

1 2 3 4 5 08 07 06 05 04

ISBN 3-552-05294-1

Satz: Satz für Satz. Barbara Reischmann, Leutkirch
Druck und Bindung: Ebner & Spiegel, Ulm
Printed in Germany

1

Es war ein regnerischer Sommer gewesen, aber in der zweiten Augustwoche kam von Westen her überraschend ein gewaltiges Hochdruckgebiet und nötigte die Bewohner Stockholms, ins Kühle zu flüchten.

Hauptkommissarin Kristina Vendel, dreiunddreißig Jahre alt, lag unter einer Eiche im Erholungsgebiet von Lida Gård. Alte Eichen sind etwas Schönes, ihr Schatten ist sozusagen weiblich, man fühlt sich wie unter einem luftigen Rock.

Sie hatte ein aufgeschlagenes Buch neben sich, dachte aber nicht ans Lesen.

Als sie jung war, hatte sie die Welt verändern wollen. Es dauerte ein paar Jahre, bis sie erkannte, daß sie noch nicht einmal imstande war, sich selbst zu ändern. Seither lebte sie im inneren Exil. Wie die meisten Menschen.

Es war Sonntag. Von fern hörte man eine Kirchenglocke. Der Himmel war wolkenlos, das milchig blaue Licht wanderte mit gleichbleibender Geschwindigkeit, das Leben ging seinen Gang. Auch in diesem Jahr würde Island wieder um einen Zentimeter wachsen, die Baumstämme würden neue Jahresringe bekommen, und sie würde ein Jahr älter werden.

Sie legte sich flach auf den Rücken. Durch das Laub der Eichenkrone sah sie, wie ein kleines Propellerflugzeug am Himmel rasch an Höhe verlor. Es steuerte vermutlich die alte Militärlandebahn an, die das Verteidigungsministerium aufgegeben und dem Fliegerclub von Botkyrka zur Verfügung gestellt hatte. Schweden rüstete ab, es waren keinc Feinde mehr da, höchstens noch die Elche.

Völlig entspannt unter der zweihundertjährigen Eiche, mit einem langen, breiten Tag vor sich – wenn Tage lang sind, können sie ebensogut breit sein –, hatte sie beinahe ein Gefühl von Allmacht. Beinahe, denn aus der Sicht des Piloten in dem kleinen Flugzeug dort oben war sie wohl nichts als ein großer, glänzender Wurm.

Die Vorstellung machte sie übermütig.

Sie spreizte ihre Schenkel, langsam, vorsichtig, ungefähr so, wie man ein quietschendes Gartentor öffnet, wenn man nicht gehört werden will. Sie wünschte sich, jemand anders würde es tun, aber es war niemand da. Ihr Mann hatte nach dreizehn Jahren Ehe das Weite gesucht. Seit ein paar Monaten war ihr Bett leer.

Sie schloß die Augen, sanft strich ihre Hand an der weichen Innenseite des Oberschenkels entlang. Zögernd näherte sie sich der empfindlichsten Stelle, wurde entschiedener, drängender. Sie atmete stoßweise, um den Genuß zu verlängern, hielt sich zurück, ein trotziges Lächeln auf den Lippen. Irgendwann, wußte sie, würde es zu spät sein, der Körper würde die Regie übernehmen, zwischen Millionen von Nervenzellen einen Kontakt herstellen, der nicht mehr rückgängig zu machen war, und die Nerven würden vibrieren, rhythmisch und unerbittlich wie das Meer.

Als der Orgasmus kam, ließ ein ohrenbetäubender Lärm den Boden erzittern.

Überaus passend.

Noch im Nachbeben ihres Körpers wurde ihr klar, was für ein Geräusch das war.

Das Flugzeug. Es war abgestürzt.

Ihr Gehirn hatte die Erkenntnis schon registriert, bevor sie in ihr Bewußtsein drang.

Wenn es stimmte, dann würde irgendwann ihr Mobiltelefon klingeln. Sekundenlang war sie in Versuchung, es abzuschalten. Flugzeugunglücke sind schrecklich, aber unter kriminalistischem Aspekt meist uninteressant.

Noch einmal tief durchatmen, um den letzten Rest von Wollust zu verjagen – sie bereitete sich darauf vor, ihre Pflicht zu tun. Sie sammelte ihre Sachen auf, packte die Thermosflasche aus und goß sich eine Tasse Kaffee ein, die sie in einem Zug austrank. Sie hatte das Telefon nicht abgeschaltet.

Die Menschen verließen ihre schattigen Verstecke, kamen von allen Seiten herbeigerannt. Es war, als sei ein Krieg ausgebrochen.

Sonntag, der elfte August, war vorüber, durchgerissen wie ein Blatt weißes Papier.

2

Der Getarsee ist nicht besonders groß. Von einem Aussichtspunkt, der hoch genug liegt, kann man ihn ohne weiteres überblicken. Er ist zweieinhalb Kilometer lang, und seine breiteste Stelle mißt dreihundert Meter. Er liegt eingebettet in eine Felsspalte auf dem Hochplateau des Hanved, und Freizeitangler wissen, daß das Flüßchen Kagghamra aus ihm entspringt, eines der wenigen Gewässer, in denen sich noch Lachsforellen tummeln. Der Getarsee ist ziemlich kalt, obwohl er flach ist, nirgends tiefer als drei Meter. Nur an der südlichen Landzunge fällt das Ufer steil ab, bis auf fünfundzwanzig Meter Wassertiefe.

Der Zufall wollte es, daß das Flugzeug genau dort abstürzte. Die halbnackten Sonnenanbeter sahen es langsam versinken.

Kristina Vendel rannte zu ihrem Fiat Uno. Viele Leute waren unterwegs zu ihren Autos. Eine Katastrophe ist immer eine Volksbelustigung, wenn auch von der brutalen Sorte. Man spricht es nicht aus, aber man wird durch solche Ereignisse daran erinnert, daß man noch unter den Lebenden weilt – eine Tatsache, die man in der Lethargie des Alltags oft vergißt.

Eigentlich wußte sie nicht, was sie tun sollte. Es hatte keinen Sinn, auf eigene Faust zur Unfallstelle zu fahren. Was hätte sie dort ausrichten können? Sie fuhr statt dessen zur Landebahn. Vielleicht hatte man dort noch gar nichts von dem Unglück mitbekommen.

Weit gefehlt. Man hatte Katastrophenalarm ausgerufen, die Feuerwehr benachrichtigt, eine Notlandung vorbereitet. Die dann nicht stattfand.

Bengt Lagerrud, der Verantwortliche auf dem Flugplatz, war ein Mann jenseits der mittleren Jahre, der diesen Übergang drahtig und mit eingezogenem Bauch bewältigt hatte. Er trug Jeans und ein kariertes Hemd; kurzum, er hatte beschlossen, jung zu bleiben, und es war leicht zu erraten, daß seine Lieblingsbeschäftigung nicht Fernsehen war. Jetzt war er im Begriff, mit seinem Jeep zu dem verunglückten Flugzeug zu fahren. Ohne Umschweife bot er Kristina an, mitzukommen, denn er hatte sie sofort wiedererkannt.

In Huddinge war sie binnen kurzem eine Person des öffentlichen Lebens geworden, nachdem sie einen Mordfall in Stockholms gehobenen Kreisen aufgeklärt hatte. Ihr Porträt war in den Abendzeitungen erschienen, man nannte sie »die philosophische Polizistin«, wegen ihres Philosophiestudiums in früheren Zeiten. Dem Lokalblatt war das noch nicht genug, dort wurde sie erhöht zur »Philosophin, die über Huddinge wacht«. Sogar im Fernsehen war sie aufgetreten, um mit Fachleuten, Tätern und ganz gewöhnlichen Idioten über Kriminalität zu debattieren.

Kristina stellte ein paar Fragen, und Lagerrud konnte sie alle beantworten.

Das Flugzeug war zum Flughafen Bromma unterwegs gewesen, aber dann hatte der Pilot um Erlaubnis gebeten, die Landebahn des Fliegerclubs benutzen zu dürfen. Er hatte keinen Treibstoff mehr, die Motoren setzten aus. Natürlich bekam er die Genehmigung, und unter normalen Umständen hätte es überhaupt keine Probleme gegeben. Man kann sehr gut ohne Motorkraft landen, Piloten sind für solche Situationen ausgebildet. Doch das Flugzeug hatte die Landebahn gar nicht erreicht. »Kann sein, daß der See schuld war. Über Seen und Talsenken gibt es immer wieder tückische Luftströmungen.«

Wieso war der Treibstoff ausgegangen? Was das betraf, so hatte Lagerrud zwei Theorien. Nach der ersten waren kräftige Gegenwinde aufgekommen, die den Treibstoffverbrauch stärker ansteigen ließen, als der Pilot einkalkuliert hatte. Das war nichts Ungewöhnliches. Nach der zweiten hatte sich Eis in den Vergasern gebildet.

Eis? An einem so warmen Sommertag?

Lagerrud erklärte geduldig, daß man mit Eisbildung jederzeit rechnen müsse. Wenn man die Landung vorbereitet, schaltet man den Motor auf Leerlauf. Dann genügt es, eine feuchte Wolke zu durchqueren, und schon frieren die Vergaser zu. Deshalb hat man ein System zur Lufterwärmung installiert. Vielleicht hatte der Pilot vergessen, dieses System zu betätigen, oder es hatte nicht funktioniert.

»Das heißt also, wenn es nicht das eine war, dann war es das andere«, faßte Kristina zusammen, gegen ihren Willen mit einer Spur Ironie. Aber Lagerrud ließ sich nicht aus der Ruhe bringen.

Mehr konnte er nicht sagen. Er wußte nicht, wer an Bord der Maschine gewesen war, zu welcher Fluggesellschaft sie gehörte, von wo aus sie gestartet war. Zum Plaudern habe der Pilot keine Zeit gehabt, bemerkte er, nun seinerseits mit einer Prise Sarkasmus. Er war schließlich nicht umsonst Fluglehrer.

Sie sah so beleidigt aus, daß er ein schlechtes Gewissen bekam. Für den Rest der Fahrt unterhielt er sie mit Geschichten aus der Gegend, die er wie seine Westentasche kannte. Er stammte von Norrgakvarnen, einem der ältesten Höfe der Umgebung, wo seine Mutter vor sechzig Jahren als Magd gedient hatte.

Die Siedlungsspuren auf Norrgakvarnen ließen sich bis in die Wikingerzeit zurückverfolgen. In diesem Teil Südschwedens hatten schon vor sechstausend Jahren Menschen gelebt, es gab dort viele unerforschte Gräber, und Schluchten gab es, in denen man sich vorkam wie in einem Tropenland. Es ärgerte ihn, daß die Leute so wenig wußten, immer hatte ihn das geärgert. Kristina fand, daß er Ähnlichkeit mit ihrem Vater hatte, und sie hätte ihn gern umarmt. Feuerköpfe haben stets etwas Rührendes.

Sie ließ es bleiben, um Komplikationen zu vermeiden.

Als sie ankamen, war sonst noch niemand da. Die Stelle war nicht leicht zugänglich, am einfachsten war sie per Boot zu erreichen.

Kristina schimpfte über die verspätete Ankunft der Feuerwehr, aber Lagerrud gab zu bedenken, daß sie mit ihren Fahrzeugen gar nicht bis dorthin vordringen könne. Außerdem würden keine Feuerwehrleute gebraucht, sondern Taucher. »Unterwasserbrände«, fügte er spöttisch hinzu, »sind eher selten.«

Am Unglücksort herrschte vollkommene Stille, als sei nichts geschehen. Kristina wurde von einem

Schwindelgefühl erfaßt. Wenn das Ganze nun bloß Einbildung war?

Zuweilen überfiel sie diese Unruhe, die Befürchtung, eine Realität wahrzunehmen, die gar nicht existierte. Es war, als ob ihr Gehirn ihr eine Falle stellte.

Die glatte Oberfläche des Wassers wurde von einer leichten Brise sanft gekräuselt.

Wer lag dort unten? Nur der Pilot, oder waren Passagiere dabei? Sie mußte es herausfinden, das war ihre Aufgabe.

Vorerst konnte sie nur warten.

3

Den Chef der Feuerwehr hatte Kristina schon flüchtig kennengelernt, auf einer Tagung für Führungskräfte, die von der Gemeinde auf einer der Finnlandfähren veranstaltet worden war. Etliche Teilnehmer laborierten bis heute an ihrem Kater.

Nicht so Laszlo Hindeguti. Er stammte von ungarischen Eltern ab, die nach dem mißglückten Aufstand von 1956 ihr Land überstürzt verlassen hatten, war aber in Schweden geboren. Er hatte im Brandschutz Karriere gemacht, obwohl weder seine Vorgesetzten noch seine Untergebenen seinen Namen aussprechen konnten. In stiller Übereinkunft nannten sie ihn Puskas, nach dem legendären ungarischen Fußballspieler.

Puskas brachte eine Taucherin vom Lebensrettungsdienst mit und vier Feuerwehrmänner, die ein Rettungsboot der leichteren Bauart trugen.

Ihre Fahrzeuge hatten sie dreihundert Meter von der Unfallstelle entfernt parken müssen. Der Volvo der Polizei war schon vorher in einer tiefen Wasserpfütze steckengeblieben, die der Regen der letzten Wochen hinterlassen hatte.

Das Team machte sich an die Arbeit, ohne ein Wort zu verlieren. Jeder wußte offenbar, was er zu tun hatte. Das Boot wurde ins Wasser gesenkt, die Taucherin kletterte an Bord, zwei Feuerwehrmänner folgten ihr. Sie paddelten einige Meter auf den See hinaus, hielten an und schauten nach oben, zum Chef. Er nickte zustimmend. Die Taucherin machte sich fertig und sprang.

Das alles dauerte etwa drei Minuten. Kristina konnte nicht umhin, die Leute zu bewundern, und schüttelte respektvoll den Kopf. »Das einzige, was an einem solchen Tag noch funktioniert«, dachte sie, »ist die Feuerwehr.«

Eine Schar Schwalben zog über den Himmel, in Formation wie ein Kampfgeschwader. Sie flogen mit normaler Wandergeschwindigkeit, sie hatten eine lange Reise vor sich. Ihr Schatten zeichnete sich als großes V auf dem See ab.

Niemand sagte etwas.

Malena Persson, dreiundzwanzig Jahre alt und eine der wenigen Frauen unter den Berufstauchern, war unterwegs zu dem gesunkenen Flugzeug. Schon nach drei Metern konnte sie außerhalb der Zone, die ihre Lampe erfaßte, nichts mehr sehen. Der See war stark verschmutzt, auch wenn in der Öffentlichkeit nie darüber geredet wurde.

Sie mußte einen Felsvorsprung umrunden und ging vorsichtig tiefer. Man weiß nie, was auf dem Grund eines Sees liegt. Es wurde immer dunkler. In fünfzehn Metern Tiefe erkannte sie die Tragfläche des Flugzeugs. Sie schwamm darauf zu. Die Maschine schien unbeschädigt. Ihr Herz klopfte schneller. Es war immer noch möglich, daß jemand überlebt hatte, es war ja kein Absturz gewesen. Vielleicht hatte sich eine Luftblase gebildet.

Als sie sah, daß zwei Fensterscheiben sich gelöst hatten, wußte sie, daß es zu spät war. Wer sich dort drinnen befand, war mit Sicherheit tot, ertrunken.

Sie schwamm um das Flugzeug herum, um zu erkunden, ob es irgendwo einen Einlaß gab, versuchte die Passagierluke zu öffnen, ohne Erfolg. Sie mußte sich mit dem Versuch begnügen, von außen die Anzahl der Insassen festzustellen. Sie konnte nur Umrisse sehen, aber sie zählte sechs Passagiere. Mit dem Piloten sieben.

Bevor sie das Signal gab, daß man sie hochziehen sollte, entzifferte sie den Namen der Fluggesellschaft auf dem Rumpf. Nikki Air.

Auf dem Weg nach oben ließ sie ihre Gedanken wandern, zu fernen Sommern am Mittelmeer, in denen sie von einem jungen Griechen ihren ersten Tauchunterricht erhalten hatte und in die Magie der Tiefe eingeweiht worden war, die sie seitdem nicht mehr losließ.

Als sie an die Oberfläche kam, war das versonnene Lächeln wieder aus ihrem Gesicht verschwunden, und sie war bereit zur Berichterstattung.

Puskas zog die Schlußfolgerung, die alle befürchtet hatten. Sie konnten nichts tun. Es fehlte ihnen an Ausrüstung. Nur die Marine war imstande, eine solche Operation auszuführen.

Er bat Kristina, die beiden Polizisten, die nun auch endlich eingetroffen waren, zur Bewachung des Unfallortes abzustellen. Lagerrud ließ telefonisch die Alarmbereitschaft abblasen.

So traurig es auch war, es gab ganz einfach nichts, was man im Moment noch hätte tun können. Man konnte in der Zwischenzeit versuchen, etwas über die Identität der Opfer herauszufinden, aber das war nicht die Aufgabe der Feuerwehr. Das wußte auch Kristina.

Lagerrud fuhr sie zum Flugplatz zurück, wo sie ihren Wagen geparkt hatte. Unterwegs redeten sie nicht viel. Er gab ihr nur den Rat, sich an den Flughafen Bromma zu wenden, den die Unglücksmaschine angesteuert hatte, bevor sie, nun ja, im Jenseits landete. Vielleicht wußte man in Bromma mehr, zum Beispiel, von wo aus das Flugzeug gestartet war. Er bezweifelte jedoch, daß man ihr dort weiterhelfen würde, was die Passagiere betraf. Von Nikki Air hatte er noch nie etwas gehört.

4

Eigentlich brauchte sie überhaupt nichts zu tun. Es war Sonntag, sie hatte dienstfrei, und es gab nicht den geringsten Anhaltspunkt für ein Verbrechen. Es war ein Unfall, ein tragischer dazu, aber das fiel wohl kaum in ihr Ressort. Sie leitete das sechste Dezernat, ihr Arbeitsgebiet waren Straftaten.

Dann dachte sie an die Angehörigen der Opfer. Irgendwo warteten Menschen, eine Ehefrau oder ein Ehemann, ein Vater oder eine Mutter, eine Freundin oder ein Verlobter.

Irgendwo machten Menschen Pläne für den Abend, an dem die Reisenden endlich wieder zu Hause sein würden. Vielleicht bereitete man gerade das Abendessen vor und öffnete eine gute Flasche Wein, man nahm ein ausgiebiges Bad, feilte seine Nägel oder rasierte sich besonders gründlich.

Sie konnte sich nicht auf ihren freien Tag berufen und auch nicht auf ihre fachliche Spezialisierung, um ihren Sonntag ausklingen zu lassen, als ob nichts geschehen wäre. Wie pflegte ihr alter Vater zu sagen, der aus Ostdeutschland geflüchtet war? Menschsein bedeutet, sich als Teil der Gesellschaft, der »Gemeinschaft« (er benutzte das deutsche Wort) zu begreifen.

Übrigens mußte sie ihn anrufen. Sie hatte ihn eine ganze Weile nicht gesehen. Eine schwere Zeit lag hinter ihr, die Scheidung hatte ihre Kräfte aufgezehrt. Glückliche Ehen sind selten, aber glückliche Scheidungen sind noch seltener.

Meist zieht es einen zum Partner zurück wie den Verbrecher zum Tatort. Ihre Nachbarn hatten sich ebenfalls scheiden lassen, sie hatten ihre große Villa verkauft und waren in einen entfernten Ort gezogen. Und doch hatte Kristina beobachtet, daß sie abends in der Gegend herumschlichen, um das Haus noch einmal zu sehen, in dem sich jetzt eine andere Familie eingerichtet hatte.

Auch sie würde ihr Haus verkaufen müssen. Sie konnte sich nicht leisten, es zu behalten. Sie war sich nicht einmal sicher, ob sie es gewollt hätte. Johan, ihr Exmann, war ihr dort viel zu nahe. Er hatte das Haus gestrichen, hatte geschreinert und dekoriert. Sie kümmerte sich nicht um solche Dinge, aber es hatte ihr sehr gefallen, ihn in Tischlerhosen zu sehen. Sein erotischstes Kleidungsstück. Im Smoking sah er aus wie eine verkleideter Handwerker, in Arbeitsklamotten wie ein verkleideter Prinz.

Im Garten, unter den Fliederbüschen, hatten sie ein Versteck, wo niemand sie beobachten konnte. Dort hatten sie sich manchmal geliebt, unvermittelt und wild, wie Tiere, Dachse vielleicht. Danach schämten sie sich ein wenig voreinander, wie zwei Fremde.

Um Himmels willen! Gerade war sie Zeugin eines schrecklichen Unglücks geworden, und das einzige, woran sie denken konnte, war Sex.

Nein, das stimmte nicht. Ein anderer Teil ihres Gehirns, irgendwo im Stirnbereich, war eifrig damit beschäftigt, die nächsten Schritte zu planen. Als erstes mußte sie Nikki Air ausfindig machen. Sie schlug das Telefonbuch auf. Kein Eintrag. Vielleicht eine ausländische Firma, die keine Niederlassung in Schweden hatte?

Sie rief am Flughafen Bromma an. Das Besetztzeichen tutete. Kein Wunder. Am besten fuhr sie gleich hin. Das war auf jeden Fall das Effektivste. Wenn man telefonisch Auskünfte einholen will, erfährt man in der Regel nur, was der andere nicht weiß. Konkrete Angaben bekommt man allenfalls von der Zeitansage.

Im Umkleideraum für Polizistinnen ging sie rasch unter die Dusche. Sie hatte sich selbst gelobt, nicht in den Spiegel zu schauen, und sie hielt sich daran.

Sie zog ihre Uniform an und fühlte sich sofort sicherer. Als sie ihr Haar bürstete, klingelte das Telefon. Maria Valetieri, ihre Assistentin, hatte die Nachricht im Radio gehört. Der Reporter hatte Kristina als Augenzeugin erwähnt, »die prominente Chefin des Gewalttaten-Dezernats von Huddinge«.

Maria wollte wissen, ob sie gebraucht wurde, sie hatte ohnehin nichts zu tun, saß nur da und fing Fliegen, wie sie behauptete. Sie konnte sofort kommen.

Kristina war froh, ihre Stimme zu hören, die ein wenig heiser war und die unschuldigsten Wörter irgendwie verdächtig, ja fast unanständig klingen ließ. »Maria, du hättest nicht Polizistin werden sollen, sondern Mafiosa«, sagte sie manchmal zu ihr.

Kaum hatte sie den Hörer aufgelegt, merkte sie, daß sie Hunger hatte. Die Kantine des Polizeireviers war bestimmt nicht geöffnet. Sie versuchte es am Automaten, steckte zwei Fünfkronenstücke hinein, um eine Tafel Schokolade zu ziehen, doch es kam nichts heraus. Wütend schlug sie mit der flachen Hand auf das

Gerät, es rasselte, und sie bekam zehn Fünfer zurück, aber keine Schokolade.

Sie rief Maria auf dem Handy an und schlug vor, sich bei McDonald's im Zentrum von Huddinge zu treffen. Das war der einzige Ort, wo man um diese Zeit etwas zu essen bekam. Alles andere war geschlossen, sogar die Wurstbude am Bahnhof.

Immer hatte man sonntags dieses Problem, aber früher war es noch schlimmer gewesen. Als ihr Vater sein erstes Weihnachtsfest in Schweden verbrachte, suchte er vergeblich nach einer Gaststätte. Schließlich aß er eine Dose Hundefutter, die seine Vermieterin in der Speisekammer vergessen hatte.

Maria, deren Vater Pizzabäcker war, verkündete, daß sie niemals ihren Fuß in eine McDonald's-Filiale setzen würde. Sie erklärte sich bereit, Butterbrote mitzubringen. Ihr Angebot wurde dankbar angenommen.

5

Man könnte Bromma einen hochnäsigen Vorort nennen. Die Villen dort strahlen Wohlstand und Selbstzufriedenheit aus, aber auch eine gewisse Besorgnis.

Kristina und Maria sahen, wie Männer und Frauen auf ihren Sonnenterrassen saßen oder sich der Gartenarbeit widmeten, mit jener mühsam erkämpften Nonchalance, die das Kennzeichen der aufstrebenden Mittelklasse ist. Hier wohnten höhere Beamte, Politiker und Unternehmer, denen der Flugplatz mitten in ihrem Wohnviertel ein Dorn im Auge war, obwohl er gleichzeitig als Statussymbol galt.

Ein Flugplatz übrigens, mit dem das moderne Schweden ein paar glanzvolle Erinnerungen verband. Hier war Anita Ekberg gelandet, nachdem sie in »La Dolce Vita« mitgespielt hatte, hier waren Ingrid Bergman und Roberto Rossellini angekommen. Die jüngeren Leute wußten natürlich nichts davon und wollten den Flugplatz aus Umwelt- und Sicherheitsgründen schließen lassen. Es hatte Unfälle gegeben, in Abrahamsberg war ein Passagierflugzeug abgestürzt, der Lärmpegel war hoch.

Aber bislang leistete die alte Garde noch Widerstand. Das auffälligste Merkmal der Mittelklasse sind heftige Generationskonflikte. In der Oberschicht versucht die junge Generation, die Privilegien der älteren zu übernehmen, und in der Arbeiterklasse ist die Jugend bestrebt, ihre Herkunft zu verleugnen, aber in der Mittelschicht würden die Jungen die Alten am liebsten einfach auslöschen, sie zu unmündigen, brabbelnden Idioten erklären.

In der Oberschicht hat man hin und wieder Sorgen, in der Unterschicht hat man kein Geld, und in der Mittelschicht hat man Angst. Die Mittelschicht hat die Angst sozusagen erfunden.

Man kann sie fühlen, so merkwürdig es auch klingen mag – sie schwebt über den Villen und Gärten, sie nistet in den Fältchen, die sich um den Mund der Frauen bilden, und im entschlossenen Gang der Männer, die wissen, daß sie eigentlich kein Ziel haben.

Sogar in das Auto, in dem die beiden Polizistinnen schweigend saßen, kroch sie hinein. Es war fast drei Uhr, der Himmel hatte sich von Osten her bewölkt, im Radio war für den Abend Regen angekündigt worden. Nichts Neues von dem verunglückten Flugzeug.

Kristina hatte keinen klaren Plan für ihr Vorgehen, aber Maria fand, daß man bei dem Fluglotsen anfangen sollte, der Kontakt mit dem Piloten gehabt hatte. Vielleicht wußte er etwas, das sie weiterbringen würde.

Der Lotse war ein junger Mann, eine Urlaubsvertretung, und er war völlig verzweifelt. Dies war sein erster Unfall. Gerade hatte er das Flugzeug noch auf dem Radarschirm gesehen, im nächsten Moment war es verschwunden. Es war gespenstisch. Ein kleiner Punkt mit einer Gruppe von Menschen an Bord, ein elektronisches Signal voller Lebewesen, das er mit knappen, präzisen Anweisungen dirigiert hatte, um es in die richtige Position für die Landung zu bringen, und das ihn am Ende zum Narren gehalten hatte wie der Blick eines jungen Mädchens im Vorübergehen.

Er hatte in sein Funkgerät gerufen, dann geschrien, und als ihm klar wurde, was geschehen war, hatte er geweint. Alle wußten, daß ihn keine Schuld traf, trotzdem mußte er es immer wieder beteuern.

Er riß sich zusammen und beantwortete ein paar einfache Fragen. Der Pilot hatte gesagt, daß der Öldruck plötzlich gesunken sei. Erst fiel der eine Motor aus, dann der andere. Sie hatten die ganze Zeit Kontakt gehabt, bis das Flugzeug einfach verschwand. Er wußte nicht, wie viele Leute an Bord gewesen waren, und von Nikki Air wußte er auch nichts. Er verwies sie an den Aufklärungsdienst, der tatsächlich in der Zwischenzeit einiges herausgefunden hatte.

Nikki Air war eine kleine Fluggesellschaft mit Sitz in Trelleborg, spezialisiert auf VIP-Transporte. Deshalb hatte Kristina sie im Telefonbuch nicht gefunden. Eine Passagierliste gab es nicht, man arbeitete hier nach etwas anderen Prinzipien, Diskretion war das zentrale Verkaufsargument. Am besten würde es sein, sich direkt an das Büro in Trelleborg zu wenden.

Sie versuchten es sofort, aber es meldete sich nur ein Anrufbeantworter.

Kristina rief Puskas an und fragte, ob die Bergung der Leichen etwas ergeben hätte. Noch nichts, lautete die Antwort. Aber die Marine hatte per Hubschrauber einige Taucher geschickt, die sich ein eigenes Bild von der Lage machen wollten. Sie hofften, in wenigen Stunden mit der Arbeit beginnen zu können.

Mit anderen Worten: nichts Neues, nichts über die Passagiere oder den Piloten. Kristina war enttäuscht und müde, deshalb schlug sie vor, über Stockholm zurückzufahren und in der Konditorei am Mariatorg einzukehren, wo es die beste Möhrentorte der Stadt gab.

Auf dem Platz war viel Betrieb. Ein paar Leute spielten Boule, andere lagen im Gras, Kleinkinder plantschten im Brunnenbecken, Hunde rannten so selbstvergessen herum, wie nur Hunde es können, und auf den Kneipenterrassen saß man beim Bier.

Kristina hatte in dieser Gegend jahrelang ihre Dienststelle gehabt. Sie kannte jeden, und jeder kannte sie. Am liebsten ging sie in »Sofijas Skafferi«, wo es gutes, preiswertes Essen gab und eine Wirtin, die immer lächelte.

Sollten sie nicht auch lieber ein Bier trinken? Maria hatte nichts dagegen. Sie deutete diskret auf die beiden jungen Frauen, die in der Allee vor ihnen hergingen, eng umschlungen. Es waren zwei stadtbekannte junge Frauen, sie waren sich dessen bewußt, und es lag ihnen offensichtlich daran, der Welt ihre Liebe zu zeigen. Plötzlich blieben sie stehen. Die ältere hob den Fuß wie Strindbergs Fräulein Julie, und sogleich kniete die jüngere vor ihr nieder, um ihr das Schuhband zu schnüren, das sich gelöst hatte.

In Stockholm wurde gerade das »Gay Festival« gefeiert. Von Tantolunden her dröhnte Musik, überall hingen Plakate, die Schlammringkämpfe, Stöckelschuhrennen oder Schlagerwettbewerbe ankündigten. Das alles bedeutete Leben, Bewegung, nicht zuletzt Selbstdarstellung. Die Homosexuellen freuten sich, daß sie ihr eigenes Fest bekommen hatten, und die wenigsten unter ihnen besaßen genügend Scharfblick, um zu erkennen, daß damit endgültig eine Mauer zwischen ihnen und dem Rest der Gesellschaft errichtet wurde. Ungefähr so, wie wenn Einwanderer ein Lokal bekommen, in dem sie unter sich sein dürfen. Man war nicht dabei, die Homosexualität zu integrieren, man war dabei, ihr Außenseitertum zu festigen.

Maria war anderer Meinung. Es sei doch gut, daß die Schwulen sich öffentlich zeigten, denn wen man in den Untergrund verbannte, den würde man über kurz oder lang in dunklen Gassen und später in irgendwelchen Anstalten wiedertreffen. Der erste Überschwang würde sich ohnehin mit der Zeit legen, die Tunten würden wie alle anderen werden, mit Ratenzahlungen und Rentenversicherungen, und am Ende würden sie bloß noch Demonstrationen gegen die Grundsteuerpflicht organisieren.

In diesem Augenblick kam das Bier, und sie prosteten einander einträchtig zu, dankbar dafür, hier zu sitzen, dies alles zu sehen und die Sonne auf dem Gesicht zu spüren. Denen, die im Flugzeug auf dem Grund des Getarsees lagen, würde das nie wieder vergönnt sein.

6

Nikki von Lauterhorn war nicht mehr mit Erland von Lauterhorn verheiratet, aber seinen Nachnamen hatte sie behalten. Er war gut für das Geschäft. Sie war Alleineigentümerin von Nikki Air, die Idee zu dem Unternehmen stammte von ihr, und das Kapital ebenfalls.

Sie war am 17. Mai 1972 geboren, als erste und einzige Tochter von Ingalill Eriksson aus Eskilstuna. Ihr Vater war ein griechischer Einwanderer, ungefähr so zuverlässig wie die Prognosen von Aktien-Analysten. Er verschwand, sobald das kleine Mädchen mit seinen großen, blaugrauen Augen das Licht der Welt erblickt hatte.

Nikki wuchs bei ihrer alleinerziehenden Mutter auf. Der Ausdruck gefiel ihr, er hatte so etwas Heroisches. Mit vierzehn wurde sie von einer Model-Agentur entdeckt, mit knapp achtzehn war sie berühmt, und mit zwanzig war sie weg vom Fenster.

Sie hatte ein wenig Erspartes, das sie in Erland von Lauterhorn investierte, einen jungen Mann, der mit seinen abenteuerlichen Ambitionen und seinen noch abenteuerlicheren Ideen ihr Herz erobert hatte. Er träumte davon, ein Karl XII. des New-Economy-Zeitalters zu werden, und sein Erfolg übertraf alle Erwartungen. Innerhalb von zwei Jahren hatte er mit Nikkis Hilfe die Firma »Vinci Konsult« zu einem multinationalen, milliardenschweren Konzern ausgebaut.

Die Geldgeber standen Schlange vor seiner Tür, der adelige Name zog reiche Plebejer an wie ein Magnet, das Unternehmen expandierte ohne Ende, ständig kaufte man andere Firmen auf, praktisch ohne einen Öre dafür zu bezahlen. Das heißt, bei »Vinci Konsult« bezahlte man in Aktien. Die Zeitungen rissen sich um Interviews mit Erland von Lauterhorn, das Fernsehen brachte sein Porträt, der Rundfunk widmete ihm stundenlange Programme.

Mit anderen Worten, es war die alte Geschichte: Wenn man in Schweden auf einem Gebiet als unfehlbar gilt, hat man in allen Dingen recht. Und Erland äußerte sich zu allem und jedem, insbesondere zur sozialdemokratischen Regierung, die er aus dem tiefsten Grund seines blaublütigen Herzens verachtete.

Nikki war glücklich über den Erfolg, aber ihr Eheleben war mit der Zeit so sporadisch geworden wie das von Zirkuselefanten. Erland kam immer seltener nach Hause; wenn er nicht gerade in New York war, dann war er in Tokio. Außerdem wurde er immer müder, und um sein Lebenstempo zu halten, mußte er sich bald verschiedener Stimulantien bedienen. Dazu gehörten auch kleine Eskapaden jenseits von Nikkis Bett, in dem sie nun immer häufiger allein blieb, in der Gesellschaft von zweiundfünfzig Fernsehkanälen.

Aber auch sie legte sich neue Gewohnheiten zu. Sie schaute sich pornographische Filme an, Nacht für Nacht. Die ersten zwei Minuten waren anregend, dann wurde es langweilig, und sie schwor sich, es nie mehr zu tun. In der folgenden Nacht saß sie dann doch wieder wie festgeklebt vor dem Bildschirm. Pornographie ist eine Droge wie jede andere, man wird abhängig von diesen Bildern, von der Wollust der ersten Minuten.

Irgendwann sah sie ein, daß sie etwas tun mußte. Sie mußte ihr Leben ändern. Einen Monat bevor die New-Economy-Aktien an der Börse einbrachen, verkaufte sie ihren Anteil an »Vinci Konsult« und reichte die Scheidung ein. Erland von Lauterhorn war einverstanden. Für Liebeskummer hatte er keine Zeit. Das Ganze ging ohne Komplikationen ab, weil keine Kinder im Spiel waren.

Nun war Nikki allein und reich. Was sollte sie tun? Was konnte sie? Eigentlich gar nichts. Aber sie kannte viele reiche Leute. Sie dachte daran, eine hochkarätige Catering-Firma zu gründen, nur gab es davon schon eine ganze Reihe.

Sie wußte, daß es in Schweden Leute gab, die Wert darauf legten, bequem, schnell und diskret reisen zu können, wenn es ihnen gerade einfiel. Sie hatte keine Eile. Sie beriet sich mit einer ehemaligen Nachtclubkönigin, die von der Idee sofort begeistert war. Gott, die Reichen in Schweden haben viele Probleme, aber das Schlimmste ist, daß sie ihren Reichtum nicht genießen können, es gibt dafür keine »diskrete« Form. Sie können sich nicht einmal eine Wohnung am Strandväg kaufen, ohne daß es in der Zeitung steht. Sagte die Exkönigin.

Nikki entwickelte ihre Idee weiter, gründete Nikki Air und kaufte eine sechssitzige Propellermaschine, eine zuverlässige Beech Baron 58 mit zwei Motoren, die stark genug waren, das Flugzeug nach vierhundert Metern Startbahn in die Luft zu heben. Ein großer Vorteil, wenn man von kleineren Flugplätzen starten will.

Es war nicht schwer, zwei gute Piloten zu finden. Jeder wußte, daß das Luftwaffengeschwader von Ängelholm keine Zukunft mehr hatte. Die jungen Flieger waren auf der Suche nach einer Alternative. Zwei von ihnen fanden sie bei Nikki Air, und einer der beiden, Fredrik Stolle, fand sogar noch mehr. Er fand Nikki, und sie hörte auf, Pornofilme zu gucken.

Das Geschäft ließ sich zögernd an, kam dann aber schnell in Gang, vor allem deshalb, weil die Oberschicht in Schonen mehr Geld zum Ausgeben hat und zugleich puritanischer ist als in anderen Gegenden Schwedens. Luxusreisen wurden nicht verlangt, erstaunlich oft handelte es sich um harmlose Vergnügungen: Man lud die Enkelkinder zu einem Rundflug ein oder spendierte einem jungen Paar die Hochzeitsreise. Es kam auch vor, allerdings eher selten, daß eine heimliche Geliebte in aller Eile irgendwohin geflogen werden mußte, wo der Auftraggeber gerade geschäftlich zu tun hatte.

Nikki Air war so verschwiegen wie ein katholischer Priester. An die Öffentlichkeit gelangten nur Dinge, von denen der Kunde dies ausdrücklich wünschte.

Nikki von Lauterhorn hatte es geschafft, und diesmal ganz in eigener Regie.

Es war kurz vor sieben, sie hatte gerade eine Flasche Weißwein in den Kühlschrank gestellt. Fredrik mußte um diese Zeit auf dem Heimweg von Bromma sein. Das Radio in der geräumigen Küche war eingeschaltet, durch das Fenster sah sie den großen Apfelbaum, gebeugt wie ein Greis unter der Last der Früchte, die langsam in der Sonne reiften. Ein Gefühl der Freude, einem ziehenden Schmerz ähnlich, stieg ihr vom Bauch in den Kopf und fand den Weg bis zu ihren Lippen. Sie lächelte in sich hinein.

Das Lächeln fror fest wie ein Tropfen Schmelzwasser in einer kalten Nacht, als die Stimme am Telefon ihr Anliegen vorbrachte.

Es war Kristina, die inzwischen den Standort von Nikki Air und, mit Hilfe der Polizei in Trelleborg, auch die Besitzerin der Firma ausfindig gemacht hatte.

Eine Methode, den Schmerz auszuschalten, besteht darin, formell zu sein und rasch zur Sache zu kommen. Das tat Kristina. Sie erhielt Antwort auf ihre Fragen, obwohl Nikki die ganze Zeit nach Luft rang, als sei sie kurz vor dem Ertrinken.

Das Flugzeug war in Amsterdam gestartet, auf einem kleineren Flugplatz südlich von Schiphol, und gechartert worden war es von »Eternal Youth«, einem weniger bedeutenden Unternehmen in der Kosmetikbranche. Sie wußte nur den Namen des Angestellten, der sie angerufen hatte. Sonst nichts, denn die Firma hatte im voraus bezahlt, mit einer Internet-Überweisung auf Nikkis Konto in Luxemburg.

Der Pilot – sie wagte seinen Namen nicht auszusprechen, weil sie fürchtete, laut in den Hörer heulen zu müssen – hatte erwähnt, daß fünf Passagiere an Bord sein würden. Namen waren ihr nicht mitgeteilt worden.

Kristina fragte, ob sie genau wisse, daß er »fünf« gesagt hatte, und Nikki versicherte ihr, die Angabe sei auf Tonband festgehalten worden, da sie ihre Geschäftsgespräche grundsätzlich aufzeichnete.

Das war merkwürdig. Die Taucherin hatte sechs Passagiere gezählt.

Nikki von Lauterhorn konnte dazu nichts sagen, sie war ebenso verwirrt wie die Kommissarin. Aber sie wollte noch heute abend den Nachtzug nach Stockholm nehmen. Sie verabscheute das Fliegen. Die Kommissarin würde sie dann im Grand Hotel antreffen, wo sie zu übernachten pflegte. Falls sie nicht dort war, wußte die Rezeption, wo sie sich aufhielt.

Kristina hatte viel Stoff zum Nachdenken, als sie den Hörer auflegte.

Und Nikki konnte endlich weinen.

7

Bei den Marinetauchern handelte es sich um echte Profis. Zwei von ihnen waren damals als erste zur »Estonia« hinuntergestiegen. Die Bergung der Leichen aus dem Flugzeug war nicht schwierig, und sie machten sich sofort an die Arbeit.

Inzwischen war es halb sieben, aber es würde noch mindestens anderthalb Stunden hell bleiben. Man ging davon aus, daß die Zeit reichen würde. Und sie reichte tatsächlich.

Sieben Leichen wurden hochgezogen. Fünf Männer, eine Frau und ein Junge von zwölf oder dreizehn Jahren. Die Identifizierung war problemlos, außer dem Jungen hatten alle ihre Ausweispapiere bei sich.

Kristina und Maria notierten Namen und Adressen für die Telefonate mit den Angehörigen.

Der Pilot Fredrik Stolle, wohnhaft in Ängelholm, war zweiunddreißig Jahre alt.

Anders Lalleholm, wohnhaft in Stockholm, fünfunddreißig Jahre.

Lars Fältgård, Djursholm, einundfünfzig.

Erik Jönsson, Söderköping, einundzwanzig.

Ninni Larsson, Stockholm, fast siebzehn.

Und dann der Junge. Ohne Ausweis, offenbar auch ohne Gepäck.

Ein schwarzhaariger Junge mit regelmäßigen Zügen, seine Haut war viel zu dunkel für einen Europäer und zu hell für einen Afrikaner. Vermutlich stammte er aus Asien, vieles sprach für Indien.

Wie war der Junge in das Flugzeug geraten? War er allein gereist? Und wenn nicht, mit wem?

Hatten die Verunglückten etwas mit der Firma zu tun, die das Flugzeug gemietet hatte? Hatten sie etwas miteinander zu tun? Fragen über Fragen.

Die Bedingungen waren nicht gerade ideal für weitere Nachforschungen. Längst hatten die Medien sich am Unglücksort eingefunden, denn die Opfer waren keine Unbekannten. Um etwas herauszubekommen, mußte man nicht die Polizei fragen; man zog es vor, sie zu ignorieren.

Beata Viklund, genannt »das Loch«, die Starreporterin des Abendblattes, tat so, als hätte sie Kristina nicht gesehen. Für sie war die Sache klar. Prominente, Beinahe-Prominente und ein alleinreisender Junge, das roch auf tausend Meter Entfernung nach Pädophilie.

Kristina begriff, daß sie es nicht schaffen würde, mit den Angehörigen zu sprechen, bevor die Medien sich auf sie stürzten. Das hatte auch sein Gutes, wenn es in dieser Situation überhaupt etwas Gutes gab.

Sie würde dann ganz in Ruhe mit den Hinterbliebenen reden. Das war ihre Aufgabe. Es war der einzige Weg, etwas über den unbekannten Jungen herauszufinden, dessen Leiche, mit einer Plastikplane bedeckt, auf den Abtransport zum Krankenhaus Huddinge wartete.

Trotzdem bat sie Maria, ihr die Telefonnummern der Opfer zu besorgen. Das ging schnell. Sie versuchte, die Angehörigen zu erreichen, hörte aber bei allen nur das Besetztzeichen. Schließlich meldete sich die Ehefrau von Fredrik Stolle. Der Pilot war weniger bekannt und weniger interessant als die anderen Toten. Aber auch hier kam Kristina zu spät. Kaum hatte sie ihren Namen genannt, als die Frau, deren harter Akzent die Müdigkeit in ihrer Stimme noch verstärkte, ihr antwortete, sie sei bereits informiert. Dann wurde der Hörer aufgelegt.

Die Mediengesellschaft hat jedenfalls den Vorteil, daß man sich als Überbringer schlechter Nachrichten nicht mehr einsam zu fühlen braucht.

8

Maria Valetieri war vor knapp zwei Wochen aus dem Urlaub zurückgekommen. Sie hatte die Ferien bei ihrer Großmutter auf Sardinien verbracht, in einem gottverlassenen Dorf namens Castello, wo man den Eindruck hatte, sowohl die Landbewohner als auch die Fischer auf dem Meer seien noch immer dieselben wie vor vielen Jahren.

Bei ihrer Ankunft hatte sie sich stumpf wie ein altes Küchenmesser gefühlt, aber schon nach einer Woche hatte sie ihre Form zurückgewonnen. Sie hatte sich gedehnt und gestreckt. Eine solche Wirkung ging von dem Dorf aus, von Himmel und Meer, von den alten Feigenbäumen und nicht zuletzt von ihrer Großmutter, die mittlerweile siebenundachtzig war, sieben Kinder zur Welt gebracht und vier davon begraben hatte, den Ehemann sowieso. Doch wenn sie in der Tür ihres niedrigen Hauses stand, dann schien sie es zu sein, die die Mauern stützte.

Jeder Mensch trägt etwas Heiles, Unzerstörtes in sich. Es gibt Orte, an denen man es verliert, und solche, an denen man es findet. In dem sardischen Dorf wurde Maria, geboren und aufgewachsen in Hagsätra südwestlich von Stockholm, wieder heil und ganz.

Sie erkannte, daß ihre Ehe zu einem zerstörerischen Teufelskreis geworden war, aus dem sie sich befreien mußte. Sie wollte ihrem Mann nichts Böses, im Gegenteil, sie hatte ihn geliebt, er war ihre Jugendliebe gewesen, aber er liebte sich selbst nicht mehr. Man konnte nicht mehr mit ihm leben, es war so sinnlos wie der Versuch, am Sandstrand einen Tunnel zu bauen.

Deshalb schrieb sie ihm, daß sie sich scheiden lassen wolle. Er reagierte so, wie sie es erwartet hatte. Zuerst mit einem Tobsuchtsanfall, bei dem er alles im Haus zertrümmerte, was nicht niet- und nagelfest war. Dann kam die Verzweiflung, das Besäufnis, und schließlich der Zusammenbruch. Man brachte ihn bewußtlos in die Klinik.

Ein paar Tage später, als er wieder nüchtern war, folgten Angst und Reue. Er schrieb ihr, daß er mit allem einverstanden sei und daß er einsehe, wie schlecht er sie behandelt hätte. Am Schluß des Briefes bat er sie um Vergebung und räumte zugleich ein, er wisse, daß sie ihm niemals vergeben könne, weil das, was er getan habe, unverzeihlich sei. Schweden haben bekanntermaßen ein besonderes Talent, vom schlechten Gewissen überwältigt zu werden, und sie kennen dann keine Grenzen mehr.

Schließlich zog er aus der gemeinsamen Wohnung aus und nahm einen Job in Sundsvall an. Als Ingenieur hatte er keine Schwierigkeiten, Arbeit zu finden.

Als Maria zurückkam, war niemand da, der auf sie wartete. Sie war braungebrannt und ausgeruht, fühlte sich schön und begehrenswert, schon in Castello hatte sie gesehen, wie die Augen der alten Männer auf dem Dorfplatz bei ihrem Anblick wieder zu glitzern begannen.

Sie beging einen Fehler. Sie besuchte ihren Mann in Sundsvall, sie machten einen langen Spaziergang am Fluß, aßen gegrillten Saibling in einem Restaurant am

Hafen und schliefen miteinander in seinem schmalen Bett. Erst da begriff sie, daß es vorbei war. Von der Energie ihrer Liebe war nichts mehr übrig, nur noch Abfall.

Er, der Ingenieur, erklärte ihr, daß das mit jeder Energie so sei: sie verschwindet nicht, aber sie wird unerreichbar, nach dem zweiten Gesetz der Thermodynamik. Er hatte früher als Maria erkannt, daß es vorbei war, aber das lag auch daran, daß er sich schuldig fühlte. Nichts schärft den Blick so sehr wie ein schlechtes Gewissen.

Sie weinte. Was hätte sie sonst tun sollen?

Sie weinte den ganzen Weg von Sundsvall nach Stockholm, während die Erkenntnis, daß der Verlust endgültig war, sich immer tiefer in ihr festsetzte. Darüber weinte sie noch mehr.

Nun saßen sie in Kristinas Garten. In diesem regnerischen Sommer waren die Fliederbüsche in die Höhe geschossen, auch der Ahorn, den Kristina und ihr Mann gemeinsam gepflanzt hatten, als sie das Haus kauften. Der See, der weiter unten lag, wurde immer dunkler. Maria wollte nicht nach Hause, und Kristina wollte nicht allein sein. Sie tranken langsam und redeten leise.

Morgen würden sie die Arbeit in Angriff nehmen. Ein rätselhafter Junge war an Bord des verunglückten Flugzeugs gewesen, und sie mußten denjenigen oder diejenigen finden, die etwas darüber wußten.

Im Augenblick konnten sie nichts tun, als weiter an einem Flickenteppich zu weben, auf dem ihre Freundschaft barfuß gehen konnte.

Kristina erkannte in allem, was Maria erzählte, den Aufstieg und Fall ihrer eigenen Ehe wieder. Obwohl sie nie auf den Gedanken gekommen war, daß Liebe eine Energie sei, die sich verbraucht wie jede andere Form von Energie. Die optimistische Sicht der Dinge war, daß man um so mehr Liebe zurückbekommt, je mehr Liebe man gibt.

Vielleicht war das ein Irrtum. Sie war nicht imstande, den Gedankengang bis zu Ende zu verfolgen. In diesem Moment war sie vollkommen zufrieden, hier zu sitzen und Marias Stimme zu lauschen, während die Nacht unschlüssig über den Gärten schwebte.

Es war nach elf, als sie sich mit der angenehmen Gewißheit trennten, daß sie sich schon am nächsten Tag wiedersehen würden.

Kristina war müde, aber nicht schläfrig. Sie schenkte sich noch ein Glas Wein ein und löschte alle Lichter im Haus. Sie wollte nachdenken, aber wie es so oft der Fall ist, wenn man nachdenken will, dachte sie an gar nichts.

Sie sah nur ein Bild vor sich, das Gesicht eines dunkelhäutigen Jungen. Sie mußte versuchen, dem Gesicht einen Namen zu geben.

9

In der Nacht schlug das Wetter um. Das Hochdruckgebiet zog weiter nach Norden, verdrängt durch ein atlantisches Tiefdruckgebiet, das von den Britischen Inseln kam.

Dunst lag so dicht über dem Wasser, daß er nicht mehr davon zu unterscheiden war. Es herrschte völlige Windstille, nur das oberste Espenlaub regte sich.

Kristina wachte mit leichten Kopfschmerzen auf, die sie wegzumassieren versuchte. Zur Sicherheit nahm sie dann doch zwei Tabletten. Eine Stunde später betrat sie den Besprechungsraum.

Östen Nilsson war schon da. Noch sonnengebräunt von seinem Urlaub auf Farö, wo er endlich sein Sommerhaus in Ordnung gebracht hatte, überwachte er die Kaffeemaschine. Es duftete angenehm.

Kurz danach tauchte Thomas Roth auf. Er brachte einen Kirschkuchen mit, den seine Frau gebacken hatte. Maria erschien wie üblich als letzte. Sie war ja auch die Jüngste und brauchte ihren Morgenschlaf.

Sie tranken Kaffee und langten beim Kuchen kräftig zu. Sie redeten ohne Hektik miteinander. Noch waren die Urlaubswochen in ihren Stimmen und Gesten gegenwärtig. An einem solchen Morgen ist das Leben weich und entspannt.

Auch wenn die Wirklichkeit ganz anders aussieht.

Das Flugzeugunglück beherrschte die Titelseiten sämtlicher Zeitungen. Man spekulierte über die Ursachen, die Havariekommission hatte bislang weder die

Maschine noch deren Black Box untersucht. Man spekulierte auch über den unbekannten Passagier, den Jungen, und stellte die Theorie auf, daß es sich um einen illegalen Einwanderer handeln könne.

Das war durchaus möglich. Unmöglich war in diesen Zeiten nichts. Vor kurzem erst hatte man zwei junge Filipinos erfroren im Motorraum eines Charterflugzeugs aufgefunden.

Die Abendzeitungen neigten mehr zur Pädophilie-Hypothese. Auch das war nicht so abwegig. Die Polizei hoffte freilich, daß es nichts Derartiges sein möge. Die Erfahrung hatte gezeigt, daß Ermittlungen wegen Pädophilie in die breitesten Kreise wie in die obersten Schichten der Gesellschaft führen können.

Maria hoffte, daß es eine einfache Erklärung geben würde, das ließ sich mit ihrem Sinn fürs Tragische besser vereinbaren. Verbrechen sind selten tragisch, sie sind eher einfältig.

Thomas schüttelte energisch den Kopf, um sie daran zu erinnern, daß man sich als Polizist nicht zu sehr vom Wunschdenken leiten lassen darf, was die Realität betrifft.

Östen verteidigte Maria, und sie errötete vor Freude. Sie war heimlich in ihn verliebt, so heimlich, daß sie nahe daran war, es zu vergessen.

Kristina verteilte rasch die Arbeit. Östen, der in der Gruppe aus irgendeinem Grund als Computergenie galt, sollte soviel wie möglich über die Opfer herausfinden. Thomas sollte den Kontakt zur Marine und zur Havariekommission halten. Und Maria sollte Kristina begleiten.

10

Nikki von Lauterhorn saß im französischen Restaurant des Stockholmer Grand Hotels, das im Guide Michelin von 1987 wahrhaftig einen Stern erhalten hatte. Von ihrem Tisch hatte sie einen weiten Ausblick, vom Schloß bis zur Ersta-Kapelle, einer der wenigen achteckigen Kirchen Schwedens. Dazwischen sah man Slussen und die vielen Verkaufsstände, die tagsüber frisch gebratene Heringe, Blumen, Bücher, Gemüse und Obst anboten. Nachts wurde hier mit ganz anderen Dingen gehandelt.

Sie wußte das, denn sie war früher oft dort gewesen. Wenn sie Zeit gehabt hätte, wäre sie gern wieder hingegangen. Sie war Millionärin, aber auf das Vergnügen des billigen Einkaufs mochte sie nicht verzichten. Sie erinnerte sich noch gut daran, wie sie in Eskilstuna jeden Samstagmorgen an der Hand ihrer alleinerziehenden Mutter über den Großmarkt geschlendert war, wo alle möglichen Leute alle möglichen Sachen verkauften.

Dort hatte ihre Karriere in der Schönheitsbranche eigentlich begonnen. Mehr als einmal war es passiert, daß ein älterer Iraner mit scharfgeschnittenen Zügen eine Lobeshymne auf die Mutter anstimmte, die ein so hübsches Kind zur Welt gebracht hatte, und ihnen deshalb einen ansehnlichen Rabatt auf seine Ware in Aussicht stellte.

Jetzt wartete sie auf Kommissarin Kristina Vendel. Was für eine griesgrämige Alte würden sie ihr da auf den Hals schicken?

Als wäre es nicht genug, daß sie ihren Liebsten und ihr Flugzeug verloren hatte, riskierte sie nun auch noch, die Erstattungssumme der Versicherungsgesellschaft einzubüßen. Die würde keinen roten Heller herausrücken, wenn sich herausstellte, daß der Pilot in kriminelle Machenschaften verwickelt gewesen war. Das hatte ihr Anwalt ihr bei einem gemeinsamen Frühstück erklärt. Versicherungsgesellschaften sind nämlich höher versichert als irgend jemand sonst. Außerdem würde man sie zwingen, den Angehörigen der Opfer einen Schadensersatz in enormer Höhe zu zahlen. Wenn es ganz schlimm kam, würde sie bald wieder mit ihrer Mutter auf dem Großmarkt in Eskilstuna einkaufen.

Sie war erleichtert (wenn man unter solchen Umständen davon sprechen kann), als Kristina und Maria von einem Portier an ihren Tisch geführt wurden.

Sie verstanden sich auf Anhieb.

Kristina war nicht gekommen, um sich in die wirtschaftlichen Konsequenzen des Unglücks zu vertiefen. Sie vermutete auch kein Verbrechen. Sie wollte nur wissen, wie es dazu gekommen war, daß sich ein überzähliger Passagier an Bord befand.

Nikki wußte es nicht. Aber sie wollte der Polizei helfen, so gut sie es vermochte. Das lag auch in ihrem Interesse, denn sonst konnte es Probleme mit der Versicherung geben. Deshalb wollte auch sie die Angelegenheit so schnell wie möglich aus der Welt schaffen.

Sie sagte das alles in einem geschäftsmäßigen Ton, der wie auswendig gelernt klang. Das schmälerte zwar ihre Glaubwürdigkeit, nicht aber die Logik ihrer Ausführungen, was den Effekt hatte, daß die Polizistinnen ihr mit einer Spur Widerwillen zuhörten.

Das begriff sie sofort. In ihren Jahren auf den Laufstegen der Welt hatte sie ein sehr feines Gespür für Stimmungen entwickelt. Ein Schatten im Blick eines anderen genügte, damit sie ihr Verhalten änderte.

Sie wußte auch genau, wie sie das machen mußte. Sie wandte sich ab und schaute aus dem Fenster, während ihr Gesicht langsam einen nachdenklichen Ausdruck annahm. Dann sah sie wieder die beiden Polizistinnen an, mit einem schüchternen, leicht gequälten Lächeln.

Sie wiederholte, daß sie keine Ahnung habe, wie der sechste Passagier an Bord gekommen sei. Sie hatte auch keine Ahnung, wer er sein konnte. Aber sie hatte eine Theorie, die besagte, daß der unbekannte Junge mit einem Erwachsenen zusammen gereist war und daß der Pilot ihn vielleicht deshalb nicht erwähnt hatte.

Daran hatte Kristina auch schon gedacht. Aber dann lautete die Frage: Mit wem war er gereist?

Nicki senkte den Blick und strich sich mit einer Hand durchs Haar. Sie konnten nichts tun, als ihr ansprechendes Äußeres zu bewundern und auf ihre Antwort zu warten, wenn sie denn eine hatte.

Sie hatte eine. Es widerstrebte ihr, das zu sagen, aber die einzige Person, die einen Extra-Passagier mitnehmen durfte, war der Pilot selbst.

Das klang plausibel. Daß sie daran nicht gedacht hatten!

Maria sah den Schimmer von Befriedigung in Nikkis Augen und ließ einen Versuchsballon los. Wie gut hatte sie den Piloten gekannt?

Ja, wie gut kann man seine Angestellten kennen? Er war von Anfang an dabeigewesen, er war ein großartiger Pilot, immer pünktlich, ruhig, konzentriert. Sie hatte keinen Grund zur Klage. Das alles bedeutete nicht, daß sie ihn wirklich kannte, und sie fügte mit einer gewissen Ironie hinzu: »Männer sind wie Kleidungsstücke. Man muß sie anziehen, um zu sehen, ob sie passen.«

Diese Ansicht wurde anscheinend von den beiden anderen Frauen geteilt, sie fragten jedenfalls nicht weiter.

Sie wollten gerade aufstehen und gehen, als ein junger Mann in das Restaurant stürmte. Er war klein und schlank und streckte den Kopf vor, wie es viele Kurzsichtige tun. Sein Haar stand nach allen Richtungen ab, was ihn einem Igel ähneln ließ.

Nikki strahlte, erhob sich mit ausgebreiteten Armen und drückte ihn an ihre duftende Brust.

Es war Erland von Lauterhorn, ihr Verflossener. Er war vor einer halben Stunde in Arlanda gelandet, hatte einen Hubschrauber gemietet, der ihn auf der Uferstraße in Gamla Stan abgesetzt hatte, und nun war er da. Er hatte eine Stunde Zeit, bevor er wieder nach Arlanda mußte, um nach Reykjavik weiterzufliegen.

Er sah die beiden Polizistinnen fragend an, und Nikki stellte sie vor. Er schüttelte ihnen energisch, aber kurz die Hand, denn er wußte, daß er zu feuchten Handflächen neigte. Dann nahm er sich ein übriggebliebenes Croissant und fing an zu kauen, mit deutlich sichtbaren Lippenbewegungen, wie ein kleines Kind.

Es wurde Zeit, sich zu verabschieden.

Sie konnten nicht umhin, sich zu fragen, ob Nikki von Lauterhorn die Wahrheit gesagt hatte, aber sie hätten sich diese Frage auch nach einem Gespräch mit dem Papst gestellt.

Maria fand jedenfalls, die schöne Nikki und das New-Economy-Genie seien ein süßes Paar; schade nur, daß sie es nicht mehr waren. Andererseits gab es ja kaum noch Paare, obwohl ständig neue gebildet wurden. Irgendwie ist es auch tröstlich, daß der Mensch nie dazulernt.

11

Östen Nilsson hatte gute Arbeit geleistet. Der Bericht über die Verunglückten, den er auf Kristinas Schreibtisch gelegt hatte, war sorgfältig und beinahe lückenlos recherchiert.

Der Pilot Fredrik Stolle war zweiunddreißig Jahre alt, verheiratet, hatte zwei Kinder und war vor kurzem von Ängelholm nach Trelleborg gezogen. Nach Auskunft seines früheren Chefs beim Fluggeschwader von Ängelholm war er ein geborener Flieger und ein guter Kamerad, einer, mit dem jeder zusammen fliegen wollte. Die Luftwaffe hatte einen erstklassigen Piloten verloren, als er zu Nikki Air wechselte. Aber jetzt, da die Politiker sich entschlossen hatten, die Streitkräfte abzuschaffen, war ihm wohl nichts anderes übriggeblieben.

Daß Stolle an dem Unglück schuld gewesen sei, konnte er sich nicht denken.

Auch Anders Lalleholm war noch jung, fünfunddreißig Jahre. Er war der Gründer der New-Economy-Firma »Domabilis«. Lalleholm war nicht verheiratet, hatte allein in einer Wohnung in dem Appartementhaus am Medborgarplats gelebt, das man »den Turm« nannte. Seine Eltern wohnten in Örnsköldsvik.

Kristina notierte »alleinstehend« und machte zwei dicke Striche darunter.

Dann las sie weiter.

Lars Fältgård war einundfünfzig, der jüngste Justizrat aller Zeiten. Man sagte ihm nach, er habe gute Beziehungen zu Regierungskreisen, unabhängig davon, wer gerade am Ruder war. Verheiratet, fünf Kinder und eine Villa im Hagaväg in Djursholm.

Eine Stütze der Gesellschaft, mit anderen Worten. Über ihn konnte man sagen, was Strindberg über sein Kopfhaar gesagt hatte: es sei über jeden Zweifel erhaben.

Es gäbe keinen dringenden Grund, sich näher mit ihm zu befassen, meinte Östen, und Kristina war derselben Ansicht.

Erik Jönsson war erst einundzwanzig, ein wohlgestalteter junger Mann auf dem Weg in die Spitzenklasse des Tennissports. Aus steuerlichen Gründen war er vor kurzem nach Monaco gezogen, aber seine Eltern wohnten immer noch in Söderköping.

»Völlig uninteressant«, hatte Östen notiert.

Nichts und niemand war völlig uninteressant, dachte Kristina, aber mit Jönsson konnte sie sich wohl ebenfalls Zeit lassen.

Dino Armagnoni war dreiundvierzig, zum dritten Mal verheiratet und ein bekannter Gastwirt in Stockholm. Eines seiner Restaurants war abgebrannt, was eine Klage wegen Versicherungsbetrugs nach sich gezogen hatte, aber es gab keine Beweise, und die Klage wurde abgewiesen. Er hatte mit seiner dritten Frau zusammengelebt, die fünfunddreißig war und Fernsehstar. Sie moderierte bei einem Privatsender eine Talkshow, in der die Gäste, meist Prominente von mehr oder weniger zweifelhaftem Ruf, über ihre sexuellen Erlebnisse redeten.

»Näher untersuchen«, fand Östen, und das hätte wohl

jeder so gesehen. Armagnoni bekam drei Ausrufezeichen hinter seinen Namen.

Man stelle sich vor, dies wäre ein Grabstein.

»Hier ruht Dino Armagnoni!!!«

Sie nahm sich zusammen und las weiter, über Ninni Lou, die eigentlich Larsson hieß, aber nach ihrem Durchbruch als Popsängerin ihren Namen geändert hatte. Sie war noch nicht ganz siebzehn gewesen, hatte ihre eigenen Texte und Melodien geschrieben und wurde von Vierzehnjährigen in ganz Schweden vergöttert. Um die Wahrheit zu sagen, auch Östen fand sie toll. Man munkelte, sie habe eine heiße Romanze mit dem Prinzen irgendeines Landes, wahrscheinlich Luxemburg, gehabt.

»Die können wir vergessen«, lautete Östens Kommentar, und möglicherweise hatte er recht.

Kristina las den Bericht noch einmal durch, während sie versuchte, irgendein Muster zu erkennen, einen Zusammenhang zwischen den Passagieren. Sie konnte nichts dergleichen entdecken. Es war nicht einmal anzunehmen, daß sie einander kannten. Es war nichts Auffälliges daran.

Aber etwas war doch merkwürdig. Alle hatten in einem Flugzeug gesessen, das von einer Firma gechartert worden war, mit der sie anscheinend gar nichts zu tun hatten. Nikki von Lauterhorn hatte gesagt, ein Kosmetik-Unternehmen namens »Eternal Youth« habe die Maschine gemietet.

Welche Verbindung bestand zwischen den Passagieren und »Eternal Youth«?

Das war eine naheliegende Frage, und sie war vermutlich leichter zu beantworten als die beiden anderen: Hatte der Junge etwas mit einem der übrigen Passagiere zu tun, und wenn ja, mit wem?

Sie verspürte das Bedürfnis, sich eine Theorie zurechtzulegen, etwas, das sie gezielt verfolgen konnte. Eine kriminalistische Ermittlung ähnelt in mancher Hinsicht einer Schachpartie. Man muß einen Plan haben, und ein schlechter ist immer noch besser als gar keiner.

Vorläufig hatte sie nichts in der Hand. Die Partie hatte gerade angefangen, und der erste Zug war, wie üblich, nicht der ihre gewesen.

Sie las Östens Bericht zum dritten Mal.

12

Die Bergung des Flugzeugs war kein einfaches Unterfangen. Das größte Problem bestand darin, einen entsprechend starken Hebekran zur Unglücksstelle zu befördern. Man mußte eine Straße durch den Wald legen, und das bedeutete einen tiefen Eingriff in die empfindliche Natur rund um den See.

Auch mußte die Erlaubnis des Grundeigentümers eingeholt werden. Das war in diesem Fall die Gemeinde Botkyrka, in der die örtliche Umweltpartei viel Einfluß hatte und sich konsequent allen Maßnahmen widersetzte, bei denen die Natur in Mitleidenschaft gezogen werden konnte.

Als das Unglück geschah, diskutierte man gerade über den Bau eines größeren Flugplatzes südlich von Stockholm.

Die Umweltpartei war naturgemäß gegen solche Pläne und befürchtete nun, daß eine neue Straße in diesem Gebiet der erste Schritt zu einem neuen Flugplatz sein würde. Die Umweltpartei wollte keine neuen Straßen, sie wollte keinen neuen Flugplatz, sie wollte, daß die Umgebung intakt blieb, zur Freude von Mensch und Tier.

Das war ja auch gut so. In der Lokalpresse wurde der Stellungskrieg eröffnet. Manche Leute vertraten die Ansicht, daß es der Umwelt noch mehr Schaden zufügen würde, wenn das Flugzeug im See vor sich hin rostete. Andere meinten, man solle abwarten und die Situation noch einmal gründlich überdenken. Die geeignetste Maßnahme sei jetzt eine Untersuchung. Die Opfer waren ja geborgen, es gab keinen Grund zur Eile.

Die Jugendorganisation der Linkspartei, die sich ebenfalls stark für die Umwelt engagierte, geriet in Konflikt mit den älteren Genossen, die die Sache so schnell wie möglich aus der Welt schaffen wollten.

Ein pensionierter Oberstudienrat vom Gymnasium Huddinge drohte, sich an den Europäischen Gerichtshof zu wenden.

Ein Ingenieur behauptete, daß es andere Lösungen gäbe, zum Beispiel den Einsatz eines Hubschraubers.

Ein arbeitsloser Bauarbeiter meinte, daß ein Straßenbauprojekt genau das sei, was die Gemeinde brauchte.

Kurz und gut, es war wie üblich. Es würde nicht mehr lange dauern, bis Unterschriften für oder gegen die Bergung gesammelt würden.

Währenddessen konnte die Havariekommission das Flugzeug nicht untersuchen, die Versicherung konnte sich nicht zu den Schadensersatzansprüchen äußern, und Nikki von Lauterhorns Verzweiflung wuchs.

Man hatte die Opfer schon fast vergessen, und man hatte auch vergessen, daß sich ein unbekannter Junge unter ihnen befand, nach dem noch niemand gefragt hatte.

Kristina hätte den Fall abschließen, ihn auf einer Festplatte beerdigen können, ohne daß jemand etwas gemerkt hätte. Sogar die Staatsanwältin, Mitsuko Öberg-Namamoto, wirkte desinteressiert. Sie hatte tatsächlich angedeutet, daß man die ganze Sache ebensogut auf sich beruhen lassen könne.

Das war seltsam, aber vielleicht gab es dafür eine sehr einfache Erklärung: Sie war völlig überlastet. Vor dem Amtsgericht von Huddinge wurde gerade ein komplizierter Fall von Pädophilie verhandelt.

Seit Tagen schon war die brillante junge Juristin nicht mehr sie selbst. Sie, die sonst immer durch elegante Kleidung und sorgfältiges Make-up auffiel und einen diskreten Duft verbreitete, dessen Namen noch niemand hatte ergründen können, wirkte jetzt nachlässig, war achtlos geschminkt, hatte geschwollene Augenlider und einen flackernden Blick. Jeder konnte sehen, daß es sie eine übermenschliche Anstrengung kostete, nicht zusammenzubrechen. Der Richter hatte versucht, mit ihr zu reden, aber es entsprach ihrem japanischen Naturell, alles für sich zu behalten. Die Fassade mußte intakt bleiben, Zähigkeit und Langmut waren oberstes Gebot. Was sie quälte, blieb ein Geheimnis, aber es führte sie jeden Tag ein Stückchen näher an den Zusammenbruch heran.

Da war es wohl kaum verwunderlich, daß sie keine Kraft übrig hatte, um sich für einen unbekannten Jungen zu interessieren.

Kristina hatte Verständnis für sie. Sie verstand auch Thomas Roth, der meinte, daß diejenigen, die schon genug reale Straftaten aufzuklären hatten, ihre Energie nicht an ein eingebildetes Verbrechen verschwenden sollten. Sogar Östen, der gewöhnlich für sie Partei ergriff, schien diesmal ein wenig auf Distanz zu gehen.

Sie beschloß, die Situation zu bereinigen. Sie wollte nicht als eigensinnig gelten, sie war auf die Unterstützung und die Freundschaft dieser Männer angewiesen.

Deshalb berief sie eine Sitzung in ihrem Zimmer ein und stellte die entscheidende Frage.

Sprach irgend etwas dafür, den Fall weiter zu bearbeiten?

Thomas legte noch einmal seinen Standpunkt dar, und Östen ergriff jetzt unverblümt für ihn Partei.

Maria Valetieri fuhr aus der Haut. Sie warf den Kollegen Gefühllosigkeit vor. Was hieß das überhaupt, »ein unbekannter Junge«? Irgendwo hatte eine Frau ihn zur Welt gebracht, ihn gestillt, ihn geliebt. Für irgend jemanden war dieser Junge alles andere als unbekannt.

Sie konnte nicht weitersprechen. Sie brach in Tränen aus und verließ das Zimmer.

Es wurde still.

Kristina ahnte, daß es ihr eigentlich um etwas anderes ging, aber dies war nicht der richtige Moment, um sich danach zu erkundigen.

Da hatte sie also plötzlich zwei Verpflichtungen. Sie durfte den unbekannten Jungen nicht im Stich lassen, und Maria auch nicht.

Die einzige Lösung war ein Kompromiß. Maria und sie würden weitermachen. Die beiden Männer konnten sich anderen Aufgaben widmen, von denen es ja genügend gab. Wenn sie ihre Hilfe brauchte, würde sie pfeifen, sagte sie.

Die Männer wußten sehr wohl, daß sie das nicht tun würde.

Sie fand Maria in der Cafeteria. Sie saß fast versteckt hinter einer Pflanze von grotesken Ausmaßen, vermutlich so ein Monstergewächs, das nach und nach den ganzen Raum überwuchern würde, wenn man es nicht zweimal jährlich beschnitt.

Maria hatte die Ellbogen auf den Tisch und das Kinn in die Hände gestützt. Sie sah aus wie ein Kind, und Kristina zögerte einen Augenblick. Vielleicht sollte sie sich nicht bemerkbar machen. Fast alle Kinder haben das Problem, daß man sie nicht in Ruhe trauern läßt.

Sie ließ Maria in Frieden, was auch immer es war, worüber sie trauerte. Aber sie ging nicht weg. Sie holte sich eine Tasse Kaffee, setzte sich an einen entfernten Tisch und nahm ihr Buch zur Hand, dessen Einband sie unter einer schwarzen Plastikfolie verborgen hatte, um kein Aufsehen zu erregen und nicht als Snob zu gelten.

Wenn jemand sie fragte, was sie gerade las, pflegte sie zu antworten, es sei ein Kitschroman, nur so zum Zeitvertreib. Auf die meisten Frager hatte diese Auskunft eine merkwürdig beruhigende Wirkung.

Sie schlug das Kapitel über die Trauer auf, in dem der Verfasser schrieb, daß der Mensch weniger trauern würde, wenn er die Trauer nicht als Pflicht betrachtete.

Trauern sei eine Verpflichtung, sich zu freuen dagegen nicht. Weiter war sie noch nicht gekommen.

Das Licht im Raum wuchs, so unmerklich, wie Fingernägel wachsen.

Maria stand auf und ging weg, ohne ihre Chefin zu bemerken. Das war auch nicht wichtig.

Wichtig war nur, daß die Chefin dort saß.

13

Am nächsten Tag kam ein Anruf vom Krankenhaus Huddinge. Eine einfache Frage. Was sollte mit der Leiche des unbekannten Jungen geschehen?

Die anderen Opfer waren von ihren Angehörigen abgeholt worden. Jetzt war nur noch der Junge übrig, und das Krankenhaus konnte den Körper nicht beliebig lange aufbewahren.

Auch für Kristina war die Situation neu. Sie fragte, ob es für solche Angelegenheiten eine vorgeschriebene Routine gäbe.

Natürlich, eine Routine gab es für alles und jedes. Wenn die Polizei von einem Verbrechen ausging, konnte sie beantragen, daß der Leichnam aufbewahrt wurde. Wenn nicht, würde er im Beisein des Krankenhauspfarrers eingeäschert werden.

Die Frage war, mit anderen Worten, ob Kristina den Verdacht auf ein Verbrechen plausibel machen konnte. Das konnte sie nicht.

»Steht schon fest, wann die Einäscherung stattfinden soll?«

»Nicht genau, aber es wird sicher irgendwann unter der Woche sein, wenn der Krankenhauspfarrer Zeit hat.«

Kristina sagte, sie würde wieder anrufen, spätestens am folgenden Tag.

Sie hätte gern gewußt, wie der Junge an Bord des verunglückten Flugzeugs gekommen war, wer ihn mitgenommen hatte und warum – aber sie hatte keine

Gründe dafür, ein Verbrechen zu vermuten, und hätte sie welche gehabt, wären sie ziemlich irrational gewesen. Sie hatte nur das Gefühl, daß etwas nicht stimmte. Reichte das aus?

Sie dachte daran, mit der Staatsanwältin zu telefonieren, überlegte es sich dann aber anders. Sie würde sie besuchen. Sie brauchte einen Spaziergang, um ihre Argumente zu schärfen, sie wußte, daß Mitsuko zuviel zu tun hatte und nicht bereit sein würde, Zeit und Ressourcen in eine Gespensterjagd zu investieren.

Mitsuko saß in ihrem ungemütlichen Büro. Durch das einzige Fenster war ein Garagentor zu sehen, auf das jemand in riesigen Buchstaben das Wort PIMMEL gesprüht hatte. Man sah deutlich, daß sie geweint hatte. Ihr sonst so sanfter Blick war stumpf. Sie bemühte sich nicht einmal, es zu verbergen. Kristina entschuldigte sich und wollte wieder gehen, aber Mitsuko hielt sie zurück.

»Was kann ich für Sie tun?«

»Könnte man den Antrag stellen, daß die Leiche bis auf weiteres aufbewahrt wird?«

»Weshalb?«

Kristina sprach von ihren Ahnungen, davon, daß etwas nicht stimmte, aber plötzlich wurde ihr klar, wie lächerlich das klang.

Zugleich hatte sie den Eindruck, daß Mitsuko beunruhigt war, in ihrer Stimme schwang so etwas wie Furcht mit.

Zwischen ihnen schien der Boden vermint zu sein. Für zwei vollkommen vernunftgeleitete Geschöpfe wäre die Sache gleich erledigt gewesen. Mitsuko hätte alles mit einer Handbewegung abtun können: Keine Gespensterjagd, wir haben genug andere Probleme.

Sie waren aber nicht vollkommen vernunftgeleitet. Sie waren ganz einfach zwei Wesen, die einander beschnupperten und etwas wahrnahmen, das sie nicht in Worte fassen konnten, und die Luft zwischen ihnen vibrierte von unausgesprochenen Mitteilungen.

Es war Mitsuko, die als erste einen Entschluß faßte.

Sie versuchte, ihre Stimme so neutral wie möglich klingen zu lassen, und fragte Kristina, ob sie Zeit habe, mit ihr etwas zu trinken. Es war bald fünf Uhr, und ein kühles Bier hat noch niemandem geschadet.

Sie gingen in »Harrys Bar«, die in der Nähe des Bahnhofs lag. Auf dem kurzen Spaziergang wurden sie zehn Kronen an zwei sehr salopp gekleidete Herren los, die auf einer Bank saßen und sich eine Flasche Schnaps teilten, aber trotzdem noch Zeit hatten, sich bei den Vorübergehenden zu erkundigen, ob sie etwas Kleingeld entbehren könnten.

Mitsuko, die mit öffentlichen Verkehrsmitteln fuhr, weil sie sich als alleinerziehende Mutter und stellvertretende Staatsanwältin kein Auto leisten konnte, hatte ausgerechnet, daß es sie jeden Tag mindestens einen Hunderter kosten würde, wenn sie unterwegs jedem, der sie darum bat, einen Zehner gäbe.

Kristina bemerkte, das sei genau das, was sie an Parkgebühren zahlte. Beide wußten, daß sie nur so dahinplauderten, sie hatten beide ihre Aufmerksamkeit schon auf das Gespräch gerichtet, das gleich stattfinden sollte.

In »Harrys Bar« wimmelte es nicht gerade von Leuten. Es war noch zu früh. Der Richter Anders Berlin saß dort bei einem Bier und las. Er nickte ihnen freundlich zu, aber es war offenkundig, daß er keine Gesellschaft wollte.

An der Theke standen zwei jüngere Männer, vermutlich Arbeitslose, tranken Bier und füllten Tippscheine aus.

Der Barmann polierte Gläser und wechselte hin und wieder ein paar Worte mit den Tippern, die jedesmal in ein brüllendes, testosteronhaltiges Gelächter ausbrachen.

Mitsuko bestellte ein Glas Weißwein, Kristina ein Bier. Sie setzten sich in den hinteren Teil des Lokals, wo die Lampen über den Tischen schon eingeschaltet waren.

Es gibt zwei Sorten von Überraschungen. Entweder überraschen uns die Leute damit, daß sie genau das tun, was wir von ihnen erwarten, oder sie verhalten sich so, wie wir es nie vermutet hätten.

In diesem Fall geschah das letztere.

14

Sie schafften noch eine zweite Runde, bevor Mitsuko fand, daß der richtige Augenblick gekommen sei. Ohne Vorwarnung öffnete sie ihr Herz, ungefähr so, wie man im Sommer eine reife Wassermelone öffnet.

Mit neunzehn war sie ihm begegnet, während ihres ersten Jahres auf der Universität. Er war ihr Dozent, neununddreißig, mit seiner Jugendliebe verheiratet, drei Kinder. Jeden Augenblick konnte er zum Professor ernannt werden, er hatte unermüdlich darauf hingearbeitet, seine Dissertation hatte Epoche gemacht.

Bis dahin war Mitsuko nur mit einem Klassenkameraden auf dem Gymnasium zusammengewesen, und diese Beziehung war zerbrochen, als sie zum Studieren nach Lund ging. Zuerst hatten sie noch Briefe gewechselt, miteinander telefoniert, sich eingebildet, daß sie einander vermißten. Aber das war nicht wahr. In den Weihnachtsferien, als Mitsuko nach Hause fuhr und ihn wiedersah, wußte sie, daß es vorbei war. Zu Ende, so wie der Sommer zu Ende geht. Er war ein intelligenter, sensibler Junge, er war verständnisvoll und machte keine Szene. Er küßte sie auf die Stirn und sagte, er würde sie niemals vergessen.

Das Beste an dieser Liebesgeschichte war ihr Schluß. Mitsuko entdeckte, daß die Trauer genauso reizvoll sein konnte wie die Liebe selbst. Neue Räume taten sich in ihr auf, sie hatte ihren Horizont erweitert, und als sie nach Lund zurückkehrte, hatte sie einen klaren Kopf und war bereit, ein Verhältnis mit dem

Mann zu beginnen, den sie schon ein Semester lang begehrt hatte, ohne es sich selbst einzugestehen.

Es war nicht einfach, er war verheiratet, und sie war seine Studentin. Lund ist eine Kleinstadt, und für diejenigen, die zum akademischen Milieu gehören, ist sie noch kleiner. Gefragt waren nun vollkommene Diskretion, Vorsicht, Erfindungsreichtum, Lügen, irreführende Manöver und eine ausgeprägte Fähigkeit, die Augenblicke zu genießen, die einem geschenkt wurden. »Listig wie Raben und klug wie Schlangen müssen wir sein«, sagte er zu ihr, gerade dann, wenn sie sich am meisten danach sehnte, sich mitten auf den Marktplatz zu stellen und ihre Liebe laut herauszuschreien.

Sie glaubten nicht, daß sie es schaffen würden. Aber sie schafften es. Auf jeden Fall schafften sie es nicht, Schluß zu machen, obwohl sie es mehrmals versuchten. Sie sahen sich eine Weile nicht, aber wenn sie sich dann wiedertrafen, fühlten sie sich um so stärker zueinander hingezogen.

Er erwog natürlich, sich scheiden zu lassen, aber sie wollte nichts davon wissen. Nicht einmal, als sie schwanger wurde und sich dafür entschied, das Kind zu behalten, wollte sie, daß er seine Familie verließ. Sie hatte sich damit abgefunden, die Zweitfrau zu sein. Lieber teilte sie den Mann, den sie liebte, mit einer anderen, als daß sie ihr Leben mit jemandem teilte, den sie nicht wollte.

Einer muß Opfer bringen, wenn eine solche Geschichte reibungslos laufen soll. Immer muß sich jemand opfern, damit es in der Welt reibungslos läuft. Als er nach Stockholm umzog, zog sie auch dorthin.

Acht Jahre lebten sie so. Ihre Tochter wußte nicht, wer ihr Vater war, Mitsukos Eltern durften nichts von ihm wissen, sie hatte seinen Namen nie preisgegeben. Heute abend tat sie es zum ersten Mal, und der Grund dafür war schwerwiegender als jeder andere.

Er war tot. Er war an Bord des abgestürzten Flugzeugs gewesen. Er war eines der Opfer.

Kristina hatte seinen Namen längst erraten, und Mitsuko brauchte ihn eigentlich nicht mehr zu nennen. Sie sagte ihn trotzdem, immer wieder, wie ein Mantra. Es war so lange verboten gewesen. Sein Tod hatte ihr die Freiheit geschenkt, seinen Namen auszusprechen.

Am Ende wurde daraus ein nach innen gekehrtes Rufen, das heißt, ein Flüstern. Dann stand sie mit einem schüchternen Lächeln auf und ging zur Toilette.

Kristina begriff, daß Mitsuko sich ihr nicht nur deshalb anvertraut hatte, weil sie eine Frau war, sondern auch, weil sie Polizistin war. Mitsuko wußte, daß ihr heimliches Verhältnis an die Öffentlichkeit gelangen würde, wenn Kristina die näheren Umstände des Unglücks untersuchte. Also war es besser, die Flucht nach vorn anzutreten. Sie wäre nie so weit gegangen, Kristina offen darum zu bitten, von weiteren Untersuchungen abzusehen. Aber als Frau konnte sie indirekt an ihr Verständnis appellieren.

Laß das Ganze auf sich beruhen. Warum soll man Schlimmes noch schlimmer machen? Warum Geheimnisse ans Licht zerren, die nur dadurch bewahrt werden können, daß Menschen einen hohen Preis dafür zahlen? Es hat doch niemand ein Verbrechen begangen!

Aber warum sollte sie Mitsukos Geheimnis mehr respektieren als die Geheimnisse anderer? Weil Mitsuko zu den Leuten gehörte, mit denen sie täglich zusammenarbeiten mußte? Weil sie Staatsanwältin war?

Das war ein beunruhigender Gedanke. Ebenso beunruhigend war die Vorstellung, als Elefant im Porzellanladen aufzutreten.

Wie hilfesuchend ließ sie ihren Blick dort hinwandern, wo der Richter saß, aber er war schon gegangen.

Mitsuko kehrte zurück, und nun war sie beinahe wieder sie selbst. Sie bestand darauf, die Rechnung zu übernehmen, und entschuldigte sich dafür, daß sie mit ihren Sorgen Kristinas Zeit beansprucht hatte. Sie lächelte sogar zurück, als einer der beiden Tipper an der Theke sein Glas erhob, um ihr zuzuprosten.

Es war nicht zu übersehen, daß sie Theater spielte. Andererseits: wenn sie sich jetzt verstellte, konnte sie das auch vorhin getan haben.

Gleich darauf rannte Mitsuko zum Bahnhof, um ihren Vorortzug zu erwischen. Was ganz unnötig war, denn er hatte wie gewöhnlich Verspätung.

Kristina sah den einzigen Ausweg aus der Verwirrung ihrer Gedanken darin, sich ein Butterbrot und ein weiteres Bier zu bestellen.

Lars Fältgård, der jüngste Justizrat aller Zeiten, ein brillanter Jurist, glücklich verheiratet, hatte über viele Jahre eine heimliche Liebesaffäre mit seiner ehemaligen Studentin unterhalten. Sie hatten eine gemeinsame Tochter.

Wie war das zugegangen?

Einer muß Opfer bringen, hatte Mitsuko gesagt.

Kristina versuchte sich vorzustellen, was das hieß. Nie miteinander aufwachen, nie zusammen in die Ferien fahren, nie gemeinsam Weihnachten feiern.

Vielleicht wurde diesen Freuden zuviel Bedeutung beigemessen. Sie hatte das alles dreizehn Jahre lang mit ihrem Mann erlebt, und was war dabei herausgekommen? Die Scheidung. Während die beiden heimlich Liebenden, die schon genauso lange füreinander entbrannt waren, noch immer vor Wollust gebebt hatten, wenn sie aneinander dachten.

Immer wieder diese Gleichung, die nicht aufging. Wie kann man von der Liebe zehren, ohne sie zu verbrauchen?

Das Bier machte ihre Gedanken auch nicht klarer. Benommen und traurig fuhr sie nach Hause. Als sie die Haustür aufschloß, sah sie, daß sie immer noch nicht das Namensschild ausgewechselt hatte. Der Name ihres Exmannes stand noch da. Sie las ihn wie ein Graffito in einer prähistorischen Höhle. Sie begriff kaum, worum es sich handelte.

Gleich morgen würde sie anrufen und ein neues Schild bestellen.

Um sie herum fiel alles in Scherben. Maria hatte die Scheidung eingereicht, sie selbst war geschieden, Mitsuko hatte vierzehn Jahre lang einen heimlichen Liebhaber gehabt, der Richter Berlin hatte sich nach fast dreißigjähriger Ehe scheiden lassen, Östen war mit einer Frau zusammengezogen, die ihren Mann und ihre drei Kinder seinetwegen verlassen hatte und daran fast zerbrach. Nur Thomas Roth und seine Frau hielten aneinander fest, zusammengeschweißt durch den starken Willen, ihrem schwerbehinderten Sohn ein erträgliches Leben zu schenken.

Anscheinend fiel es den Menschen leichter, ihr Unglück miteinander zu teilen als ihr Glück.

Wie war es so weit gekommen? War es immer so gewesen?

Sie wußte es nicht. Sie sehnte sich danach, mit ihrem Vater zu reden, aber es war schon spät. Sie wollte ihn jetzt nicht mehr stören.

Außerdem, was hätte sie sagen sollen?

Das rote Lämpchen des Anrufbeantworters blinkte. Es war eine Nachricht vom Krankenhaus. Eine Ärztin wollte mit ihr sprechen.

15

Das Krankenhaus Huddinge ist so etwas wie eine Kleinstadt mit jedem nur denkbaren Service. Man kann im Prinzip geboren werden, aufwachsen, zur Schule gehen, arbeiten, heiraten und sterben, ohne von dort wegzugehen.

Eine gute halbe Stunde irrte Kristina durch lange Korridore, bis sie Dr. Eva Strömhed fand, in einem kleinen Zimmer hinter der Krankenhausbibliothek, die kurz vor der Schließung stand, wie auf einem großen Plakat mitgeteilt wurde. Die Besucher wurden aufgefordert, sich in die Protestliste einzutragen, die auf einem runden Tisch vor der Tür auslag.

Kristina hatte genug von Protestlisten. Es gab sie überall, im Büro, beim Hausbesitzerverein, am Bahnhof. Man protestierte gegen Schließungen, gegen alte Versäumnisse, neue Sünden und vergessenes Unrecht. Sie ging vorbei, ohne zu unterschreiben, aber wahrscheinlich würde sie es auf dem Rückweg tun.

Dr. Eva Strömhed saß hinter einem Schreibtisch, auf dem sich Bücher und dickleibige Ordner türmten. Man sah nur ihren langen Hals und ihr Gesicht, das in gewisser Weise an ein neugeborenes Eichhörnchen erinnerte, obwohl sie schon in den Vierzigern war. Kristina mochte sie sofort, um so mehr, nachdem sie einander die Hand geschüttelt hatten. Ein fester, warmer Händedruck von der Sorte, die wie eine Besiegelung anmutet.

Die Ärztin wollte ihr etwas zeigen, und eine neue Wanderung durch die Korridore nahm ihren Anfang, diesmal in Richtung Leichenhalle. Sie passierten eine Reihe sicherheitskodierter Türen, sie begegneten Leuten, die Dr. Strömhed fröhlich grüßten, und Patienten, die sich mit unsicheren Schritten fortbewegten, gestützt von jungen Krankenschwestern in hölzernen Gesundheitssandalen.

Schließlich waren sie da.

In der Leichenhalle gab es sehr wenig Personal, genauer gesagt, nur einen kleinwüchsigen Äthiopier mit geröteten Augen und verstopfter Nase. Es war einfach zu kalt in diesem Raum.

Dr. Strömhed bat ihn, eine Bahre aus dem Gefrierfach zu ziehen. Es war der Junge, der sechste, unbekannte Passagier aus dem abgestürzten Flugzeug.

Der dünne junge Körper war nackt, im Zustand des Todes gefangen wie ein Schiffsmodell in der Flasche. Er würde keine Reisen mehr machen, keine der Freuden und Vergnügungen eines jugendlichen Körpers erleben. Die Kälte hatte seine Haut mit kleinen, glitzernden Eiskristallen überzogen.

Die beiden Frauen fühlten sich geblendet wie von einem Sonnenuntergang. Und sie wünschten sich etwas. Sie wünschten sich, diesem Jungen das Leben wiederzugeben, zu sehen, wie seine Glieder sich lösten, wie er hinter einem Ball herlief oder sich das Haar kämmte.

Es war Dr. Eva Strömhed, die den Bann brach. Sie ging näher an die Leiche heran und deutete auf zwei lange Narben an den Seiten, unterhalb der Rippen. Sie waren nicht ganz verheilt, sie schienen infiziert zu sein. Der Junge war frisch operiert. Weshalb?

Sie wollte es herausfinden, bevor der Körper eingeäschert wurde. Sie mußte eine Autopsie durchführen, eine Obduktion, um mit eigenen Augen zu sehen, um was für Operationen es sich handelte. Eine Obduktion darf nur stattfinden, wenn jemand sie beantragt. Mit anderen Worten, konnte Kristina möglicherweise einen Antrag auf Obduktion stellen?

Das konnte sie. Aber wozu? Hatte die Ärztin einen bestimmten Verdacht?

Eva Strömhed antwortete nicht gleich. Sie bat den kleinen Äthiopier, die Leiche umzudrehen. Noch mehr Narben wurden sichtbar, etwas kleinere diesmal. War der Junge mißhandelt worden? Abwegig war der Gedanke nicht. Aber warum und von wem?

Kristina dachte an das Gespräch mit Mitsuko. Sie wollte ihr gegenüber loyal sein. Wenn sie eine Obduktion beantragte, würde der ganze Justizapparat in Bewegung geraten, Geheimnisse würden aufgedeckt werden, viele Menschen würden leiden müssen. War es das wert? Der Junge war doch ohnehin tot.

Sie konnte sich nicht entscheiden.

Eva Strömhed kannte die Gründe für ihr Zögern nicht, aber sie wollte sie nicht drängen. Außerdem war sie selbst viel zu unsicher, was ihren Verdacht betraf. Sie hatte gewisse Vermutungen, aber die würde sie um nichts in der Welt preisgeben, bevor sie festen Boden unter den Füßen hatte.

Sie war Wissenschaftlerin, und deshalb war es für sie das Wichtigste, sich abzusichern. Ohne Obduktion hatte sie nichts in der Hand. Aber danach würde sie vielleicht genauso wenig in der Hand haben. Kurzum, sie konnte nicht darauf bestehen. Trotzdem fragte sie ein letztes Mal, ob Kristina bereit sei, ihr zu helfen.

Ihre Wangen glühten, und sie verstummte abrupt, als ob sie bereute, was sie gesagt hatte.

Auch Kristina blieb stumm. Der Junge war tot, aber die Narben an seinem Körper waren Wirklichkeit. Wer hatte sie verursacht?

Es war ihre Pflicht, das herauszufinden, jeden Stein umzudrehen auf der Jagd nach den Schuldigen.

Zugleich fühlte sie eine große, schwere Müdigkeit. Wozu sollte das gut sein? Der Tod war unwiderruflich, und seine Wirklichkeit degradierte alle anderen Probleme zur Nebensache. Warum diesen jungen Körper noch einmal schänden? Ihn aufschneiden, in ihm herumwühlen?

Bislang sah sie keine einzige Spur, die sie hätte verfolgen können. Wer auch immer den Jungen mit ins Flugzeug genommen hatte, war ebenfalls tot. Vielleicht war die Gerechtigkeit schon hergestellt worden. Niemand würde ihn mehr ausbeuten, das einzige, was man noch für ihn tun konnte, war, seinen Körper intakt zu lassen.

Sie wußte, daß sie rein gefühlsmäßig reagierte, wo sie vernunftbestimmt hätte handeln sollen. Sie wußte, daß sie in diesem Augenblick mehr Frau als Polizeikommissarin war. Sie wußte, daß sie vermutlich einen Fehler machte, aber es war ihr gleichgültig. Niemand sollte diesen Jungen mehr anrühren dürfen.

Sie fühlte, daß Eva Strömheds warmer, intelligenter

Blick auf ihr ruhte. Sie hätte ihr gern eine Freude gemacht, aber diesmal ging es nicht.

Der Körper durfte verbrannt werden. Sie deckte ihn mit dem Plastiklaken zu, ganz leicht und luftig, als wollte sie ihm einen Himmel schenken.

16

Jeden zweiten Sonntag im Monat veranstaltete der Heimatverein Huddinge geführte Wanderungen und Ausflüge in die Umgebung. Die meisten Huddinger interessierten sich nicht dafür, aber es gab eine Gruppe von Menschen, die in den Zeugnissen der Vergangenheit jene Bedeutsamkeit fanden, die ihnen im Alltag fehlte.

Es waren Pensionäre, neu Zugezogene und vereinzelte Einwanderer, die nach einem Zusammenhang suchten, nach Anschaulichem, für die ein Leben ohne Erzählungen unerträglich war.

Zu ihnen gehörte auch Dr. Eva Strömhed.

An diesem Sonntag wollte man sich vor der Huddinger Kirche treffen. Als sie die Annonce in der Lokalzeitung las, beschloß sie hinzugehen. Sie war gerade erst nach Schweden zurückgekehrt, nachdem ihre Ehe im kalifornischen Santa Monica in die Brüche gegangen war. Neun Jahre hatte sie dort in dem Glauben verbracht, daß viel Sonne die Garantie für ein glücklicheres Leben sei.

Tatsächlich war das Gegenteil der Fall. Sie fühlte sich in diesem unveränderlichen Klima fehl am Platz, sie vermißte den schwedischen Frühling und den Winter in Umeå, die hellen Birkenstämme und den Fluß. Das Gefühl der Entbehrung färbte ihren Alltag und beeinflußte ihr Ehe. Sie wagte nicht, sich Kinder anzuschaffen, weil sie nicht sicher war, ob sie ihr ganzes Leben in der Fremde verbringen wollte.

Irgendwann ähnelte ihre Ehe einem Haus mit Wasserschaden, sie bröckelte von innen her. Ihr Mann war immer öfter abwesend, er fing an, sich mit anderen Männern zu treffen, zum Ausgleich dafür, daß er sich selbst allmählich abhanden kam.

Was sie in den letzten fünf Jahren noch bei der Stange gehalten hatte, war ihre Arbeit. Sie war inzwischen eine hochgeschätzte Chirurgin, genauer gesagt: Schönheitschirurgin, und auf diesem Gebiet fand eine atemberaubende Entwicklung statt.

Es erfüllte sie mit großer Befriedigung, entstellte Gesichter oder verbrannte Körper wieder herzurichten. Aber mit der Zeit war eine veritable Industrie daraus geworden. Im schönheitsfixierten Kalifornien ließ man sich neue Nasen, neue Brüste, neue Haare, längere Penisse machen. Kurzum, die ästhetische Chirurgie war zu einem Teil der Kosmetikbranche mutiert.

Das erfüllte sie mit Ekel. Den Menschen war ihr Aussehen wichtiger geworden als ihr Menschsein. In einer Gesellschaft, in der man keine Zeit hatte, einander kennenzulernen, in der die Kunst der Begegnung in Vergessenheit geraten war, konzentrierte man sich völlig auf das Äußere. Man war, wie man aussah. Eine neue, makabre Gleichung, die dazu führte, daß Menschen mit Hilfe raffinierter chirurgischer Techniken ins Stadium balzender Hähne und Hühner zurückversetzt wurden. Sie kauften sich ausgeprägte Geschlechtsmerkmale, einen größeren Penis oder größere Brüste, die sie dann so ungeniert herzeigten wie Nasenaffen.

Schließlich ertrug sie es nicht mehr. Die Scheidung

lief undramatisch ab, sie hatte ja praktisch längst stattgefunden. Sie fuhr nach Schweden zurück, aber sie fand keine Arbeit in Umeå, es war die Zeit der großen Sparmaßnahmen. Sie landete im Krankenhaus Huddinge und mietete in Visätra eine Einzimmerwohnung. Sie hatte keine Kinder, keinen Hund, keine Freunde. Meist hielt sie sich in der Klinik auf. Sie hatte kein Privatleben, und es war höchste Zeit, daran etwas zu ändern.

Die Umgebung kennenzulernen war schon einmal ein Anfang.

Der Vormittag war reingewaschen vom ausgiebigen Regen der letzten Nacht, und die Sonne verströmte Wärme wie ein gutmütiger Onkel, bei sechzehn Grad Lufttemperatur.

Es war Frühherbst, die Zeit, wo man den Sakko zuknöpft und die Röcke einfarbig werden.

Die Wanderung wurde an diesem Sonntag von Bengt Lagerrud geführt, dem feurigsten Geist der südlichen Vorstädte. Er hieß alle wärmstens willkommen, schüttelte jedem die Hand und begann einen enthusiastischen Vortrag über die Huddinger Kirche zu halten, deren Grundstein wahrscheinlich im dreizehnten Jahrhundert gelegt worden war, genau dort, wo man früher den heidnischen Göttern geopfert hatte.

Von einem Aberglauben zum nächsten, dachte Eva Strömhed, oder von einem Trost zum anderen.

Obwohl es lange genug gedauert hatte. Heutzutage wurden historische Fakten viel schneller geschaffen. Vor ein paar Wochen hatte sie Bekannte in deren Sommerhaus auf Torpö im Sommen-See besucht. Wie überrascht war sie gewesen, als ihr klar wurde, daß die Sommeridylle einmal ein florierender Handelsplatz gewesen war. Hier hatte man Kohle verschifft und Holz geflößt, allerdings weder Birken- noch Eichenstämme, weil sie zu schwer waren und untergingen. Das hatte sie einem Zettel auf einer Anschlagtafel an dem verlassenen Schleppkahn entnommen, auf dessen Deck die Bewohner der Dörfer rund um den See noch vor dreißig Jahren rauschende Feste gefeiert hatten.

Eine ganze Lebensform war untergegangen, als man Straßen baute und Lastwagen einsetzte. Die Schleppkähne wurden aufgegeben, in einigen Buchten konnte man noch die Wracks besichtigen. Die jungen Leute zogen in die Stadt, zurück blieben die Alten, und die Sommergäste sammelten sich um sie wie aufdringliche Seeschwalben.

Die Gruppe spazierte nun in Richtung Stadtzentrum, und Bengt Lagerrud wies auf einen modernen Baukomplex hin, der dort stand, wo sich einst der »liegende Wolkenkratzer« befunden hatte. Den hatte sich ein Huddinger am Anfang des zwanzigsten Jahrhunderts bauen lassen, und zu seiner Zeit war er eine Sensation gewesen.

Eva amüsierte sich königlich. Der »liegende Wolkenkratzer«! Welch ein vollendetes Symbol für den schwedischen Willen zum Kompromiß, der die Wohlfahrtsgesellschaft hervorgebracht hatte. Sie wollte mehr über den Schöpfer des Gebäudes wissen, und Lagerrud empfahl ihr die Bibliothek, wo gerade eine Ausstellung über die Entwicklung Huddinges zu sehen war.

Endlich kamen sie zum Paradieshügel, einer bescheidenen Anhöhe oberhalb des Kaufhauses. Dort stand das Denkmal der Dichterin Karin Boye, die eine Villa in der Nähe bewohnt hatte. Eine pensionierte Volksschullehrerin mit unnatürlich erweiterten Pupillen, wahrscheinlich von einer Hornhautoperation, legte der Statue eine große rote Rose zu Füßen. Dann tat sie etwas, das Eva beinahe zu Tränen rührte: Sie streichelte die Wange des Standbilds mit dem Handrücken. Karin Boye hatte sich nicht gestattet, alt zu werden. Sie war erst einundvierzig gewesen, als sie sich das Leben nahm.

Auf dem Hügel thronte die Baptistenkirche. Sie war 1929 eingeweiht worden, finanziert von der kleinen baptistischen Gemeinde, deren Mitglieder damals in Huddinge lebten und arbeiteten. Der hübsche, reich verschnörkelte Holzbau wurde nicht mehr als Kirche genutzt, denn es gab hier keine Baptisten mehr. Einige Jahre hatte sie dem Roten Kreuz als Lagerraum gedient, dann taugte sie nicht einmal mehr dazu. Jetzt stand sie leer und verfiel.

Rund um das Gotteshaus war der Boden mit dem Laub von Judasbäumen bedeckt, dazwischen sah man leere Weinflaschen und Bierdosen. Das Treppengeländer rostete, eine Treppenstufe hatte die Identität gewechselt und sich in ein Trampolin verwandelt. Streifen ausgetrockneter Farbe hingen an den Holzwänden. Der Haupteingang war zugenagelt, die Lampe über der Tür zerbrochen.

Sie nahmen den Hintereingang. Lagerrud öffnete mit einem großen Schlüssel und stellte sich dann neben die Tür. Die Menschen gingen hinein, einer nach dem anderen, ein wenig zögernd, denn drinnen war es dunkel.

Eva Strömhed trat als letzte ein, gerade als eine der alten Damen ganz vorn einen verzweifelten Schrei ausstieß. Sie rannte zu ihr, gefolgt von Lagerrud. Beide vermuteten einen Beinbruch oder etwas Ähnliches.

Die Vermutung war falsch.

Auf dem schlichten, geradezu asketischen Altar lagen zwei nackte Leichen.

Bengt Lagerrud zeigte, daß er der Situation gewachsen war. Er wies sofort alle Leute aus der Kirche und rief die Polizei an. Eva Strömhed kümmerte sich um die Volksschullehrerin, die die beiden Körper als erste gesehen hatte und unter schwerem Schock stand. Eva nahm sie fest in den Arm, erklärte ihr, sie sei Ärztin, und nun sei alles wieder gut. Die alte Dame ließ sich dankbar trösten, sie duftete nach Zimt, wahrscheinlich hatte sie gerade Schnecken gebacken.

Bengt Lagerrud forderte alle auf, nach Hause zu gehen, und die meisten taten das auch. Nicht so Eva Strömhed. Sie war nicht nur neugierig, sondern ihr heimlicher Verdacht hatte frische Nahrung erhalten. Nach einem raschen Blick auf die Leichen wußte sie, daß sie mit größter Wahrscheinlichkeit von gleicher Herkunft waren wie der Junge, den sie letzte Woche eingeäschert hatten. Und sie wußte, daß es sich um zwei junge, sehr junge Menschen handelte, obwohl ihre Gesichter bis zur Unkenntlichkeit zerschlagen waren.

Das hier war mehr als Mord, es war etwas anderes,

das durch den Mord eher verschleiert als offenbart wurde.

Die ersten Beamten, die sich einfanden, waren zwei Schutzpolizisten, die gerade im Zentrum von Huddinge patrouillierten. Sie begnügten sich damit, bis zur Ankunft der Kollegen von der Mordkommission die Neugierigen auf Abstand zu halten. Sie hatten genug Krimiserien gesehen, um zu wissen, daß man am Fundort nicht herumtrampeln darf, weil sonst wichtige Spuren verschwinden können.

17

Kristina Vendel hatte gerade die Zeitung weggelegt und war im Begriff, in die Stadt zu fahren. Sie wollte mit ihrem Vater einen Ausflug nach Vaxholm machen, mit ihm am Wasser spazierengehen und dann etwas Leckeres essen, in dem Hotel mit Blick auf Ramsö, in dem sie ein paarmal die Sommerferien verbracht hatten – damals, als Mama noch lebte und abends mit ihren schlanken, kräftigen Fingern jede Menge Kletten von ihren sonnengebräunten Körpern zupfte.

Kristina genoß ihre einsamen Morgenstunden, wenn auch in Maßen. Starker Kaffee, die Zeitung und Johann Sebastian Bachs Goldberg-Variationen, gespielt von Glenn Gould: Das war für sie eine ganz besondere Aufnahme, weil ihre viel zu jung verstorbene Mutter, eine begabte Pianistin, sie so geliebt hatte. Bevor sie die Platte auflegte, eine von der alten, schweren Sorte, pflegte sie zu sagen: »Jetzt wollen wir alle ganz still sein, damit wir Goulds Pausen hören können.« Sie gehorchten, saßen mucksmäuschenstill da und warteten auf jene Pausen, die irgendwie schon im Raum schwebten und die leichten Sommergardinen bewegten.

»An mich wird sich später niemand auf diese Weise erinnern«, dachte sie. Ihre Trauer über die eigene Kinderlosigkeit schmerzte nicht mehr so heftig wie früher. Sie war milder geworden, Kristina hatte sich sozusagen mit ihr angefreundet und pflegte einen leicht zerstreuten Umgang mit ihr, wie mit einem langjährigen Ehepartner.

Viel größere Sorgen machte sie sich um ihren Vater. In letzter Zeit zog er sich mehr und mehr zurück, seine klangvolle Lehrerstimme hatte ihre Kraft verloren, immer seltener zitierte er die Klassiker, die einst sein Lebensinhalt gewesen waren. Er spielte auch nicht mehr Schach. Dabei hatte er früher internationale Meisterschaften gewonnen. Wenn sie ihn anrief, geschah es immer häufiger, daß er es lange klingeln ließ, als könne er sich nicht entscheiden, ob er ans Telefon gehen sollte oder nicht.

War er krank? Oder wurde er einfach nur alt? Hatte sich das Alter nun tatsächlich seiner bemächtigt, in Schweden, dem fremden Land? Sehnte er sich zurück nach seiner Heimat Deutschland, die er damals verlassen hatte, weil er unter dem tiefhängenden Himmel des Kommunismus nicht atmen konnte?

Es war an der Zeit, daß sie sich zusammensetzten und offen miteinander redeten, nicht wie Vater und Tochter, sondern wie zwei erwachsene Menschen, die für sich selbst und für den anderen gleichermaßen verantwortlich sind.

Eltern verhindern manchmal, daß ihre Kinder erwachsen werden, aber es kommt auch vor, daß Kinder ihre Eltern am Altwerden hindern. So war es wohl bei ihr. Sie hatte ihren Vater bisher nie als alternden Mann gesehen, der einsam in der Fremde lebte und jeden Tag mit einer Sprache kämpfte, die seine Lippen und seine Zunge nur mit akrobatischen Übungen bewältigen konnten.

Sie hatte nicht wahrhaben wollen, wie sehr er um ihre Mutter trauerte, sie hatte – wenn auch halb unbewußt – geglaubt, daß sie in seinem Leben die Stelle der Verstorbenen einnehmen könnte. Kindlicher Größenwahn hört nicht auf, nur weil man älter wird. Sie war in ihrem Verhältnis zum Vater ein kleines Mädchen geblieben, und größere Despoten als kleine Mädchen gibt es wohl kaum.

Der Sonntag, auf den sie sich innerlich vorbereitet hatte, war ein ganz anderer als der, der sie erwartete.

Sie wußte es noch nicht, aber es wurde ihr sofort klar, als das Handy klingelte. Und sie konnte sich einen infantilen Gedanken nicht verkneifen: »Müssen die Leute sich ausgerechnet sonntags gegenseitig umbringen?«

18

Die Gesichter waren von wiederholten Schlägen, wahrscheinlich Hammerschlägen, völlig zerschmettert. Die Augen waren herausgeschnitten. Die Körper waren zerhackt, die Hände auf dem hölzernen Altar festgenagelt. Die Genitalien waren abgetrennt. In jedem Brustkorb gähnte ein Loch, groß genug, um eine Hand hineinzustecken.

Kristina zwinkerte mehrmals mit den Augen. Es gelang ihr nicht, das ganze Bild auf einmal in sich aufzunehmen, ihr Gehirn zerlegte es in Sekundenbruchteile, ein Zwinkern dauert eine Sechzehntelsekunde. Dann konnte sie nicht mehr, ihr wurde übel, und sie mußte die Augen schließen, sich hinsetzen und tief durchatmen, um sich nicht zu übergeben.

Sie hatte schon öfter verstümmelte Körper und deformierte Gesichter gesehen, aber noch nie so etwas wie das hier. Wer auch immer diese jungen Menschen getötet hatte, diese Kinder, mußte von ohnmächtiger Wut besessen gewesen sein.

»Fanatische Rassisten«, dachte sie, »etwas anderes ist nicht möglich.«

Sie stand wieder auf und ging ein paar Schritte durch den Kirchenraum. In dem schwachen Licht, das durch die verschmutzten Fensterscheiben fiel, sah sie an der Querwand alte Fotografien, auf denen die ersten Baptisten von Huddinge dargestellt waren, unter ihnen der Gründer der Kirche, der fromme Konditor Frans Oscar Isaacsson.

Sie wagte noch nicht, sich den Leichen wieder zuzuwenden. Sie wollte warten, bis Maria oder ein anderer Kollege auftauchte.

Auf einer der Bänke fand sie ein Plastikspielzeug, ein grünes Pferd. Wider Willen mußte sie an den Philosophen Aristoteles denken, der stets grüne Pferde als Exempel dafür anführte, daß der Mensch sich Dinge ausdenken kann, die es nicht gibt.

Wäre sie doch am Philosophischen Institut geblieben. Sie hätte niemals Polizistin werden sollen.

Andererseits – wer war sie denn, daß sie dem Leiden und den Untaten der Menschen den Rücken kehren wollte?

Sie setzte ihren Rundgang durch den Kirchenraum fort. Einfache Stühle, ein schlichter Altar, keine Kanzel. Hier drinnen war das Christentum sozusagen nackt, ein Bauern- und Arbeiterglaube.

Wer hatte die Absicht gehabt, diesen Glauben zu schänden?

Wer hatte sich am Angesicht Gottes vergriffen, indem er seine gemarterten Opfer vor Seinen Augen niederlegte?

Es mußten junge Menschen gewesen sein. Nur junge Menschen konnten diese unfaßbare Gewaltorgie veranstaltet haben. Junge Burschen. Nur die haben genug Adrenalin im Körper.

Satanisten! Auch das war denkbar. Entweder fanatische Rassisten oder Satanisten. Oder beides zusammen.

Sie hatte eine Fernsehsendung über die Kirche Satans in Schweden gesehen. Das war eine Bewegung, die genauso bescheiden angefangen hatte wie die Baptisten in Huddinge vor beinahe hundert Jahren, aber da endete auch schon jeder Vergleich.

Oder doch nicht?

Sie wurde unsicher. Sie mußte ganz in Ruhe darüber nachdenken. Warum verwandeln sich Menschen in Tiere, beziehungsweise in Heilige? Steht dahinter das Bedürfnis, ein anderer zu werden, oder die Sehnsucht nach dem wahren Selbst?

Aber das waren Theorien, die sich bei einem Glas Rotwein erörtern ließen. Hier und jetzt hatte sie zwei Leichen vor sich, zwei junge Menschen, die ihren Henkern in die Augen gesehen hatten, die geweint und gefleht hatten, die vermutlich darum gebettelt hatten, sterben zu dürfen, als sie erkannten, daß es keine Rettung gab.

Leise wurde die Tür geöffnet, ein Lichtstreifen kroch über die Bodenplanken und vertrieb ihre Phantasien. Maria kam herein, sie hatte einen schwarzgelben Overall und Joggingschuhe an. Außerdem trug sie ein kokettes Stirnband, auf dem seltsamerweise in großen, blauen Buchstaben stand: »Mama ist die Beste«. Maria hatte keine Kinder, aber gewiß eine Mama.

Kristinas Anruf hatte sie auf dem Trimm-dich-Pfad erreicht, wo sie dreimal in der Woche vor ihrer Scheidung wegzurennen versuchte. Sie quälte sich mit kurzen Schritten einen Hügel hinauf und dachte: mit der Liebe ist es genau dasselbe. Man quält sich bergan, und die einzige Freude ist, daß es dann wieder abwärts geht.

Kristina war froh, sie zu sehen, sie brachte einen Hauch von Kieferndüft mit. Sie hätte Maria gern den

Anblick erspart, aber sie stand schon vor den abgeschlachteten Körpern, und der Atem stockte ihr. Sie wandte sich zu Kristina um, ohne ein Wort, sie schauten einander nur an. Es gab nichts zu sagen.

Außer ein paar simplen Feststellungen. Auf dem Altar war kein Blut zu sehen, und das bedeutete, daß das Gemetzel, wie Maria es nannte, anderswo stattgefunden hatte. Also waren die Leichen in die Kirche gebracht worden. Aber wie?

Man konnte davon ausgehen, daß die Täter sich große Mühe gegeben hatten, nicht gesehen zu werden. Was nicht unbedingt hieß, daß ihnen das gelungen war. Intuitiv waren die beiden Frauen bereits davon überzeugt, daß es sich um mehrere Täter handelte. Vielleicht war das ein Irrtum, aber das Gehirn läßt sich nun einmal nicht vorschreiben, welche Richtung die Gedanken einschlagen sollen.

Der erste Schritt würde auf jeden Fall das Klinkenputzen in der Umgebung sein.

Und noch ein Detail war von Bedeutung. Sie gingen durch die Kirche und prüften, ob Spuren eines Einbruchs zu sehen waren. Sie fanden nichts. Mit anderen Worten: Die Täter verfügten wahrscheinlich über einen Schlüssel.

Wer verwaltete das Kirchengrundstück? Wer hatte Zugang zu den Schlüsseln? Lagerrud besaß einen, das war klar. Gab es mehrere?

Fragen, auf die man jedenfalls eine Antwort bekommen würde.

Verwirrend war außerdem, daß die beiden Opfer so sehr an den Jungen aus dem abgestürzten Flugzeug erinnerten. Ungefähr dasselbe Alter, die gleiche Hautfarbe. Drei Tote, die vermutlich gleicher Herkunft waren, im Laufe einer Woche: Das war zuviel, um es als Zufall abzutun.

Und doch wußte Kristina, daß die Versuchung, Zusammenhänge herzustellen, zu den größten Schwächen des Menschen gehört. Es fällt ihm schwer, den Zufall zu akzeptieren, obwohl er das Wahrscheinlichste ist. Das Problem ist, daß der Zufall keinen Sinn hat, deshalb ist er unbegreiflich. Etwas zu verstehen heißt ja, einen Sinn darin zu sehen.

Sie war also auf der Hut.

Der Kirchenbau hatte mehrere Räume. Eine sehr schmale, steile Treppe führte ins obere Stockwerk. Dort war ein Zimmer, das offenbar als Büro gedient hatte. Hier hatte vielleicht ein frommer Baptistenpfarrer vor fünfzig Jahren an seiner Predigt gefeilt. In einer Ecke stand ein Herd mit einer Kaffeekanne, deren grüngelber Belag an die Ewigkeit gemahnte.

Das andere Zimmer war interessanter. Auf dem Boden lag eine Matratze, auf der vor kurzem jemand geschlafen hatte. Sie hatte eingetrocknete Flecken. Als Frauen waren die Polizistinnen mit Flecken aller Art bestens vertraut, und diese hier sahen aus wie Sperma.

Das bedeutete noch nicht viel. Vielleicht war ein Penner hier gewesen. Auch in Huddinge gab es Obdachlose. Manchmal übernachteten sie im Bahnhof, manchmal in einem schmalen Waldstreifen zwischen zwei stark befahrenen Straßen, manchmal im Wald hinter dem Sportplatz, wo sie sich eine Hütte gebaut hatten.

Hier eröffnete sich eine weitere Möglichkeit. Man konnte sich unter diesen Unglücksraben umhören, sie würden natürlich aus freien Stücken nichts ausplaudern, aber für eine Flasche Schnaps würden sie ihre eigene Mutter verraten.

Sie stiegen in den Keller hinunter, wo es eine Küche und einen kleinen Raum mit einem alten Stoffsofa gab. Keine Spuren menschlicher Anwesenheit, bis Maria auf die Idee kam, die Toilette zu inspizieren. Dort allerdings waren Spuren. Jemand hatte nicht gespült.

Maria versuchte die Spülung zu betätigen, aber nichts geschah. Das Wasser war abgestellt.

Oben im Kirchensaal saßen sie noch eine Weile stumm da, als wollten sie auf etwas lauschen, das nicht zu hören war. Schritte in der Nacht, Gespräche im Flüsterton. Das alles war hier im Raum, irgendwo. In den Schallwellen waren alle Informationen gespeichert, und dort würden sie, in der einen oder anderen Form, für immer aufbewahrt sein.

Maria ging zum Altar und machte das Kreuzzeichen, weniger aus Ehrfurcht vor einem Gott, an den sie nicht glaubte, als aus Respekt vor denen, die an ihn glauben.

Dann traten sie in den blendenden Sonnenschein hinaus, der die Birkenblätter wie Goldfische glänzen ließ.

Übrig blieben ein paar Routinemaßnahmen: Absperrung des Grundstücks, Abtransport der Leichen. Das konnte Maria veranlassen. Kristina wurde nicht mehr gebraucht. Sie konnte sich nun doch noch mit ihrem Vater treffen.

Die Schar der Neugierigen war größer geworden. Bengt Lagerrud war unter ihnen, er lehnte an einem Birkenstamm. Kristina hatte das Gefühl, daß er auf sie wartete.

Der Gedanke freute sie ein wenig und ließ sie zugleich fast abergläubisch werden. Das sah ja schon nach einem Muster aus. An zwei Sonntagen hintereinander hatten sie etwas gemeinsam erlebt, zuerst ein furchtbares Unglück, dann einen furchtbaren Mord. Welcher Schrecken würde sie wohl ein drittes Mal zusammenführen?

Sie winkte ihm zu und ging rasch zu ihrem Auto. Sie sah nicht mehr, wie er zurückwinkte.

19

Im »Mäster Anders«, einer einfachen Eckkneipe mit guter Hausmannskost in reellen Portionen, saßen Vater und Tochter einander gegenüber. Sie unterhielten sich leise, teils auf schwedisch, teils auf deutsch, denn Karl Vendel liebte seine Muttersprache. »Ich bin nie richtig glücklich, wenn ich nicht deutsch spreche«, pflegte er zu sagen, und seine Frau, die viel zu früh von seiner Seite gerissen wurde, hatte seine Sprache gelernt, um ihm eine Freude zu machen.

Kristina versuchte die Besorgnis zu verbergen, mit der sie ihn betrachtete. Sah er nicht müde aus? War er nicht ziemlich blaß? Waren seine Bewegungen nicht langsamer als früher?

Er hatte Mühe, das Messer festzuhalten, und es fiel ihm schwer, das Lammkotelett zu zerschneiden, doch ihr Angebot, ihm dabei zu helfen, lehnte er fast unwirsch ab.

War es das Alter? So alt war er doch noch gar nicht. Sie mußte versuchen, ihn zu einem Arztbesuch zu überreden, aber sie wußte, daß er ihr das übelnehmen würde. Er war auf kindliche Art verliebt in das Bild, das er von sich selber hatte: ein gesunder, flotter Mann in den besten Jahren. Er ging zweimal in der Woche schwimmen und spielte an jedem Samstagmorgen Tennis gegen bedeutend jüngere Partner.

Kristina hatte ihm dabei zugeschaut und war von seinem enormen Kampfgeist überrascht gewesen. Schon während der Aufwärmphase schlug er mit voller

Kraft auf den Ball ein und rannte, als ginge es um das Wimbledon-Finale. Nach wenigen Minuten geriet er heftig ins Schwitzen, worauf er sein Hemd auszog und mit nacktem Oberkörper weiterspielte, wie ein römischer Gladiator.

Karl Vendel hatte stets Freude an seinem Körper gehabt, und daß er ihm nicht mehr so gehorchte wie früher, empfand er als persönliche Beleidigung. Er würde ein miserabler Patient sein, ein Albtraum für Ärzte und Krankenschwestern.

Falls er wirklich krank war, falls es sich nicht nur um eine vorübergehende Unpäßlichkeit handelte.

Kristina schlug vor, das Dessert wegzulassen; sie würde ihn nach Hause fahren. Das wollte er nicht. Er wollte ein Dessert essen, und er wollte Kaffee trinken. Genau wie immer.

Es wurde still zwischen ihnen. Sie saßen da wie ein altes Ehepaar, bei dem alles gesagt und alles getan ist.

Sie wählte als Nachtisch ein Stück Ziegenkäse. Ihr Vater entschied sich für Apfeltorte mit Vanillesauce. Er lud einen ordentlichen Happen auf seinen Löffel, legte ihn aber auf den Teller zurück.

Große Schweißtropfen traten auf seine Stirn. Er versuchte aufzustehen und fiel wieder auf den Stuhl. Seine Beine trugen ihn nicht.

War es das Herz? Oder das Gehirn?

Kristina fragte ihn, ob er Schmerzen habe. Er sah sie an und schüttelte nur den Kopf.

Er hatte keine Schmerzen.

Der Kellner fragte, ob er einen Krankenwagen rufen solle. Karl schüttelte den Kopf.

Kristina konnte nichts tun, als sich neben ihren Vater zu setzen, der schwer atmete. Er wollte ihr sagen, daß sie sich keine Sorgen machen solle, daß sie keine Angst zu haben brauche, er wollte sie zum Lächeln bringen.

Das gelang ihm sogar. Kristina sah plötzlich Bengt Lagerrud vor sich, wie er an dem Birkenstamm lehnte, und sie lächelte.

Nach ein paar Minuten war die Krise vorbei, und Karl Vendel hatte für das Ganze eine einleuchtende Erklärung. Er war einfach müde, er hatte in letzter Zeit nicht gut geschlafen, die Einsamkeit in der großen, leeren Wohnung drohte ihn zu ersticken.

Er vermißte seine Frau, sein Land, seine Sprache, seine Jugend. Er vermißte sogar seine Tochter, obwohl sie neben ihm saß. Sie war eben nicht mehr das kleine Mädchen, das ihn darum bat, sie in den Schlaf zu singen.

Wenn das Gefühl der Entbehrung zu stark wird, bleibt einem die Luft weg, und das Atmen wird schwer.

Jetzt war es schon besser.

Die Römer hatten es am treffendsten ausgedrückt: Dum spiro spero. Solange ich atme, hoffe ich. Obwohl auch die Umkehrung stimmte. Dum spero spiro. Solange ich hoffe, atme ich.

Als Kristina ihn die alten Römer zitieren hörte, wußte sie, daß die Gefahr für diesmal vorüber war. Und doch hatte ein neuer Gedanke in ihr Wurzeln geschlagen. Vaters Tod. Eines Tages würde er sterben, und sie mußte darauf vorbereitet sein. Wie bereitet man sich auf so etwas vor?

Mit Mutters Tod war es etwas anderes. Da war sie noch ein Kind gewesen. Sie hatte nicht erlebt, daß ihre Mutter alterte, sich veränderte, hilflos und bettlägerig wurde.

Karl kannte seine Tochter. Er zog sie scherzhaft am Ohr, so wie er es getan hatte, als sie klein war. Es war Zeit, nach Hause zu fahren.

20

Die Liegenschaften der Gemeinde Huddinge werden von einer Gesellschaft namens Trollbergabolaget verwaltet. Sie hat ihr Büro im Zentrum, allerdings mehr zur Rückseite hin, wo ständig ein kalter Wind bläst, sogar im Sommer.

Über das Talent der Stadtplaner, zugige Milieus zu schaffen, konnte Maria sich immer wieder wundern.

In derselben Straße befand sich ein Geldautomat, an dem junge Hausfrauen Schlange standen, um sich mit Barem zu versorgen. Vor Systembolaget, der staatlichen Alkoholverkaufsstelle, lungerten die üblichen Gestalten herum. Einer der Typen hatte einen großen Schäferhund bei sich, der vermutlich einen Kater hatte, denn er winselte die ganze Zeit wie ein Welpe.

Maria schüttelte den Kopf. Es war merkwürdig. Alles hier war neu, die Fassaden waren blitzsauber, die Menschen gut angezogen und wohlgenährt, die Theken der Feinkostläden brachen fast zusammen unter den zahllosen Leckereien aus aller Welt. Und doch lastete ein unerklärliches Elend auf dem Ganzen, eine Armut, die nicht materiell war, sondern von anderer Art. Man war versucht, von »seelischer« Armut zu sprechen, aber sie fand, daß das zu überheblich klang.

Es war, als sollten die Menschen auf subtile und unpersönliche Weise ständig daran erinnert werden, daß das Leben kein Vergnügen sein darf, daß man sich die Dinge möglichst schwer machen soll. Aber sie empfand keine Befriedigung bei diesem Gedanken. Tief in ihrem Innern hörte sie die klagende Stimme ihres Vaters. Der junge Mann aus Sardinien, der jetzt ein alter Pizzabäcker in Hagsätra war, hatte sich in Schweden nie richtig wohl gefühlt. Er durfte nicht parken, wo er wollte, er mußte Schlange stehen, um eine Flasche Wein zu kaufen, er durfte nicht rauchen. »Schweden ist die Weltspitze der Tristesse«, schimpfte er. Nur seine Frau und ein paar schwedische Fußballspieler hatten sein Herz erobert, und jeden ersten Sonntag im Monat legte er Blumen unter das kleine Denkmal von Nacka Skoglund.* Fünf rote Nelken, weil er Sozialdemokrat war. Das Geld dafür setzte er in der Steuererklärung unter »Werbungskosten« ab.

Mit verdüstertem Gemüt betrat Maria das Vorzimmer von Trollbergabolaget. An der Empfangstheke saß eine junge Frau. Hinter ihr war ein Fenster, und das hereinfallende Licht legte einen Strahlenkranz um ihr Haar, wie bei einem Engel.

Maria trug ihr Anliegen vor. Es stellte sich heraus, daß der Angestellte, der für die Kirchenschlüssel verantwortlich war, sich gerade auf einem Computerkurs befand. Marias Frage, ob möglicherweise noch jemand da sei, der etwas darüber wissen könne, wurde mit der philosophischen Reflexion beantwortet, daß immer und überall noch jemand da sei. Zum Beispiel der Informationschef, in diesem Fall eine Frau. Sie hatte ein offenes Gesicht mit einem Netz von feinen Fältchen um die Augen.

Sie war eine wahre Goldgrube. Innerhalb von fünf

* berühmtester Fußballer Schwedens (1929–1975), A. d. Ü.

Minuten hatte sie Maria über das Schicksal der Schlüssel aufgeklärt. Es war nämlich so, daß Trollbergabolaget die Verwaltung des Kirchengrundstücks vom Roten Kreuz übernommen hatte. Zu jener Zeit hatte es nur zwei Schlüssel gegeben. Einen besaß der Sekretär des Roten Kreuzes, der inzwischen verstorben war, und den anderen der Hausmeister, der ebenfalls das Zeitliche gesegnet hatte. Sein Schlüssel war nie gefunden worden, aber man hatte sich deswegen keine Sorgen gemacht, denn in der Baptistenkirche gab es ja nichts zu stehlen, außer einem alten Klavier, das die Kulturbehörde dort in der Hoffnung abgestellt hatte, daß jemand es mitnehmen würde.

Zur Zeit gab es vier Schlüssel, die im Kassenschrank des Verwaltungschefs aufbewahrt wurden, und wenn man aus irgendeinem Grund die Kirche besuchen wollte, konnte man sich gegen Empfangsbestätigung einen Schlüssel ausleihen.

Im Laufe des Jahres war das häufiger geschehen, aber die Informationschefin erinnerte sich an keinen einzigen Fall, wo der Schlüssel nicht zurückgegeben worden wäre. Wie zur Bekräftigung holte sie ein Bündel Quittungen hervor.

Maria bat darum, sie anschauen zu dürfen, und blätterte sie langsam durch. Sie stammten von Schulen und Heimatvereinen. Einmal allerdings, am neunzehnten April des vergangenen Jahres, hatte ein gewisser Jonathan Hagen den Schlüssel ausgeliehen. Wußte die Informationschefin etwas über ihn?

Natürlich, das war ein sehr netter junger Mann, der etwas mit Computern zu tun hatte. Seine Firma war daran interessiert, die Kirche zu kaufen und zu einem Bürokomplex umzubauen. Damals hatte die Gemeinde vage Pläne gehabt, das Grundstück zu veräußern. Aber es war nichts daraus geworden. An den Namen des Unternehmens konnte sie sich nicht erinnern.

»War er Schwede?«

»Nein, das wohl nicht, obwohl er perfekt schwedisch sprach, fast akzentfrei. Er dürfte Deutscher oder Holländer gewesen sein.«

»Wieso Holländer?«

Jetzt wirkte die Informationschefin ein wenig geniert, aber schließlich gab sie sich geschlagen.

Es war ganz einfach so, daß der junge Mann einem holländischen Studenten ähnelte, in den sie als junges Mädchen verliebt gewesen war. Im übrigen hätten Holländer, Männer wie Frauen, einen charakteristischen Pflaumenduft an sich. Sie äßen nämlich gewaltige Mengen von Pflaumen, weil sie ständig unter Verstopfung litten. Sie seien vermutlich das verstopfteste Volk Europas. »Deshalb sind sie auch so friedlich, weil sie meist auf der Toilette sitzen. Das war jedenfalls bei meinem Freund so. Gott schütze ihn, falls er noch lebt.«

Nach dieser Informationskaskade wagte Maria keine weiteren Fragen zu stellen. Sie bedankte sich und ging.

Was hatte sie herausbekommen? Fast gar nichts. Ein Mann namens Jonathan Hagen, wenn es denn stimmte, wahrscheinlich Holländer, hatte die Kirche besucht und anschließend den Schlüssel wieder zurückgegeben. Was ihn nicht daran gehindert hätte, eine Kopie davon zu machen. Wie schwierig war es, einen Schlüssel für ein Spezialschloß mit siebenfacher Sicherung kopieren zu lassen?

Es gab jemanden, der diese Frage beantworten konnte, und sie brauchte nicht einmal weit zu laufen. Im Konsum-Laden arbeitete der obligatorische Schuster und Schlosser in Personalunion. Er war ein eleganter älterer Herr, offenbar Einwanderer oder Flüchtling, der mit seiner Freundlichkeit die Herzen der Huddinger gewonnen hatte.

Sie holte ihren eigenen Sicherheitsschlüssel hervor und bat ihn, eine Kopie davon anzufertigen. Das durfte er nicht, es war gesetzwidrig. Sie mußte den Beweis erbringen, daß sie die rechtmäßige Eigentümerin des Schlüssels war.

Es kostet wohl ein wenig extra, dachte sie und bot ihm eine Summe an. Der Mann – sie hatte inzwischen für sich entschieden, daß er Kurde sei – lehnte wieder ab.

Dann kostet es also viel mehr, dachte sie und erhöhte ihr Angebot.

Der Kurde war unbestechlich. Sie müsse erst »das richtige Papier« vorzeigen.

Schön und gut, der Holländer hätte den Schlüssel hier nicht kopieren lassen können, aber vielleicht irgendwo anders. Wenn er es überhaupt getan hatte. Wenn er überhaupt etwas mit der Sache zu tun hatte.

Dann fiel ihr ein, daß sie in die falsche Richtung dachte. Sie machte unnötige Umwege. Jemand, der bei Trollbergabolaget arbeitete, konnte mit Leichtigkeit den Schlüssel kopieren lassen. Der Verwaltungschef! Er brauchte nicht einmal eine Kopie zu machen, er hatte ja alle Schlüssel im Schrank. Aber jetzt machte er den Computerführerschein. Morgen würde er wieder im Dienst sein.

Bis dahin konnte sie nicht viel tun. Nur zu McDonald's gehen und zwei Hamburger, eine große Portion Pommes frites und eine kolossale Cola bestellen. Ihr Vater, der Pizzabäcker, wäre ohnmächtig geworden, wenn er sie jetzt gesehen hätte.

21

Östen Nilsson stellte sich breitbeinig auf die Treppe der Baptistenkirche und inspizierte die Umgebung. Das benachbarte Gebäude war eine Krankenpflegerschule, die natürlich nachts geschlossen war. Er konnte den Hausmeister fragen, ob dort in letzter Zeit jemand noch spätabends gearbeitet hatte, aber er glaubte nicht, daß das etwas bringen würde.

Es ist immer unangenehm, an fremden Türen zu klingeln. Man beunruhigt die Leute, man stellt idiotische Fragen, und die meisten sind ohnehin nicht zu Hause. Man sollte abends kommen, aber noch peinlicher wäre es, die Leute beim Essen zu stören, um sie zu fragen, ob sie eventuell einen herumschleichenden Mörder gesehen haben.

Weiter weg standen einige Mietskasernen, aber die Entfernung war zu groß. Niemand, der nicht mit einem Nachtfernrohr bewaffnet war, hätte von dort aus etwas sehen können. Andererseits ist nichts unmöglich. Das wußte Östen. Es würde außerdem nicht viel Zeit kosten, denn nur von den beiden oberen Stockwerken schaute man auf die Baptistenkirche.

Im ersten Mietshaus hatte er kein Glück. Von allen Türen, an denen er klingelte, wurde nur eine geöffnet, und zwar von einer Polin, die in Schwarzarbeit putzte und sich verschloß wie eine Muschel, als ihr klar wurde, daß sie es mit einem Polizisten zu tun hatte.

Im zweiten Haus war er erfolgreicher. Auch dort tat sich ihm nur eine einzige Tür auf, aber der Wohnungsinhaber, der über achtzig war und allein lebte, bat ihn gleich herein. Der scharfe Geruch von Alter und Einsamkeit, der ihm entgegenschlug, ließ ihn zögern, aber der alte Herr hatte gerade Kaffee gekocht und wollte den »Schutzmann« gern auf eine Tasse einladen.

Östen hätte sich geschämt, nein zu sagen. Die Wohnung war geräumig und hell, und durch das große Fenster hatte man die Baptistenkirche voll im Blick.

Der Alte stellte sich vor: Arild Fridhagen, pensionierter Revisor, seit drei Jahren verwitwet. Er war offensichtlich froh, jemanden zu Besuch zu haben, ein Mensch in Gesellschaft eines anderen Menschen sein zu dürfen.

Der Kaffee schmeckte richtig gut, auch die Zimtschnecke. Östen fühlte sich wie zu Hause und hatte es nicht eilig, mit dem Fragespiel zu beginnen. Arild hingegen brannte darauf, all das Merkwürdige loszuwerden, das sich in letzter Zeit um ihn herum ereignet hatte. Mit schelmischem Lächeln wollte er wissen, ob der Schutzmann bemerkt habe, daß sich im Erdgeschoß ein Friseursalon befand.

»Ja, und was ist damit?«

»Nichts Besonderes, nur daß sie einem dort alles mögliche abschneiden, außer den Haaren.«

Der Alte verstummte und wartete auf Östens Fragen, aber der tat so, als ob er es nicht merkte. Er wußte, daß er ohnehin gleich die ganze Geschichte erfahren würde.

»Das ist ein Hurenhaus.«

»Ein Hurenhaus?«

Es war lange her, seit Östen dieses Wort zuletzt

gehört hatte. Das ist der Vorteil einer Unterhaltung mit älteren Leuten: Irgendwann benutzen sie mit Sicherheit einen Ausdruck, den sonst niemand mehr verwendet, der aber irgendwie die Wirklichkeit wieder zurechtrückt. Ein Hurenhaus ist etwas ganz anderes als ein Bordell, das eher an elegante Damen in langen Kleidern und befrackte Herren mit offenem Hosenschlitz denken läßt.

Ein Hurenhaus also, ohne Umschweife. Wieso war Arild sich dessen so sicher?

Ganz einfach. Es fuhren eine Menge Autos vor, den ganzen Tag und die halbe Nacht, Scharen von Männern, es passierte oft, daß sie an der falschen Tür klingelten, auch bei ihm hatten sie schon geklingelt. Erst gestern war wieder einer dagewesen und hatte gefragt, was es kosten solle. Kosten, was denn? Einmal das Rohr durchpusten, hatte die Antwort gelautet. Auch vorhin, als der Schutzmann klingelte, hatte Arild gedacht, es sei ein Freier.

Die Mädchen hatte er auch gesehen.

Wie denn das? War er etwa hingegangen?

Der alte Mann gluckste vergnügt. Natürlich war er unten gewesen, vor allem zu Studienzwecken, versteht sich, denn sein Rohr brauchte nicht durchgepustet zu werden. Er war ja froh, wenn er noch damit pinkeln konnte. Aber er war neugierig. In jungen Jahren war er einmal zu den »Mädels« gegangen, als seine Frau, Gott hab sie selig, längere Zeit verreist war. Da hatte er ein Massageinstitut in der Allerheiligenstraße aufgesucht. Irgendwann in den Siebzigern. Damals war es eine Serbin gewesen. Die Mädchen hier im

Haus kamen wohl aus Asien, und sie waren »süß wie die Sünde«.

Eine von ihnen hatte ihre Sprechstunde sogar in einem Wohnwagen gehabt, der für gewöhnlich unterhalb der Baptistenkirche geparkt war. Aber das war nun schon eine Weile her.

»Wie lange?«

»Bestimmt fünf, sechs Wochen.«

Östen stieß einen enttäuschten Seufzer aus. Das wäre sonst eine Spur gewesen, die man hätte verfolgen können. Es konnte doch gut sein, daß der Bordellbetrieb nur als Tarnung für andere, gefährlichere Machenschaften diente. Ihn hätte es nicht gewundert, so war es meistens. Ein Friseursalon entpuppt sich als Bordell, ein Bordell entpuppt sich als Spielhölle, eine Spielhölle entpuppt sich als Waffenhandel, und so weiter.

Die Gesellschaft gleicht immer mehr diesen chinesischen Puppen. In jeder versteckt sich noch eine weitere.

Der alte Revisor wollte wissen, ob die Polizei beabsichtigte, etwas gegen die Hurerei zu unternehmen.

Die Polizei konnte gar nichts unternehmen. Das neue Gesetz über die Prostitution, das auch die Kunden kriminalisierte, hatte es der Polizei unmöglich gemacht, Zeugen vorzuführen. Niemand gab freiwillig zu, daß er für sexuelle Dienstleistungen bezahlte. Man mußte ihn auf frischer Tat ertappen, aber wie sollte das gehen? Selbst dann konnte der Betreffende immer noch behaupten, daß es sich um wahre Liebe handelte.

Aber die Wohnungsbaugesellschaft konnte natürlich Anzeige erstatten, wenn die Leute sich gestört fühlten. Sonst waren der Polizei leider die Hände gebunden.

»Man könnte sie wenigstens zwingen, die Preise zu senken«, schlug der Revisor vor. Und sie trennten sich in bestem Einvernehmen.

22

Unterdessen saß Kristina mit Thomas Roth in ihrem Büro. Sie waren sich einig, daß es sich hier nicht um einen gewöhnlichen Mord handelte. Den Tätern war offenbar mehr daran gelegen, das Verbrechen publik zu machen, als daran, es zu vertuschen. Das war normalerweise ein sicheres Zeichen dafür, daß man es mit einem psychotischen Mörder oder mit Terroristen zu tun hatte. Aber Täter dieser beiden Kategorien hinterlassen immer irgendeine Mitteilung, eine Notiz, eine Zeichnung oder einen Gegenstand. Sie sind fest davon überzeugt, daß die Polizei sie nicht finden kann, oder es ist ihnen egal. Ihre Überzeugung ist stärker als ihre Furcht.

Thomas Roth war seit fünfundzwanzig Jahren Polizist, er hatte gelernt, allem zu mißtrauen, nicht zuletzt seinen eigenen Gedanken und Einfällen. Er trat stets als des Teufels Advokat auf, sogar sich selbst gegenüber.

Er behauptete, daß hier weder psychotische Mörder noch Terroristen im Spiel seien. Für ihn waren die Leichen in der Baptistenkirche nur ein Ablenkungsmanöver. Jemand wollte, daß die Polizei sich darauf konzentrierte und ein Rätsel zu lösen versuchte, das nirgendwohin führte. Damit etwas anderes nicht ans Licht kam. Die Frage war nur, was.

Auch Kristina war eine geborene Teufelsadvokatin, außerdem hatte sie vier Jahre Philosophie gebüffelt und sich in der Kunst des Widerspruchs geübt. Die wandte sie auch diesmal an. Sie wies darauf hin, daß die Täter vielleicht auf ihre Eitelkeit spekulierten, darauf, daß sie sich nicht damit begnügen würden, das vorliegende Verbrechen zu untersuchen, sondern daß sie noch andere Spuren verfolgen und dadurch in die Irre gehen würden.

Kurz und gut, das Beste war, sich jeder Theorie zu enthalten und sich auf das zu beschränken, was man sehen konnte. Deshalb faßte sie die Situation noch einmal zusammen.

Die zerfetzten Leichen von zwei jungen Ausländern waren auf den Altar einer verlassenen Baptistenkirche gelegt worden. Das war das einzig Konkrete, was sie in der Hand hatten, außer dem grünen Plastikpferd, das vermutlich irgendein Schulkind bei der Kirchenbesichtigung vergessen hatte. Sonst nichts. Die Motive und Absichten der Täter waren vorläufig rein hypothetisch. Also mußte man sie außer Betracht lassen. Einfach so verfahren wie immer.

Und das war, sie wußte es, genauso gut wie alles andere. Sie wollte den älteren Kollegen nicht schulmeistern. Deshalb zuckte sie die Achseln, als wollte sie das Gespräch mit der Andeutung beenden, daß sie beide recht oder unrecht haben könnten.

Sie wollte Thomas gerade zu einer Tasse Kaffee einladen, als jemand an die Tür klopfte und sie im selben Moment auch schon öffnete. Das konnte nur Gustav Lindegren sein, der Gerichtsmediziner. Er hatte die Angewohnheit, fremde Türen genauso umstandslos aufzumachen wie den Bauch einer Leiche. Nun stand er vor ihnen, klein und mager und mit einem fiebrigen

Blick, in den sämtliche Grausamkeiten eingebrannt schienen, die er von Berufs wegen gesehen hatte.

Er hatte Neuigkeiten. Selbst für ihn waren sie neu. Ihm war noch nie etwas Derartiges unter die Augen gekommen. Damit meinte er nicht die Brutalität, obwohl auch die ungewöhnlich war, sondern etwas anderes. Er hatte eine Routineuntersuchung durchgeführt, nicht um die Todesursache festzustellen, die ohnehin offenkundig war, sondern um etwas zu haben, das er in seinen Bericht aufnehmen konnte. Mageninhalt, Anzeichen sexueller Gewalt und Ähnliches.

Was er gefunden hatte, bestätigte seine Erwartungen. Die Jungen hatten Fleisch mit Reis gegessen, beide waren vergewaltigt worden, es gab Spuren von Blut und Sperma. Kurzum, alles deutete darauf hin, daß die Tat von pädophilen Psychotikern verübt worden war. Aber etwas verwirrte ihn. Bei beiden Opfern fehlte das Herz. Jemand hatte es herausgenommen, und ein Stümper war das nicht gewesen.

Kristina und Thomas dachten gleich an den russischen Psychopathen, der die Körper seiner Opfer zerstückelte und im Kühlschrank aufbewahrte, um sie bei Gelegenheit aufzuessen. Sexueller Kannibalismus mit rituellem Einschlag, ein Relikt aus früheren Epochen der Menschheitsgeschichte, als man glaubte, man könne sich die beneidenswerten Eigenschaften seines Feindes aneignen, indem man ihn verspeiste.

Aber dies hier war Schweden im Jahre des Herrn zweitausend, oder zwanzighundert, wie ein paar Idioten hartnäckig zu sagen pflegten. Andererseits war Schweden auch nicht mehr das, was es einmal gewesen war. Unvergessen war der Fall in Skogås, einem jener Vororte im Südosten Stockholms, wo Menschen aus aller Welt lebten, ohne zu wissen, wie sie dort hingeraten waren.

Dort hatte man zwei Kinder zu Tode mißhandelt, in der löblichen Absicht, ihnen böse Geister auszutreiben.

Das war Wasser auf die Mühlen aller Fremdenhasser. Sie brachten sofort Plakate in Umlauf, auf denen betont wurde, wie wichtig es sei, Schweden schwedisch zu erhalten.

Natürlich ließ sich das Problem nicht von der Hand weisen. Wie sollte man so viele unterschiedliche Weltanschauungen, Normen, Werte, Lebensstile, Religionen und Riten unter einen Hut bringen? Schweden stand vor der größten pädagogischen Aufgabe seit dem Einzug der Kartoffel in die Landesküche. So sah es jedenfalls der Gerichtsmediziner, der von seiner furchtbaren Entdeckung noch ganz erschüttert war. Er war überzeugt, daß es sich um einen rätselhaften, grausigen Ritus handelte.

Kristina fragte, ob er irgendeine Vermutung habe, woher diese Jungen stammten. Das war nicht so einfach. Farbe, Konsistenz und Geschmeidigkeit der Haut ließen an Südostasien denken, aber auch an einige südamerikanische Länder. Er hätte mehr sagen können, wenn er ihre Gesichter gesehen hätte. Aber das war ja, wie man wußte, nicht möglich. Sie waren zermalmt worden, die Knochen geradezu pulverisiert. Auch das deutete auf ein Ritual hin. Man muß den Feind so deformieren, daß nicht einmal seine eigenen

Götter ihn mehr erkennen. Seinen Körper aber darf man nicht verstecken, alle sollen ihn sehen. Deshalb hatte man die Leichen in der Kirche ausgestellt. Zu Nutz und Frommen der Menschheit, als Mahnung. Und zur Ehre der eigenen Götter.

Gustav Lindegren hatte noch nicht viele Berufsjahre hinter sich. Er hatte eigentlich nicht Gerichtsmediziner werden wollen, er hatte davon geträumt, ein gewöhnlicher Arzt zu werden, einer, der Krankheiten heilt und Leben rettet. Genau wie sein Vater es getan hatte, bis zu dem schicksalsschweren Tag, an dem er einen Fehler machte, der einer schwangeren Frau und ihrem Fötus das Leben kostete.

Die Tragödie war um so größer, als es sich um seine eigene Frau handelte, die das Kind eines anderen erwartete, wovon er gewußt hatte. Er wußte auch, daß es ein Kunstfehler gewesen war, aber er konnte nicht aufhören, sich selbst zu verdächtigen. War es wirklich ein Kunstfehler? War es nicht vielmehr eine raffinierte Form der Rache, die wie ein Kunstfehler aussah?

Es gibt nur wenige Menschen, die damit geschlagen sind, sich selbst zu mißtrauen. Und noch geringer ist die Zahl derer, die es aushalten, mit diesem Mißtrauen zu leben. Er fing an, sein Äußeres und sein Verhalten gegenüber den Patienten zu vernachlässigen, er trank, und schließlich machte er einen weiteren Kunstfehler und verlor seine ärztliche Zulassung. Danach war es nur noch eine Frage der Zeit, daß er zu Ende brachte, womit er längst begonnen hatte. Er nahm sich das Leben.

Am Tag zuvor hatte er seinem Sohn gesagt, er solle niemals Arzt werden. Der Sohn war zu jener Zeit ein verwirrter Vierzehnjähriger mit Dauererektion, die er dreimal am Tag energisch bekämpfte, in ständiger Furcht, davon auch noch im Gehirn Pickel zu bekommen. Der Vater war vor ihm auf die Knie gefallen und hatte ihm ein Gelübde abverlangt, das er tatsächlich bekam. Aber Gustav hatte seiner Mutter, die eine Schwäche für weiße Kittel hatte, bereits gelobt, daß er Arzt werden würde. Sie selbst war Krankenschwester gewesen.

So wurde er Gerichtsmediziner. Das war der perfekte Kompromiß, mit dem er seine beiden Gelöbnisse halten konnte. Er war Arzt, aber er hatte den großen Vorteil, daß die meisten seiner Patienten schon tot waren. Er konnte sie weder absichtlich noch unabsichtlich ums Leben bringen.

Während seiner zehn Berufsjahre hatte er täglichen Umgang mit der Nacktheit des Todes. Er lernte viel dabei, und was ihm den größten Schrecken einjagte, war, daß auch das Töten sich nach bestimmten Konjunkturgesetzen vollzieht. Zu manchen Zeiten wird besonders viel erdrosselt, dann wieder dominiert etwas anderes. Tötungsarten gehen mit der Mode. Es entsetzte ihn, daß das Zerstückeln von Körpern genauso en vogue sein konnte wie kurze oder lange Röcke.

Auch das war eine Folge der Mediengesellschaft. Die Medien formten die Menschen zu Massen, die dasselbe dachten, die gleichen Bücher lasen und die gleichen Filme sahen, das gleiche aßen und dieselben Ferienorte aufsuchten. Aus der Mediengesellschaft war die Massengesellschaft geworden. Konnte dabei etwas Gutes herauskommen?

Er sprach mit niemandem darüber, er behielt seine Gedanken für sich. Noch ein Albtraum, mit dem er leben mußte, aber wenn man ohnehin nichts anderes mitzuteilen hat als Albträume, kann man ebensogut schweigen.

Schweigen! Eine Tugend, die selten geworden war.

Kristina betrachtete ihn mit einer gewissen Zärtlichkeit. Sie wußte nicht, was er dachte, sie sah nur seinen gequälten Blick und seine verkrampfte Haltung. Sie klopfte ihm auf die Schulter und lud auch ihn zum Kaffee ein.

23

Anita Nilsson war ein netter Mann. Daß er Anita genannt wurde, lag nicht etwa daran, daß er dem anderen Geschlecht das eigene vorzog, sondern daran, daß er sich einmal im Jahr, zum Sommeranfang, aufführte wie Anita Ekberg in dem Film »La Dolce Vita«.

Das ging so vor sich, daß Anita, der in Wirklichkeit Percy hieß, gemeinsam mit seinen Kumpanen aus Huddinge in die Stadt fuhr, unter Gelächter und Geschrei zum Brunnen gegenüber dem Kulturhaus marschierte, sein Hemd auszog und sich unter die Fontäne stellte. Die Polizei kümmerte sich nicht darum, und auch sonst niemand.

Anschließend fuhren sie nach Huddinge zurück und setzten ihr Leben als versoffene Clochards fort. Wenn die anständigen Huddinger an dem hochgewachsenen Mann mit dem abwesenden Blick vorbeigingen, erkannten sie ihn nicht mehr. Und doch waren sie ihm oft begegnet, hatten sich mit ihm unterhalten und manchmal sogar gestritten, während der Jahre, in denen er als Fußballtrainer ihren Nachwuchs betreute.

Er war ein geachteter Mann gewesen, Angestellter bei der Sparbank, mit einer reizenden Frau und zwei gesunden, begabten Söhnen. Sie wohnten in einem hübschen Reihenhaus mit Gartengrill und hatten guten Kontakt zu ihren Nachbarn. Die Frau besuchte zweimal in der Woche einen Kurs in Afrikanischem Tanz, und jedesmal, wenn sie nach Hause kam, brannte sie lichterloh wie das Olympische Feuer, denn der

Tanzlehrer war ein schöner Mann, den die Wogen des Lebens von Ghanas Stränden ins Zentrum von Huddinge getragen hatten.

Der Schein trügt, sagen die Leute. Aber das Feuer trügt auch, nur spielt das keine Rolle, solange es wärmt.

Kurz gesagt, sie führten ein gutes Leben mit all den dazugehörigen kleinen Lügen, Kompromissen, Betrügereien, Falschaussagen, bewußten oder unbewußten Verleugnungen, verborgenen Absichten, heimlichen Lüsten, unausgesprochenen Anklagen – und verstohlenen Fürzen.

Dann ging alles sehr schnell.

Die Bank, der ehemals so sichere Arbeitsplatz, wurde einer Reihe von Umstrukturierungen und Rationalisierungen unterzogen, die zu einem stetigen Personalabbau führten. Percy Nilsson gehörte zwar nicht zu den ersten, die ihre Stellung verloren, aber lange dauerte es auch bei ihm nicht. Und immer häufiger brauchte er einen extra großen Schlummertrunk, um neben einer Ehefrau, die immer seltener zu Hause war, für wenige Stunden in einen unruhigen Schlaf zu fallen.

Der nächste logische Schritt war die Scheidung. Percy, der ein von Grund auf anständiger Mensch war, machte keine Szene, fragte nicht einmal, warum. Er befand, daß er ihrer nicht würdig sei.

So kam es, daß er eines Tages ohne Wohnung und ohne Arbeit dastand. Seine Hände zitterten, sein Blick flackerte, die Welt entglitt ihm, und er entglitt der Welt. In dieser Situation blieb ihm nur noch die Pennerclique. Männer, die wie er alles verloren hatten, was sie einmal besaßen, und eine einzige Frau, von der niemand wußte, wie sie dazwischengeraten war.

Ein Gerücht besagte, daß ihr Vater und ihre Brüder sie seit ihrem dritten Lebensjahr mißbraucht hatten. Ihr Körper schwankte ständig, als würde er von einem stürmischen Wind in ihrem Innern bewegt. Sie wurde Anna genannt, ihren wirklichen Namen kannte niemand. Wenn sie völlig am Ende war, hielt sie für sich selbst eine Seelenmesse auf dem Grundstück hinter dem Amtsgericht. In ihrer Jugend hatte sie Priesterin werden wollen, statt dessen war sie Sünderin geworden.

Die Obdachlosen übernachteten gewöhnlich im Källbrinkswald, wo sie sich aus Benzinkanistern und Pappkartons eine Art Hütte gebaut hatten. Im strengsten Winter suchten sie manchmal Schutz in der Baptistenkirche. Sie brauchten keinen Schlüssel, um hineinzukommen. Sie mußten nur ein paar Bretter vor dem Kellerfenster entfernen. Die stellten sie morgens wieder an ihren Platz.

Thomas Roth wußte, daß die beste Zeit, sich mit diesen Leuten zu unterhalten, in den Mittagsstunden lag. Dann waren sie in der Regel nüchtern, was sie in einen Zustand heftiger Nervosität versetzte. Sie irrten im Zentrum von Huddinge herum, deprimiert und aufgekratzt, trübselig und mutwillig zugleich, Gespenster, die dem Rausch der vergangenen Nacht entstiegen waren, umgetrieben von der einzigen Hoffnung, daß der neue Tag genauso enden möge.

Er kannte sie, und sie kannten ihn. Er durfte sie alles fragen. Aber sie wußten nicht viel. Sie hatten zu keiner

Zeit etwas Ungewöhnliches bemerkt, weder in der Kirche noch in der Umgebung. Er hoffte für sie, daß sie die Wahrheit sagten. Denn wenn sie etwas gesehen hatten, schwebten sie in tödlicher Gefahr. Wer auch immer die Leichen in die Kirche gelegt hatte, würde nicht davor zurückschrecken, eventuelle Zeugen zu beseitigen.

Er gab ihnen den Fünfzigkronenschein, um den sie ihn gebeten hatten. Sie wollten Futter für den Hund kaufen.

24

Kristina saß an diesem Abend allein zu Hause. Es war ungewöhnlich mild für die Jahreszeit. Das Fenster zum Garten stand offen. Wieder war ein Tag vergangen, ohne sie einer Lösung näher zu bringen.

Immer wieder rekapitulierte sie die Fakten. Zwei Jungen, auf bestialische Weise ermordet. Fundort und Tatort waren nicht identisch.

Das war alles. Es war nicht viel.

Gleichzeitig war da der unbekannte Junge in dem abgestürzten Flugzeug, den sie eigentlich viel zu leichtfertig beiseite geschoben hatte. Allerdings sah auch dieser Fall hoffnungslos aus, und außerdem war es ein Unglück gewesen, kein Verbrechen.

Der Gedanke, daß es eine Verbindung zwischen den beiden Fällen geben könnte, war verlockend, aber sie verwarf ihn. Was hätte das für eine Verbindung sein sollen?

Alle drei Opfer waren Ausländer, alle Jungen, vermutlich aus demselben Land. Es war schwer, an einen Zufall zu glauben, und doch wußte sie, daß es sehr wohl einer sein konnte.

Durch das Fenster kam der säuerliche Duft reifer Äpfel. Sie hatte ihren Garten vernachlässigt. Ihre Gabriella-Rosen hingen schlaff herunter, die Spireen waren von Raupen angefressen, die Tomatenpflanzen in ihren großen Töpfen waren vertrocknet.

Früher ging das alles automatisch. Sie machte das eine, und ihr Mann machte das andere. Jetzt fiel ihr auf, daß die Freuden der Ehe zum großen Teil in gemeinsamer Tätigkeit bestanden.

Sie vermißte diese Stunden, in denen sie friedlich Seite an Seite gearbeitet hatten. Und das gemeinsame Kaffeetrinken danach.

Würde sie irgendwann eine neue Zweisamkeit mit einem anderen Mann aufbauen?

Manchmal war sie nahe daran, zu verzweifeln. Sie wußte, daß sie nicht allein leben wollte, sie war nicht aus dem Stoff, aus dem Eremiten sind. Sie wollte sich in den Augen eines anderen spiegeln, sie wollte einen Kameraden am Tisch und im Bett haben.

Zufallsbegegnungen waren nicht nach ihrem Geschmack, so reizvoll sie manchmal erscheinen mochten. Sie wollte nicht lauter kleine Liebesteiche haben. Sie wollte einen ganzen See, in dem sie schwimmen konnte, wann immer sie Lust dazu hatte.

Das war eine so wohlige Vorstellung, daß sie aufstand, um sich ein Glas Wein zu holen. Sie war dabei, die Flasche zu öffnen, als das Telefon klingelte. Automatisch sah sie auf die Uhr. Kurz vor elf. Aus reiner Gewohnheit überlegte sie, wer das sein könnte, obwohl sie ja einfach nur den Hörer abzunehmen brauchte.

Um diese Zeit kamen nicht viele Leute in Frage. Sie vermutete, daß es ihr Vater sei. Sie hätte sich nicht gründlicher irren können. Als sie sich meldete, war es zunächst still. Dann begann jemand zu keuchen und zu stöhnen, offenbar höchst erregt, man hörte ihn seufzen, schmatzen, schlürfen und nach Luft schnappen. Es war, als ob man einen unsichtbaren Liebesakt belauschte. Um die Wahrheit zu sagen, es war gar nicht einmal unangenehm, jedenfalls einen Moment lang.

Der Anrufer schien das zu wissen, denn er fragte mit stark verzerrter Stimme:

»Gefällt dir das?«

Sie antwortete nicht.

»Gut. Ich wußte, daß du eine perverse kleine Hure bist. Hör auf mit deiner Schnüffelei, bevor es zu spät ist.«

Er legte auf.

Nun kann man sich natürlich fragen, warum sie kein Telefon mit Display besaß, das die Nummer des Anrufers anzeigte. Sie fand den Gedanken ganz einfach unangenehm. Dahinter lauerten zu viele Verschwörungsphantasien. Sie wollte ihre Mitmenschen nicht ausspionieren. Anonymität gehörte zu den menschlichen Grundrechten. Sie wollte sich auch nicht gegen unbekannte Gefahren wappnen müssen. Die bekannten reichten ihr.

Ein paar Minuten vergingen, dann klingelte es von neuem.

Erfahrungsgemäß ruft in neunzig Prozent aller Fälle dieselbe Person noch einmal an. Sie war überzeugt, daß es der Keucher war. Sie nahm den Hörer ab und brüllte ihn aus Leibeskräften an, er möge zur Hölle fahren.

Das Schweigen am anderen Ende deutete sie als Bestätigung, daß sie ins Schwarze getroffen hatte, und sie legte noch eine Reihe Schimpfwörter nach, die einen Zuchtbullen der Rasse »Blaue Belgier« zum Erröten gebracht hätten. Bis eine milde Frauenstimme erklärte, daß Marie Lönngren am Telefon sei.

25

Sie trafen sich am nächsten Tag am selben Ort wie beim letzten Mal, das heißt in Kungsträdgården am Denkmal Karls XII. Vor fast einem Jahr hatten sie sich in der Mittagspause dort verabredet, weil Kristina die Genehmigung brauchte, einen vierjährigen Jungen zu verhören. Marie Lönngren hatte ihr Gesuch abgelehnt.

Sie war Psychologin, spezialisiert auf Kinder und Jugendliche, aber ihre Verdienste gingen weit darüber hinaus. Sie besaß gründliche und umfassende Kenntnisse in der modernen psychoanalytischen Theorie und interessierte sich besonders für Schwerverbrecher.

Sie wurde bei komplizierten polizeilichen Ermittlungen oft hinzugezogen, und der Doppelmord in der Baptistenkirche hatte von fern ihre Aufmerksamkeit erregt. Das war auch nicht verwunderlich bei einer Frau mittleren Alters, der die ganze Welt wie eine einzige unerforschte Psyche erschien.

Marie Lönngren war fest davon überzeugt, daß es nichts gab, was sie nicht hätte begreifen und erklären können. Ebenso überzeugt war sie davon, daß es Dinge gab, die sie nie erfahren würde, und das ärgerte sie maßlos.

Jetzt hatte sie eine Theorie.

Ein gemeinsames Mittagessen war nicht vereinbart, denn Marie Lönngren pflegte die freie Stunde für einen schnellen Spaziergang zu nutzen. Ihren Kreuzzug gegen die ärgerlichen Extra-Kilos, die sich hier und dort festsetzten, führte sie mit unverminderter Intensität, vor allem nach ihrer fünften Scheidung. Ihr letzter Mann war fünfzehn Jahre jünger gewesen als sie und hatte unter Druck gestanden wie eine Champagnerflasche.

Kurzum, Marie Lönngren hatte ein Leben im Expreßtempo gelebt, während sie sich im Grunde ihres Herzens nach Ruhe und Frieden sehnte, nach langen, müßigen Tagen auf dem Land. Sie liebte ihr Sommerhaus auf Gotland, in der Nähe der gebeutelten Ortschaft Farösund, die mit der Kürzung des Verteidigungshaushalts den größten Teil ihrer Arbeitsplätze verloren hatte. Das dritte Regiment der Küstenartillerie war ja der wichtigste Arbeitgeber in dieser Gegend gewesen.

Nun hatte sie also eine Theorie, was den Doppelmord betraf. Und die entwickelte sie unverzüglich, während sie in Richtung Skeppsholmen gingen.

Sie glaubte, der oder die Mörder seien in ihrer Kindheit sexueller Gewalt ausgesetzt gewesen, höchstwahrscheinlich inzestuöser Art. Sie schleppten ein so tiefsitzendes Schamgefühl mit sich herum, daß sie nicht gesehen werden wollten. Dieser Tätertypus zerstört das Gesicht des Opfers. Zuallererst muß das Sehvermögen des Opfers unschädlich gemacht werden. Solche Mörder stechen auf die Augen ein, nehmen sie manchmal sogar heraus, um sie zu zerquetschen. Auf diese Weise soll die Scham vernichtet werden.

Mit anderen Worten, die Polizei tat gut daran, konzentriert in dieser Richtung zu ermitteln. Sie räumte ein, daß sich im Augenblick nicht viel Erhellendes abzeichnete. Aber es gab einen Ausweg. Man konnte das Problem umgehen, »wie Alexander der Große es tat. Wenn die Truppen des Feindes in der Übermacht waren, ging er einfach kampflos um sie herum.«

Es war nicht recht klar, was sie meinte, und sie wurde deutlicher. Die Polizei sollte in den Akten nachschauen, welche Männer und Frauen ihre Kinder sexuell mißbraucht hatten, sagen wir, vor zehn oder zwanzig Jahren. Dann konnte man herauszufinden versuchen, was diese Kinder jetzt machten, wie sie lebten.

Dabei konnte es sich höchstens um ein Dutzend Fälle in Huddinge und Umgebung handeln. Natürlich lag die Dunkelziffer um ein Vielfaches höher, die meisten Delikte werden ja nie angezeigt.

Aber es war doch ein Anfang, oder?

Kristina stimmte ihr zu, es konnte ein Anfang sein, auch wenn es viele Stunden kosten würde, die alten Archivmappen aus der Zeit vor der Computerisierung der Polizeiakten zu durchsuchen.

Nur eins wollte sie noch wissen. Wie kam es, daß Marie Lönngren mit der Psychologie des sexuellen Mißbrauchs derart vertraut war?

Sie näherten sich der großen Kastanie, die rechts von der Holzbrücke stand. Bei ihrem letzten Treffen hatte Marie Lönngren genau hier von der großen, unglücklichen Liebe ihres Lebens erzählt.

Was würde sie diesmal erzählen?

Marie Lönngren sagte nichts. Zu sehr brannte die Scham in ihr. Trotz all der Jahre, die sie auf der Couch verschiedener Analytiker verbracht hatte.

Wie verarbeitet man das Schreckliche, die Scham, die sie empfand? Wie vergißt man die Bilder vom Vater, der in der Badewanne sein Glied in ihren Mund zwängte und später auch in ihren Schoß?

Sie hatte ihr Leben damit verbracht, diesen Bildern zu entkommen, sie hatte alles getan, was in ihrer Macht stand, um eines Tages wagen zu können, was die meisten täglich tun. Sich selbst im Spiegel anzuschauen und zu verzeihen. Verzeihen? Das konnte sie. Vergessen konnte sie nicht.

Und dann die unausweichliche Frage: Was wußte die Mutter? Ahnte sie etwas? Wie konnte das Jahr für Jahr so weitergehen, ohne daß sie reagierte? Es gab nur eine einzige Erklärung. Daß ihre Mutter dasselbe erlebt hatte. Das Schlimme wird vererbt, freiwillig oder unfreiwillig. Endlose Leidensketten entstehen aus dem Bedürfnis, nicht allein damit fertig werden zu müssen. Ein hilfloses Opfer kann Trost darin finden, daß es ein weiteres Opfer gibt.

Nur ein Wunder kann diese Ketten zerbrechen. Das hatte sie in der Psychoanalyse gesucht: die starke Erkenntnis, die sie frei machen würde.

Die Erkenntnis war da. Auf die Freiheit wartete sie vorläufig noch.

Deshalb sagte Marie Lönngren diesmal nichts. Sie beschleunigte nur ihren Schritt, bis sie beinahe rannte.

Aber niemand ist schnell genug, um vor sich selbst wegzurennen.

26

Kristina fuhr nicht zum Polizeirevier zurück. Einerseits wartete dort nichts Konkretes auf sie, andererseits war sie verwirrt von der Begegnung mit Marie Lönngren, die vermutlich einen tieferen Sinn hatte. Aber in alten Ordnern zu wühlen, um zu sehen, wer sich vor zwanzig Jahren an seinen Kindern vergriffen hatte, um danach die Kinder aufzuspüren – das war kein gangbarer Weg. Es würde eine Menge Zeit verschlingen und nichts beweisen. Das hatte sie Marie Lönngren nicht gesagt, sie fand es unangebracht, jemanden zu schulmeistern, der auf seine Weise versuchte, ihr zu helfen.

Außerdem mochte sie Marie. Hinter der Fassade der Karrierefrau nahm sie einen einsamen, gequälten Menschen wahr.

Und plötzlich wußte sie Bescheid. Marie Lönngren war als Kind selbst sexuell mißbraucht worden. Daß sie nicht früher daran gedacht hatte.

Wieder einmal wurde ihr klar, wie viel Glück sie mit ihren Eltern gehabt hatte. Sie dachte an die holländische Redensart: Kinder können bei der Auswahl ihrer Erzeuger nicht vorsichtig genug sein.

Obwohl es so einfach nun auch wieder nicht war. Als Teenager hatte sie gewisse Phantasien gehabt, die ihren Vater betrafen, besonders nach dem Tod ihrer Mutter. Es waren Vorstellungen und Gedanken, die sie nicht einmal sich selbst einzugestehen wagte. Aber vielleicht war es in diesem Alter ganz normal, daß man solche Gedanken hatte und daß man es nicht zugeben mochte.

Sie fuhr aufs Geratewohl, wenigstens hatte es den Anschein, doch dann bemerkte sie, daß sie gerade am Flugplatz Tullinge vorbeifuhr, und da kam es ihr ganz natürlich vor, einen kleinen Schlenker zu machen, um Bengt Lagerrud zu besuchen.

Sie mußte lächeln, als ihr klar wurde, daß ihr Unterbewußtsein ihr um Längen voraus war. Vielleicht sollte sie sich eines Tages mit Marie Lönngren zusammensetzen, um solche Dinge zu besprechen. Wer oder was denkt in uns, wenn wir selbst uns dessen nicht bewußt sind?

Sie hatte nicht viel Zeit, sich mit dieser Frage zu befassen. Ungefähr zehn Meter entfernt, voll in ihrem Blickfeld, stand Bengt Lagerrud, der gerade im Begriff war, an Bord einer einmotorigen Maschine zu klettern. Es schien fast so, als hätte er auf sie gewartet. Er lächelte strahlend, als er sie sah, und winkte sie zu sich heran.

Sie stieg aus dem Auto, und einen kurzen Moment hatte sie Lust, ihn auf einem Rundflug zu begleiten. Dann sprang ihr das Pathetische der Situation in die Augen. Ein älterer Herr, der den Himmelsritter spielte, und eine ausgehungerte junge Frau, die bereit war, sich zu verlieben, egal in wen. Das war wie eine Szene aus einem Hollywoodfilm. Sie hatte diesen Film schon einmal gesehen, und sie wußte, wie er endete.

Sie winkte zurück, setzte sich wieder ins Auto und fuhr vorbei, ohne ein Wort der Erklärung.

Aber war nicht auch das eine Szene, die sie schon irgendwo gesehen hatte?

Der Mensch von heute, so scheint es, lebt sein Leben in vorgefertigten Bildern. Sich seiner selbst dauernd bewußt zu sein, das war das verbotene Wissen, von dem Adam und Eva gekostet hatten, als sie aus dem Paradies vertrieben wurden.

Kein origineller Gedanke. Und doch spendete er Trost.

Mißmutig, beinahe enttäuscht kehrte sie in ihr Arbeitszimmer zurück. Sie konnte sich nicht aus dem Gefängnis befreien, das ihr eigenes Gehirn ihr gebaut hatte.

Sie saß vor einer Tasse Kaffee und starrte aus dem Fenster. Es sah aus, als ob es gleich regnen würde.

Statt dessen klopfte es an der Tür, und Maria kam herein, mit zusammengezogenen Augenbrauen, was üblicherweise bedeutete, daß sie etwas sagen wollte und deswegen wütend auf sich selbst war.

So war es auch. Sie war der Meinung, daß es beinahe einem Dienstvergehen gleichkam, wenn sie den Fall mit dem Jungen im Flugzeug nicht gründlicher untersuchten. Sie wußte, daß es nicht Kristinas Gewohnheit entsprach, Entscheidungen zu treffen, die sie nicht begründen konnte. Jetzt wollte sie ganz einfach den Grund wissen. Sie fügte hinzu, daß sie sich mit Ausreden nicht zufriedengeben würde.

Kristina bat sie, sich zu setzen, aber Maria wollte lieber stehen, und sie tat das in einer komischen Mischung aus Männlichkeit und Weiblichkeit, breitbeinig, aber mit nach innen gekehrten Zehen.

Es gab keinen Zweifel daran, wer das Recht auf seiner Seite hatte, und auch nicht daran, wer die Macht besaß. Kristina hätte Maria mit einer Handbewegung abfertigen können. Aber das tat sie nicht.

Plötzlich war sie selbst davon überzeugt, daß zwischen den Mordopfern in der Baptistenkirche und dem Jungen aus dem Flugzeug ein Zusammenhang bestand. Woher kam diese Überzeugung? War es weibliche Intuition?

Keineswegs. Entscheidend war die Einsicht, daß nichts darauf hindeutete, daß es *keinen* Zusammenhang gab. Niemand hatte sich nach den drei Jungen erkundigt, niemand hatte auch nur das geringste Interesse für sie gezeigt. Was sie miteinander verband, war vollkommenes Stillschweigen.

Schweigen ist niemals inhaltsleer. Das wußte sie.

Wenn es um eine Sache völlig still bleibt, dann bedeutet das meistens, daß gewisse Leute sich verabredet haben.

Es war an der Zeit, herauszufinden, was für Leute das waren.

27

Doch nun bekam sie es mit ganz anderen Dingen zu tun. »Wenn ein Herz zum anderen sich findet, wird gering, was vorher groß uns dünkte«, schrieb der Dichter Runeberg, und natürlich dachte er dabei an die Liebe. Aber wenn ein Herz einen Anfall hat, findet es sich in der Notaufnahme wieder.

Aus der Notaufnahme des Huddinger Krankenhauses rief man Kristina um zehn Uhr abends an, um ihr mitzuteilen, daß ihr Vater dort eingeliefert worden sei. Sie stellte keine Fragen. Die sparte sie sich auf, bis sie eine Viertelstunde später bei Karl Vendel war, der bleich und verwirrt in einer fensterlosen Kammer lag.

Er hatte im Sessel gesessen und gelesen, war aufgestanden, und dann war es passiert. Sein Herz klopfte wie wahnsinnig, das Atmen fiel ihm schwer, aber er hatte noch genug Geistesgegenwart, um den Rettungsdienst anzurufen. Dann konnte er nicht mehr, sonst hätte er Kristina benachrichtigt.

Er war hier sehr gut aufgehoben. Die junge Ärztin wirkte »wahnsinnig kompetent«. Das Schlimmste war vorüber, aber er mußte noch hierbleiben, sie mußten Proben entnehmen, Kontrollen durchführen und so weiter. Kristina brauchte sich keine Sorgen zu machen.

So hörte sich das an. Sachlich, keine Übertreibungen, kein Selbstmitleid.

Sie war stolz auf ihn. Sie strich ihm über das Haar, wie man es bei kleinen Kindern tut.

In diesem Augenblick öffnete sich die Tür, und

Dr. Eva Strömhed kam herein. Es stellte sich heraus, daß sie in dieser Nacht Dienst hatte und daß sie es war, die Karl so »wahnsinnig kompetent« erschien.

Von allen dreien war die Ärztin am meisten überrascht, sie hatte keine Ahnung gehabt, daß ihr Patient Kristinas Vater war. Umgekehrt ist ja die Wahrscheinlichkeit, einer Medizinerin im Krankenhaus zu begegnen, immer noch relativ hoch, auch wenn sie mit den Personaleinsparungen der letzten Zeit drastisch abgenommen hat.

Nach den neuesten Erkenntnissen der Psychologie gibt es nur zwei Arten, sich zu einem anderen Menschen zu verhalten. Entweder mag man ihn, oder man mag ihn nicht. Warum das eine oder das andere der Fall ist, läßt sich nicht erklären.

Manchmal ähnelt die Wissenschaft einem Blinddarm: Man weiß nicht, wozu man sie braucht.

Wie auch immer – die beiden Frauen mochten einander, sie mochten Karl, und er mochte sie.

Eva Strömhed trat mit einer gewissermaßen berufsbedingten Keuschheit auf, die auf den alten Karl offenbar den entgegengesetzten Effekt hatte. Das wunderte Kristina und freute sie zugleich. Um einen Mann, der an Frauen noch Gefallen findet, muß man keine Angst haben.

In Wirklichkeit war es ganz anders. Etwas später, als sie zusammen eine Tasse Kaffee tranken, kam die Wahrheit ans Licht. Um Karl Vendels altes Herz war es schlecht bestellt. Soweit Eva es nach den ersten Untersuchungen beurteilen konnte, mußten die Herzklappen erneuert werden. Das war an und für sich eine einfache Operation, wenn man Ersatzklappen hatte. Aber die einzigen Klappen, die derzeit zur Verfügung standen, stammten nicht von Menschen.

»Woher stammen sie denn?«

»Sie sind entweder von Schweinen oder aus Plastik.«

Kristina fand es seltsam, daß Karl mit einem derart bedrohlichen Schaden so lange gelebt hatte, aber Eva kannte sich aus. Gerade bei einem Herzklappenfehler ist das ziemlich normal. Man hat keine Beschwerden, doch wenn dann welche auftreten, sind sie unverkennbar: Man bekommt entsetzliche Schmerzen und stirbt einen qualvollen Tod.

Die Klappen mußten also ausgetauscht werden, und die Operation war, wie gesagt, unkompliziert. Schweineklappen hatten viele Vorteile. Allerdings kam es Kristina ein wenig grotesk vor, daß der eingefleischte Humanist Karl Vendel seine Tage als Schwein beschließen sollte. Nicht wirklich, aber doch beinahe.

Plastikklappen waren unter ethischen Aspekten die bessere Alternative, warfen jedoch medizinische Probleme auf. Am besten waren Klappen von einem Menschen, der jung und gesund gestorben war.

Und wo findet man so jemanden?

Eva betrachtete Kristina mit halb spöttischem Lächeln, als ob sie eine Antwort auf ihre Frage erwartete. Dann gab sie die Antwort selbst. Man findet ein solches Herz nicht besonders oft, aber man kann es sich beschaffen. Alles kann man sich beschaffen, wenn man nur gut genug zahlt.

Kristina saß stumm da, wie gelähmt von der Perspektive, die Evas Worte ihr soeben eröffnet hatten.

Der Mensch wird zu einem lebenden Ersatzteillager. Jeder Körperteil hat seinen Preis. Das könnte die neue Methode werden, den Wert des Menschen zu bemessen.

Eva wußte alles darüber, und sie war bereit, es zu erläutern, aber gerade jetzt hatte sie keine Zeit. Sie mußte zu ihren Patienten zurück. Sie versprach jedoch, später in der Nacht noch eine E-Mail zu schicken. Eines konnte sie jetzt schon sagen. Sie hatte den Jungen aus dem Flugzeug obduzieren wollen, um zu sehen, ob er als »Spender« benutzt worden war. Ob ihm eine Niere oder sonst etwas fehlte.

Sie hatte solche Fälle in Amerika miterlebt. Junge Einwanderer aus Mexiko oder Haiti oder Kuba wurden kaltblütig und systematisch umgebracht, damit man ihnen Organe entnehmen konnte.

Daraus hatte sich eine Industrie entwickelt. Niemand kannte ihre Ausmaße, aber jeder wußte, daß der Handel mit menschlichen Ersatzteilen florierte.

Die westliche Welt will den Tod verdrängen. Für diesen Zweck scheut man kein Mittel.

Sagte Eva Strömhed, und nun hatte sie es wirklich eilig. Sie stürmte davon, mit schnellen, halblangen Schritten, die verrieten, daß sie eine geübte Joggerin war.

28

Als Kristina zurückkam, schlief Karl. Er lag auf dem Rücken, sein Mund stand weit offen, und er atmete beinahe gierig. Es war das erste Mal, daß sie ihren Vater so sah. Es war erschreckend und ergreifend zugleich.

Er lag da wie ein fremder Mensch, krank und einsam. Sie hätte alles dafür getan, ihn wieder gesund zu machen.

Sie blieb noch fast eine Stunde an seinem Bett sitzen. Karl schlief tief, aber nicht entspannt. Im Schlaf änderte sich sein Gesichtsausdruck, die Lippen bewegten sich, als führte er ein Gespräch.

Mit wem?

Was wußte sie überhaupt von ihm?

Was wußte sie von seiner Kindheit, von seiner ersten Liebe, von seinem Leben in Ostdeutschland unter dem kommunistischen Regime?

Karl sprach nie von der Vergangenheit. Wollte er sie vergessen, oder wollte er nur in Ruhe seinen Erinnerungen nachhängen?

Eltern und Kinder reden so wenig miteinander – selbst dort, wo sie dauernd miteinander reden, so wie es in ihrer Familie der Fall war. Bei ihnen gab es ständig lautstarke Debatten über Politik, Kunst, weltanschauliche Fragen. Alle drei hatten sie sehr ausgeprägte Ansichten und Vorstellungen, von denen sie keinen Fingerbreit abwichen.

Nach dem Tod der Mutter kehrte für eine Weile

Stille ein, aber mit der Zeit nahmen Vater und Tochter ihren lebhaften Dialog wieder auf. Ihre Klassenkameraden beneideten sie darum, daß sie mit ihrem Vater alles besprechen konnte. Außerdem war er immer für sie da.

Er kutschierte sie zum Handballtraining, zu Partys, zu Popkonzerten, wie zum Beispiel damals, als Michael Jackson in Göteborg auftrat. Mit vier Schulfreundinnen hatte sie in Karls altem Volvo gesessen, und sie hatten »I am bad« gesungen, den ganzen Hinweg und den ganzen Rückweg lang.

Zu den Freundinnen hatte sie keinen Kontakt mehr. Sie waren umgezogen, hatten geheiratet, Kinder bekommen, sich scheiden lassen, sich neue Männer und neue Kinder angeschafft. Kristina vermißte sie, nicht immer, nicht einmal oft, aber manchmal. Wie jetzt, wo sie sich ganz allein fühlte. Es gab keinen einzigen Menschen, den sie hätte anrufen können, außer ihren Kollegen, und die hatten genug mit sich selbst zu tun.

Sie schüttelte den Kopf. Karl war doch noch nicht tot! Sie brauchte nicht im voraus zu trauern.

Eine Krankenschwester kam herein. Ein junges Mädchen, eingewandert aus dem Iran, dem Irak? Jedenfalls aus einem dieser Länder. Glänzende schwarze Augen, glänzendes schwarzes Haar. Es sei nicht nötig, Wache zu halten, sagte sie. Karl habe alles, was er brauche.

Als sie sah, daß Kristina keine Anstalten machte, ihren Platz zu verlassen, seufzte sie und setzte sich auf den zweiten Stuhl. Sie trug ein Namensschild an ihrem weißen Kittel. Saba. Die Königin von Saba, Herrscherin Babyloniens, Spaziergängerin in den zauberhaften hängenden Gärten, die sogar König Salomo blendete, obwohl er tausend Frauen hatte.

Das war ein Name, der Karl gefallen hätte. In dieser Gewißheit küßte sie ihn rasch und leicht auf die Stirn, ungefähr so, wie ein Christ eine Ikone küßt, und verließ den Raum.

29

Es war fast Mitternacht, als sie nach Hause kam. Sie war müde und durstig. Was sie jetzt brauchte, war ein Glas Wein. Sie setzte sich damit vor ihren Laptop.

Seit einiger Zeit unterhielt sie einen mehr oder weniger regelmäßigen Briefwechsel – oder sie chattete, oder schwätzte, wie Karl es nannte – mit Leuten, die wie sie ein brennendes Interesse an den großen Pianisten der Gegenwart hatten.

Die Debatte war in vollem Gang. Man stritt darüber, ob Glenn Gould als großer Bach-Interpret oder als Scharlatan zu gelten habe, ob Svjatoslav Richter wirklich verrückt war oder nur so tat, ob Arturo Benedetto Michelangeli eine puritanische Jungfer oder ein virtuoser Ästhet sei, und so weiter.

Das Übliche, mit anderen Worten. Aber plötzlich war eine neue Signatur aufgetaucht: »Rote Nelke«. Jetzt wurde Klartext geredet.

»Hört mal zu, Ihr unausstehlichen kleinen Snobs! Ihr glaubt, daß Ihr von Musik redet, aber Ihr plappert wie kleine Mädchen auf dem Schulhof. Es juckt Euch, aber Ihr wißt nicht, wo. Vergeßt die gefeierten Namen, sie sind gebrandmarkt von der geballten Dummheit der internationalen Musikkritik. Hier bei uns gibt es eine große Solistin, eine Pianistin, bei der sich glänzende Technik mit tiefen Erkenntnissen über die Bedeutung des reinen Tons paart. Außerdem ist sie eine phantastische Komponistin. Ich sage nicht, wer sie ist, weil Eure Eselsohren mit dem

Wachs des sogenannten guten Geschmacks verstopft sind.«

»Rote Nelke« hatte einen richtigen Aufruhr verursacht. Übrigens war es rührend zu sehen, wie viele Männer und Frauen als Pseudonym einen Blumennamen gewählt hatten. Es wimmelte von Nelken, Rosen und Lilien. Nicht einmal Kristina hatte der Versuchung widerstehen können. Sie nannte sich »Holunderblüte«.

Als »Holunderblüte« verspürte sie Lust, ein paar wohlgesetzte Worte an »Rote Nelke« zu senden. Aber was sollte sie schreiben? Warum eigentlich nicht die Wahrheit? Also schrieb sie: »Du bist ein Idiot, und ich hoffe, daß Du ein Mann bist.«

Sie war mit sich zufrieden und ging zu ihrer täglichen Mail über.

Liebe Kristina, hier rasch eine Liste davon, was man unter den heutigen Voraussetzungen alles transplantieren kann, aber die Technik entwickelt sich enorm schnell, so daß niemand weiß, was morgen möglich sein wird.

Vom lebenden Spender:

1. Blutstammzellen aus dem Knochenmark (Knochenmarktransplantation) oder aus dem Blut (Blutstammzelltransplantation).

Eigentlich ist es dasselbe, es sind nur verschiedene Methoden der Zellgewinnung. Sehr verbreitete Transplantation, sowohl von DNA-identischen Geschwistern als auch von freiwilligen Spendern (die DNAmäßig »passen« müssen). Kein endgültiger Verlust für den Spender, Stammzellen haben sich nach ein paar Wochen neu gebildet.

2. Teile der Leber (nur von Angehörigen).

3. Niere (nur von Angehörigen). Trotzdem kommt es z. B. in Indien vor, daß jemand eine seiner Nieren verkauft, das ist natürlich gesetzwidrig.

4. Teile der Bauchspeicheldrüse (nur von Angehörigen).

5. Teile der Lunge (nur von Angehörigen). Kann notwendig sein, wenn ein Kind durch Knochenmarktransplantation von einem Elternteil z. B. vor dem Tod durch Leukämie gerettet wurde, aber die Lunge von den Nebenwirkungen der Transplantation geschädigt ist. Der Elternteil, der das Knochenmark gespendet hat, kann einen Teil seiner Lunge spenden.

6. Ganz neu und brandaktuell ist, daß man jetzt universelle Stammzellen selektieren und verschiedene Stammzellarten daraus züchten kann. Bei der großen Blut-Konferenz im vorigen Jahr gab es mehrere Vorträge mit Titeln wie »Blut in Hirnsubstanz verwandeln« und so weiter. Man glaubt, daß es möglich sein wird, zum Beispiel Herzstammzellen zu züchten.

Das ist beileibe noch keine klinische Routine, könnte es aber in Zukunft sein.

Von Verstorbenen – hier gibt es zwei Gruppen:

Von frisch verstorbenen Spendern, d. h. Hirntoten, denen man nach mehrfacher Kontrolle, ob der Hirntod tatsächlich eingetreten ist, Organe entnimmt, bevor die Beatmungsmaschine abgeschaltet wird und der Blutkreislauf aussetzt.

Leber

Niere

Magen

Lunge

Herz

Haut (z. B. bei großflächigen Verbrennungen)

Knochenteile (sie werden eingefroren und z. B. in der Krebschirurgie eingesetzt, um Kindern eine Prothese zu ersparen)

Arme!!! (Es gibt drei Fallberichte über die Transplantation eines ganzen Arms.)

Blutstammzellen werden von solchen Spendern nicht entnommen.

Von Leichen, d. h. Patienten, die schon in den Kühlraum der Pathologie überführt wurden:

Hornhaut

Herzklappen

Sonstiges

Nabelschnurblut, das man bei normalen Entbindungen aus der Plazenta entnimmt, enthält viele Stammzellen. Es gibt internationale Banken für dieses Produkt, bei denen man nach einem Spender suchen kann, wie auch in den Registern, in die Erwachsene sich als Knochenmarkspender eintragen lassen. Empfänger sind meist Kinder, die Zellmenge reicht gewöhnlich nicht für erwachsene Patienten. Man spricht von »Cord blood transplantation«.

Hoffe, das war erhellend genug – melden Sie sich, wenn Sie noch Fragen haben.

Herzliche Grüße
Eva

Kristina mußte die Liste mehrmals lesen, um alle Fakten zu verdauen. Im großen und ganzen schien es, als sei der Mensch erfreulich vielseitig verwendbar, sowohl im lebenden wie im toten Zustand.

Dann schrieb sie hastig einige Zeilen.

Liebe Eva!
Im Moment habe ich nur eine Frage: Was bedeutet »nur von Angehörigen«? Heißt das, daß es aus medizinischen Gründen sonst nicht funktioniert, oder ist das ein ethischer Gesichtspunkt?

Tausend Dank!

Kristina

Danach ging sie zu Bett, ein wenig besorgt, welche Träume sie nach den Ereignissen des Tages erwarten würden.

30

In dieser Nacht hatte sie Glück. Sie erwachte ausgeruht, ohne sich an einen unangenehmen Traum zu erinnern. Sie rief im Krankenhaus an und sprach mit Karl. Auch er hatte gut geschlafen, und heute sollte er nach Hause zurückkehren. Hilfe brauchte er nicht.

Danach öffnete sie ihre Mail. Eva Strömhed hatte auf ihre Frage geantwortet.

Hej
Bei Blutstammzellen gibt es gewisse medizinische Unterschiede zwischen DNA-identischen Geschwistern als Spendern einerseits und registrierten Spendern andererseits. Die Nebenwirkungen und Transplantationsrisiken sind bei Zellen von einem Nichtverwandten größer. Deshalb wird bei nichtverwandten SCT die Altersgrenze für die Spende auch niedriger angesetzt als bei Geschwistern.

Was die übrigen Organe betrifft, so sprechen ethische Gründe dagegen, sie von einem freiwilligen nichtverwandten Spender zu nehmen.

Bis bald,
Eva

Kristina wußte nicht, was SCT war, aber das spielte keine Rolle. Wichtig war, daß es mit nichtverwandten Spendern funktionierte, wenn sie nicht zu alt waren.

Der Junge im Flugzeug war nicht zu alt. Die beiden

anderen in der Baptistenkirche auch nicht. Alle drei waren ideale Organspender.

Der Gedanke erschien ihr grotesk, aber als belanglos konnte sie ihn nun nicht mehr abtun. Irgend jemand importierte junge Menschen und entnahm ihnen bei lebendigem Leibe alles, was man gebrauchen konnte, brachte sie dann um und nahm sich auch noch den Rest.

Gleichzeitig wurde ihr klar, daß sie diese Vermutung nicht mit ihren Kollegen teilen konnte. Sie hatte nichts Konkretes vorzuweisen. Zumindest vorläufig mußte sie wohl ganz allein weiterarbeiten.

Sie trank den letzten Schluck Tee aus, schaltete den Computer ab und verließ die Wohnung, um ins Büro zu fahren. Noch heute wollte sie nach Trelleborg fliegen, um erstens mit der Witwe des Piloten und zweitens mit Nikki von Lauterhorn zu reden.

Sie sah sofort, daß das Auto sich eigentümlich nach rechts neigte. Jemand hatte den Vorderreifen zerschnitten.

Dieser Jemand hatte außerdem das Heckfenster eingeschlagen. Ihre Trainingstasche, die auf dem Rücksitz lag, stand offen. Fast alle Sachen waren noch da, nur Sport-BH und Slip fehlten. Sie empfand etwas wie Scham bei dem Gedanken, daß ein wildfremder Mensch ihren Geruch, ihren Schweiß in seinem Besitz hatte.

Der Tag war zerstört. Sie ging ins Haus zurück und rief bei der nächstgelegenen Autowerkstatt an. Nach dem sechsten Klingelzeichen nahm jemand ab und sagte etwas, das wie »Grrrros« klang.

Sie sagte, wer sie sei und welches Problem sie habe. Die Stimme am anderen Ende klang jetzt verständlicher, wenn auch nicht viel. Jedenfalls wurde deutlich, daß der Mann in fünf Minuten zur Stelle sein wollte.

Sie rief im Polizeirevier an, erklärte, was geschehen war und warum sie sich verspäten würde. Dann stellte sie sich neben ihren kleinen Fiat Uno und wartete.

Es dauerte nicht lange, bis ein alter Volvo 745 vor ihr bremste und ein Mann um die Sechzig heraussprang. Sein Haar war graumeliert, er war gebaut wie ein Panzerschrank, und seine Augen waren unerhört sanft, als ob sie jemand anderem gehörten.

Er stellte sich mit dem wohlbekannten »Grrrros« vor. Dann hob er den Fiat hoch wie eine Einkaufstüte, während sein Assistent, ein etwa sechzehnjähriger Junge, einen Schemel darunterschob. Er wechselte in zwei Minuten das Rad, hob das Auto wieder hoch, der Junge zog den Schemel weg. Grrrros öffnete die Tür und sagte »bitte schön«, und das waren seine ersten wirklich verständlichen Worte.

Kristina fragte, was sie schuldig sei. Sie hatte es nicht scherzhaft gemeint, aber Herr Grrrros lachte herzlich. Es stellte sich heraus, daß er von Damen, die sich in einer Notlage befanden, niemals Geld zu nehmen pflegte, und noch weniger von Polizistinnen. Sie war sowohl eine Dame als auch eine Polizistin. Nein, sagte er, das ginge aufs Goodwill-Konto.

Kristina war ein wenig verwirrt, sie sehnte sich nach Maria, die gewußt hätte, was man in einer solchen Situation tat. Schließlich zog sie eine Visitenkarte aus ihrer Brieftasche, reichte sie Herrn Grrrros und sagte, falls er je einen Mord beginge, wisse er, wo er sie finden könne.

Das war ganz nach dem Geschmack von Herrn Grrrros. Er lachte noch herzlicher, gab ihr die Adresse einer Firma für Autofenster, setzte sich in seinen Wagen und fuhr nach einem Kavaliersstart davon.

Erst jetzt sah sie die Schachtel auf dem Beifahrersitz, und ihr Herzschlag beschleunigte sich. Sie war hübsch verpackt, wie ein Geburtstagsgeschenk. Sie öffnete das Päckchen vorsichtig, ihre Hände zitterten.

Ein grünes Plastikpferd. Es glich dem, das sie in der Baptistenkirche gefunden und nicht eine Sekunde mit dem Täter oder den Tätern in Verbindung gebracht hatte.

Zuerst spürte sie keine Furcht, sie begriff nur die Wirklichkeit nicht mehr, in der sie sich befand. Zwischen ihr und der Welt und dem, was sich darin ereignete, konnte sie keinen Zusammenhang herstellen. Sie verstand einfach nicht, was hier vorging. Außer, daß es sich bei dem, der sie neulich angerufen hatte, und dem, der ihr Auto aufgebrochen hatte, um dieselbe Person handelte. Und daß diese Person irgend etwas mit dem brutalen Doppelmord zu tun hatte.

Das war zuviel. Jetzt kam die Angst. Sie lehnte sich gegen das Lenkrad und weinte wie ein kleines Kind. Das ist so ziemlich das einzige, was man tun kann, wenn man sich mitten in der Unbegreiflichkeit der Welt wiederfindet.

31

Miriam Hal Bin Bikem, Ehefrau des Piloten Fredrik Stolle, war vorgewarnt. Es war halb sieben Uhr abends, jeden Augenblick würde Kommissarin Kristina Vendel vor der Tür stehen.

Miriam wußte nicht, was von ihr erwartet wurde. Gut, daß die Polizei eine Frau schickte, das machte es leichter. Sie konnte nichts über Fredriks Arbeit sagen, sie wußte nur, daß er für Nikki Air geflogen war.

Und daß er jetzt tot war.

Sie hörte, wie ihre fünfjährige Tochter Elin im Wohnzimmer mit dem Hund Snoopy redete, genauer gesagt, sie schimpfte mit ihm.

Miriam kontrollierte ihr Gesicht im Spiegel. Schwarzes, glattes Haar, große schwarze Augen, hochgewölbte Augenbrauen, klar gezeichnete Lippen, honiggoldene Haut.

Man konnte dieses Gesicht nicht anschauen, ohne zu lächeln, und das tat sie auch. Im selben Moment stürmte die Fünfjährige ins Badezimmer, sie mußte plötzlich ganz eilig Pipi machen, wenn man fünf ist, hat man es immer eilig. Sie blieb wie angewurzelt stehen und sah strahlend zu Miriam auf.

»O Mama, wie schön du bist!«

»Das bist du auch.«

Elin war ihr genaues Abbild. Sie erinnerte sich mit fast übernatürlicher Klarheit an die Nacht, in der sie schwanger geworden war. Sie hatte es sofort gewußt. Wie kann man so etwas wissen? Das weiß man nicht.

Und doch ist daran nichts Merkwürdiges. Alle wichtigen Dinge im Leben wissen wir, ohne zu wissen, weshalb. Wir wissen, wann wir uns verliebt haben, wir wissen, wann wir im Sterben liegen, auch wenn wir nicht wissen, woher dieses Wissen kommt.

Es hat keine Bedeutung.

Sie hatte sich schon öfter mit solchen Gedanken beschäftigt. Genug Zeit dafür hatte sie gehabt.

Sie und Fredrik waren einander buchstäblich Rücken an Rücken begegnet. Trotzdem war er ihr Schicksal. Sie war neunzehn gewesen und hatte mit ihren Eltern, ihrem algerischen Vater und ihrer französischen Mutter, in Paris gewohnt. Sie lebte damals so wie die meisten Gleichaltrigen, hörte die Musik, die alle hörten, las die gleichen Bücher, sah dieselben Filme.

Eines Tages beschloß sie, etwas anderes zu tun. Sie ging in den Louvre, um sich die Mona Lisa anzuschauen. Eine Menschenmenge drängte sich vor dem Bild, das mit Panzerglas gesichert war. Weil sie nicht näher herankommen konnte, trat sie statt dessen einen Schritt zurück. Und stieß mit einem jungen Mann zusammen, der aus der Gegenrichtung ebenfalls einen Schritt zurücktrat.

Das war Fredrik, dreiundzwanzig Jahre alt, Leutnant der schwedischen Luftwaffe. Er war mit dem Kampfjet JAS, dem ganzen Stolz Schwedens, im Rahmen seines Flugunterrichts nach Paris gekommen.

Weder er noch sie hatten einen Blick für das Bild, das sie an diesen Ort geführt hatte. Sie sahen nur einander.

Er sprach kein Französisch, sie kein Schwedisch, beide sprachen Englisch. Obwohl sie eigentlich gar nicht zu sprechen brauchten. Das Wichtigste war bereits gesagt. Sie wußte, daß sie diesem schlaksigen jungen Mann nahe sein, mit der Hand durch sein volles blondes Haar fahren wollte.

Zwei Stunden später küßten sie sich am Quai aux Fleurs, um sie herum fiel ein milder pariserischer Regen, und über sie hielt die Verliebtheit ihren farbenfrohen Schirm. Miriam sah es, sie sah alle Farben, und sie gelobte sich, es niemals zu vergessen.

Sie vergaß es auch nicht.

Mit jedem Tag, der verging, liebte sie ihn mehr. Jedesmal, wenn sie zusammen waren, war es, als ob sich in ihr ein unergründlicher Mund öffnete, der nach mehr verlangte. Wenn er schlief, konnte sie ihn stundenlang anschauen, und dann sehnte sie sich nach dem Augenblick, wo er aufwachen und sie in seine Arme nehmen würde. Sein goldenes Haar, sein weicher Bartwuchs, sein helles Geschlecht, das in ihr brannte wie ein lebendiges Feuer ... Sie hatte den Mann bekommen, den Gott eigens für sie erschaffen hatte.

Ohne Zögern folgte sie ihm nach Schweden, obwohl ihre Eltern lautstark protestierten. Im Rathaus von Ängelholm ließen sie sich standesamtlich trauen, acht Monate später wurde Elin geboren. Miriam lernte Schwedisch, so wundersam rasch, wie nur eine verliebte junge Frau es kann.

Ein paar Jahre später, als Fredrik den neuen Job bekam, zogen sie nach Trelleborg. Sie kauften die Villa im Aftonbrisväg, sie wurde ihr Augenstern und ihre

Trutzburg. Sie hatte alles, wovon sie je zu träumen gewagt hatte, und kein Wölkchen zeigte sich am Himmel. Arbeit fand sie auch – als Übersetzerin im Einwanderungsbüro der Gemeinde. Die Nachbarn kapitulierten vor ihrer Schönheit und Sanftmut. Fredriks Freunde beneideten ihn und fragten sie, ob sie nicht noch eine Schwester hätte, aber sie lachte nur und winkte ab. Nur einmal, ein einziges Mal geriet sie in Versuchung.

Es war eines Abends in ihrem Haus, sie gaben ein Fest, mit Wein und gewagten Tänzen. Sie waren jung und voller Kraft, und sie verspürten eine Lust, die fast wie ein körperlicher Schmerz war.

Fredrik tanzte mit der Frau irgendeines Freundes und umklammerte sie wie ein Klettergewächs.

Miriam, die mit Alkohol immer sehr vorsichtig war, zog sich in die Küche zurück, um sich eine Tasse Kaffee zu machen. Sie stand vor dem Herd, als ihr Bewunderer sich von hinten an sie heranschlich und sie auf den Nacken küßte. Sie erstarrte, nicht vor Widerwillen, sondern weil es so angenehm war. Blitzschnell begriff sie, daß ihr Körper sich schon auf dem Weg befand, daß sie im Grunde schon untreu war. Sie entzog sich und sah dem jungen Mann in die Augen. Er schwieg. Das war alles. Er ging zu den anderen zurück, und eine Woche später war er fort.

Das war das einzige Mal, daß sie sich einen Schritt von Fredrik entfernt hatte, und die Leichtigkeit, mit der es geschehen war, erschreckte sie. Warum hatte der Kuß des jungen Mannes sie nicht schaudern lassen? Warum war ihr allererster Impuls gewesen, sich ihm zuzuwenden und die Arme auszubreiten? Ist es so einfach, einen Liebesverrat zu begehen?

Ganz offensichtlich war es das. Jedenfalls für Fredrik. Unbestätigte Gerüchte kamen ihr zu Ohren. Er sei hier oder dort mit dieser oder jener Frau gesehen worden. Die Gerüchte waren eigentlich überflüssig. Sie hatte mit eigenen Augen gesehen, wie er mit anderen Frauen flirtete, insbesondere nach ein paar Gläsern Wein. Es war sogar vorgekommen, daß er mitten in der Umarmung einen anderen Namen gesagt hatte, obwohl er sich später natürlich nicht daran erinnerte.

Manchmal kam er betrunken und frustriert nach Hause, mit dem Geschmack einer anderen Frau auf den Lippen, und fiel über sie her. Sie wußte, daß er dann mit dieser unbekannten Frau schlief, er suchte die Liebkosungen, die sie ihm verweigert hatte, es war ihr Name, den er flüstern wollte.

Er schlief mit einer anderen, mit wem schlief sie?

Mit niemandem. Sie erkannte ihn nicht wieder. Er war nicht mehr der Mann, den sie geliebt hatte.

So hatte es angefangen. Noch schlimmer war es geworden, seit er den Dienst bei der Luftwaffe quittiert hatte. Es hatte ihm eine Art erotischen Genuß bereitet, die hochentwickelten Militärmaschinen zu fliegen. Die bescheidenen Passagierflugzeuge langweilten ihn furchtbar. Bis Nikki von Lauterhorn ihn wieder zum Leben erweckte.

Deshalb war Miriam während der letzten neun Monate mit ihrer Tochter allein gewesen. Sie hatte ihn verloren, bevor er starb. Sie trauerte um ihn, wie man einer schönen Erinnerung nachtrauert.

»Mama, es klingelt«, sagte Elin, die ihr Spiel nicht unterbrechen wollte.

Miriam sah ihre Tochter an und fragte sich, wie sie ihr erklären sollte, daß ihr vergötterter Papa tot war. Wie sie ihr erklären sollte, daß der Mann, der sie auf seinen starken Armen getragen und ihr das Fliegen beigebracht hatte, der sie an den Füßen gekitzelt hatte, an dessen Brust sie so gern eingeschlafen war, zusammengerollt wie ein junges Kaninchen, daß es diesen Mann nicht mehr gab und nie mehr geben würde.

Sie wußte nicht, wie sie das bewältigen sollte. Sie ließ die Tage mit Ausflüchten verstreichen, Papa war noch eine Weile fort, Papa hatte viel zu tun, und Elin gab sich damit zufrieden.

Miriam ging zur Tür. Sie wußte, wer draußen stand.

32

Trelleborg ist eine Kleinstadt, aber sie hat einen sehr lebendigen, vielbesuchten Hafen. In den schmalen Gassen hört man ebenso oft fremde Sprachen wie den schonischen Dialekt.

Kristina liebte diese kleinen Städte, in denen hinter dem Idyllischen etwas Explosives lauert, jederzeit bereit, das Idyll zu sprengen. In Helsingborg oder Visby beispielsweise fehlt diese Unruhe in der Luft, dort haben die Menschen nachts einen guten Schlaf, und man fragt sich, ob sie nicht auch tagsüber gut schlafen.

Sie schaffte es nicht mehr, ihr Gepäck im Hotel abzugeben, sondern mußte direkt zu Miriam Stolle fahren. Das Flugzeug hatte Verspätung, was eher die Regel als die Ausnahme war.

Es war nicht schwer, zum Aftonbrisväg Nr. 7 zu finden. Schwieriger war es, sich zu überlegen, worüber sie mit der jungen Frau reden sollte, die auf sie wartete. Deshalb ging sie einmal um das rotbraune Ziegelhaus herum, das eher an England als an Schweden erinnerte. Im Garten lagen ein großer gelber Ball, ein Kinderfahrrad und ein elektrischer Rasenmäher. Sie hatte das gleiche Modell.

Es war Ende August, ein frischer Wind kam vom Meer, die Luft war salzig und feucht. Kristina fror beinahe.

Das gab ihr den Anstoß, auf den sie gewartet hatte. Eine halbe Minute später stand sie Miriam gegenüber. Sie hatte sich während des Telefongesprächs ein Bild von ihr gemacht, aber sie hatte keineswegs eine so schöne Frau erwartet. Sie wurde unsicher, fast schüchtern. Sie wünschte, sie wäre nicht hergekommen, aber nun war sie hier und trat in die Diele und dann in ein großes Wohnzimmer mit hohen Fenstern.

Elin kam und begrüßte sie mit einem Knicks. Danach wandte sie sich wieder ihrer Beschäftigung zu, was immer es sein mochte.

Miriam bat Kristina, sich zu setzen, ging in die Küche und kam mit einem Tablett zurück, auf dem Kaffeetassen, eine Keksdose und eine erlesene Kaffeekanne standen. Ihre Bewegungen hatten eine Selbstverständlichkeit, die Kristina mit tiefem Wohlbehagen erfüllte.

Das Gespräch ergab nicht viel, außer der Erkenntnis, daß Fredrik Stolle schon seit neun Monaten praktisch mit Nikki von Lauterhorn zusammengelebt hatte. Nikki hatte nichts davon gesagt, sie hatte es vielmehr weit von sich gewiesen. Das bedeutete zunächst nur, daß Nikki lügen konnte, und das können die meisten, obwohl viele sich selbst damit schmeicheln, daß sie glauben, sie könnten es nicht.

Nach einer Weile war es soweit, daß Miriam die Fragen stellte und Kristina die Antworten gab. Hatte die Polizei einen Verdacht? Hatte man Anlaß zu der Vermutung, daß Fredrik in ein Verbrechen verwickelt gewesen sei?

»Menschenschmuggel!« sagte Kristina geradeheraus, um ihre Reaktion zu prüfen.

Miriam schüttelte den Kopf.

»Sie kannten Fredrik nicht. Er hätte sich nie auf so

etwas eingelassen. Er war ein durch und durch ehrlicher Mensch, er konnte nicht einmal seine peinlichen Liebesaffären vor mir verbergen. Außerdem hatte er ein solches Bedürfnis, sich zu offenbaren – er mochte keine Geheimnisse, er lebte sein Leben wie auf einer Bühne. Er war ein Schauspieler ohne Theater, aber sein Publikum hatte er. Ich hätte bestimmt Gerüchte gehört, wenn er irgend etwas Gesetzwidriges getan hätte. Andererseits ...«

Sie hielt abrupt inne. Plötzlich hatte sie Tränen in den Augen.

»Ich kann es nicht fassen, daß er tot ist. Ich habe es meiner Tochter noch nicht gesagt. Das liegt natürlich daran, daß ich nicht weiß, wie ich es fertigbringen soll, aber es hat auch damit zu tun, daß ich selbst noch nicht richtig daran glaube. Es kommt mir vor, als sollte ich mein Kind belügen!«

»Das verstehe ich.«

Miriam schaute sie mit ihren großen feuchten Augen an. In ihrem Blick war ein matter Glanz, wie der Reflex eines Silberspiegels.

»Sie verstehen es?«

»Ja. Ich verstehe, wie schwer es ist, den Tod zu akzeptieren. Mein Vater ist krank ... vielleicht sterbenskrank ... und ich wage nicht einmal daran zu denken, daß er eines Tages nicht mehr dasein wird.«

Es wurde still. Oft wird es still, wenn Menschen von Verstorbenen sprechen oder von denen, die bald sterben werden.

»Ist es Krebs?«

»Nein, das Herz.«

Noch während sie das sagte, sah sie, wie sich in Miriams Augen eine überraschende Veränderung vollzog. Sah sie es wirklich, oder bildete sie es sich nur ein?

Mit anderen Worten, das wohlbekannte Problem. Man kann nichts und niemanden betrachten, ohne das betrachtete Objekt und zugleich sich selbst zu beeinflussen. In der Realität gibt es ganz einfach keine Einbahnstraßen, auch wenn Moral und Gerechtigkeit auf der Voraussetzung beruhen, daß es sie gibt.

Sie stand auf. Die Fünfjährige kam, um sich höflich zu verabschieden. In ihren großen Augen leuchteten lauter Fragen, die sie nicht stellen durfte, weil sie gut erzogen war. Sie stand mit sehr geradem Rücken da und kaute auf ihrer Unterlippe. Einen Moment lang schien es, als wollte sie Kristina die Wahrheit abfordern, von der sie undeutlich ahnte, daß ihre Mutter sie vor ihr verbarg.

Das war vermutlich eine Überinterpretation, aber Kristina fürchtete, das Mädchen würde in Tränen ausbrechen, und so machte sie, daß sie hinauskam.

Sie hatte noch eine Verabredung.

33

»Dannegården« ist weder das größte noch das teuerste Hotel in Trelleborg, aber das hübscheste. Kristina hatte dort ein Zimmer gebucht, und Nikki von Lauterhorn hatte das Hotelrestaurant als Treffpunkt vorgeschlagen, weil es eine ausgezeichnete Küche hatte. »Wenn man schon über unangenehme Dinge reden muß, kann man dabei ja wenigstens gut essen«, hatte sie gesagt, mit einem ganz kleinen Lachen, das ihre Worte sowohl betonte als auch abschwächte.

Das war eine Fertigkeit, die sie sich während ihrer Jahre im Modegeschäft angeeignet hatte, wo eine unbedachte Frage oft als Beleidigung aufgefaßt wurde. Es kam dort darauf an, immer nur Dinge zu sagen, die man leicht wieder zurücknehmen konnte.

Kristina hatte nichts dagegen. Und so saßen sie nun in dem schönen Speisesaal, in dem sie vorläufig die einzigen Gäste waren. In einiger Entfernung stand ein Kellner, die Hände hinter dem Rücken verschränkt und bereit, sich rasch zu nähern, wenn man ihn brauchte.

Es stellte sich heraus, daß sie beide keine Gourmets waren. Sie aßen irgendeine Sorte Fisch und tranken irgendeinen Wein dazu.

Beide ließen den Nachtisch weg und hatten das Gefühl, damit die gute Tat des Tages vollbracht zu haben. Das Beste aber kam noch.

Anfangs verlief das Gespräch ein wenig zäh. Sie redeten vor allem über die Probleme bei der Bergung des

Flugzeugs und Nikkis schwierige Verhandlungen mit der Versicherungsgesellschaft. Noch war nichts entschieden.

»Dannegården« hat das beste Digestif-Sortiment Schwedens, was durch ein Diplom an der Wand bekräftigt wird. Weder Kristina noch Nikki waren Expertinnen auf diesem Gebiet, aber sie konnten der Versuchung nicht widerstehen, vom angeblich ältesten Whisky der Welt zu kosten, der 1919 bei Springbank im schottischen Campbeltown destilliert worden war. Eine einzige Flasche dieser Abfüllung hatte in Springbanks Privatkeller überlebt, bis sie auf irgendwelchen Umwegen nach Schweden geriet, direkt ins Hotel »Dannegården«.

Das Restaurant ließ sich das Getränk natürlich nach dem Prinzip bezahlen: »Was viel kostet, schmeckt auch gut.« Nikki konnte sich leisten, es zu spendieren, und Kristina konnte sich leisten, es anzunehmen.

Dies war kein Verhör, Nikki von Lauterhorn stand nicht unter Verdacht. War der Whisky seinen Preis wert?

Bemerkenswerterweise war er das, obwohl sicher die Hälfte davon der Einbildung geschuldet war. Auf jeden Fall half er, die Zunge zu lösen und das Mißtrauen zu verringern, mit dem sie einander immer noch betrachtet hatten. Jetzt begannen sie, sich in die Augen zu schauen und beim Lächeln die Zähne zu zeigen.

Der richtige Moment war gekommen.

»Warum haben Sie uns nicht die Wahrheit gesagt?«

Nikki antwortete nicht gleich. Mit einer eleganten Drehung des Kopfes machte sie den Kellner auf sich aufmerksam und bestellte Kaffee. Dann wartete sie, bis er serviert und der Kellner auf seinen Posten zurückgekehrt war.

»Sie müssen mir natürlich nicht glauben, aber ich hatte nicht die Absicht, etwas zu verheimlichen. Ich fand nur, daß mein Verhältnis mit Fredrik die Polizei nichts anging. Verstehen Sie, seit meinem vierzehnten Lebensjahr habe ich in einem gläsernen Käfig gelebt. Ich war nicht nur sichtbar, ich wurde kontrolliert, taxiert und beurteilt wie eine junge Kuh auf dem Viehmarkt. Ich wurde allergisch gegen diese Lebensweise, ich bekam Pickel im Gehirn, ich wollte mit mir allein sein – und mit dem, dessen Bett ich teilte. Heimlichkeit, ein Leben im Abseits, das war nach meinen zwölf Jahren als Model alles, was ich wollte. Manchmal verfluchte ich mein Aussehen, ich zog alte Fetzen an, ich tat alles mögliche, um mir eine Spur Anonymität zu verschaffen, etwas, das die meisten Leute gratis haben. An einem Abend in New York vor ein paar Jahren war ich in einer Bar in einer kleinen Straße hinter der Lexington Avenue, wo Huren und ihre Zuhälter sich trafen. Ich versuchte so zu tun, als wäre ich eine von ihnen, aber diese Typen lassen sich nicht so leicht reinlegen, sie drohten mir Prügel an, wenn ich nicht sofort verschwände. Zu meinem Hotel fuhr ich natürlich im Taxi zurück, und der Fahrer, ein Mexikaner mittleren Alters, klein und untersetzt, holte seinen Schwanz heraus und sagte: Hi there, baby. Hast du so was schon mal gesehen?

Er war riesig. Nein, sagte ich, noch nie. In Ordnung, war nur eine Frage, sagte er zufrieden und stopfte ihn wieder rein. Das war alles, aber für mich war es wie ein Sinnbild für das geheime Leben. Er hatte ein geheimes Leben, ich hatte keins. Seitdem habe ich nie mehr über Dinge geredet, von denen ich fand, daß sie meine Privatsache waren. Verstehen Sie das?«

Kristina nickte nur. Sie hatte selbst schon ähnliche Gedanken gehabt. Sie erinnerte sich, wie beeindruckt sie gewesen war, als sie las, daß Sokrates davon geträumt hatte, »wie ein Schmuggler« zu leben, also am Rande der Gesellschaft. Seine Gefühle und Gedanken für sich behalten dürfen, im Gaukelspiel des öffentlichen Lebens nicht auftreten, sich am kollektiven Totentanz nicht beteiligen. Sie begriff, daß eine Frau wie Nikki, schön, berühmt und reich, sich wie eine Fälscherin ihrer eigenen Biographie vorkommen mußte, weil sie gezwungen war, ständig in einer verlogenen Offenheit zu leben.

»Das ist das Schwierigste an meiner Arbeit, daß ich immer solche Fragen stellen muß. Aber ich verstehe nicht, wie man in Trelleborg wohnen kann, wenn man anonym bleiben will. Hier scheint doch jeder jeden zu kennen.«

Hinter den großen Fenstern, die auf den Strandväg gingen, hatte die Abenddämmerung sich vertieft. Der Verkehr war spärlicher geworden. In dem stilvollen Speisesaal waren unterdessen mehrere Tischgesellschaften eingetroffen, man begrüßte einander fröhlich. Kristina fragte sich flüchtig, ob sie alle vorhatten, den ältesten Whisky der Welt zu probieren.

»Das ist der verbreitetste aller Irrtümer, daß man sich in einer Kleinstadt gegenseitig kennt. Alle setzen es voraus, und niemand kümmert sich darum, wie es sich wirklich damit verhält. Es würde mich nicht wundern, wenn sich herausstellte, daß all diese Menschen, die hier beim Essen zusammensitzen und die Illusion haben, einander zu kennen, einen Haufen Dinge voreinander geheimhalten. Zum Beispiel weiß ich zufällig, daß die Dame gleich hinter mir, die mit dem Herrn verheiratet ist, der Ihnen gegenübersitzt, ein Verhältnis mit seinem besten Freund hat. Der sitzt am anderen Ende des Tisches und schenkt gerade seiner Frau ein Glas Wein ein. Die wiederum hat ein Verhältnis mit seiner Schwester. Der wahre Charme der Kleinstädte besteht doch darin, daß alle in Ruhe ihre Heimlichkeiten pflegen können.«

»Haben Sie noch mehr Heimlichkeiten?« fragte Kristina eine Spur zu abrupt. Sie fühlte sich erregt, als hätte sie soeben eine unsichtbare Grenze überschritten.

Nikki stieß einen leisen Seufzer aus.

»Das wollen Sie doch wohl nicht wissen.«

Etwas war zwischen ihnen geschehen, sie spürten es beide, aber sie wußten nicht so recht, was es war. Der magische Augenblick war jedenfalls so rasch vorübergehuscht wie eine Eidechse an einer weißgekalkten Wand.

Der starke schwarze Kaffee tat das Seine. Sie wurden wieder nüchtern und fielen in ihre gewohnten Rollen zurück.

Kristina stellte ein paar Fragen, und Nikki beantwortete sie alle. Sie hatte keinen Anhaltspunkt für den Verdacht, daß Fredrik Stolle in illegalen Menschenhandel verwickelt gewesen war, aber ganz sicher konnte sie nicht sein. Sie hatte keinen Kontakt mit der Firma gehabt, die das Flugzeug gechartert hatte, nur mit dem Anrufer. Die Bezahlung war im voraus via Internet erfolgt, von einem Bankkonto in Zürich.

»Wie hieß der Mann, der Sie angerufen hat?«

»Ich habe nachgesehen, als Sie sagten, daß Sie herkommen würden. Hagen. Jonathan Hagen.«

Kristina zuckte zusammen.

»Sind Sie sicher?«

»Das war jedenfalls der Name, den er mir gesagt hat. Ich hatte keinen Grund, daran zu zweifeln. Wieso?«

Da tat Kristina endlich das, was sie schon die ganze Zeit hatte tun wollen. Sie streichelte mit dem Handrücken die Wange der jungen Frau und sagte in mahnendem Ton, wie zu einem Kind:

»Wer zurückfragt, steckt den Kopf in den Sand.«

Nikki wurde steif wie eine Gurke.

»Sie brauchen mich nicht zu manipulieren, ich habe alles gesagt, was ich weiß.«

Plötzlich drohte die Situation peinlich zu werden. Jetzt ein falsches Wort, und jedes Vertrauen zwischen ihnen würde sich in Luft auflösen wie ein flüchtiges Gas.

Kristina machte einen vorsichtigen Rückzieher.

»Ich wollte Sie nicht manipulieren. Im Gegenteil, ich wollte zeigen, daß ich Ihnen glaube. Und daß ich Sie mag.«

»Ich bin nicht vom anderen Ufer.«

»Ich auch nicht.«

Nun war es doch peinlich geworden, und Kristina

verfluchte im stillen ihre kindliche Impulsivität, dieses Bedürfnis, alles anzufassen, was ihr gefiel, stand es doch in krassem Widerspruch zu der protestantischen Erziehung in Schweden, die jeder Berührung eine erotische Einladung unterstellt.

Nikki war nicht nachtragend. Sie lachte unbekümmert.

»Entschuldigen Sie. Das war eine Überreaktion von mir.«

»Verständlich. Erzählen Sie doch ein bißchen mehr von Fredrik. Haben Sie seine Frau kennengelernt?«

»Nein, aber ich sehe sie manchmal in der Stadt. Sie ist sehr schön, und doch stimmte etwas nicht zwischen ihnen.«

»Was denn?«

»Ich weiß es nicht genau. Fredrik war nicht erwachsen, sie ist es viel zu sehr. Sie hat ihn wie ihren Sohn behandelt, er dagegen wollte ihr Liebhaber sein.«

»Hat Fredrik das gesagt?«

»Nein. Fredrik hatte nur eine einzige Art, einer Frau seine Gefühle mitzuteilen. Früher oder später hätte mich das gelangweilt, aber so weit ist es nicht mehr gekommen. Ich brauchte ihn gerade auf diesem Gebiet, als Mann, weniger als Partner oder als Sohn. Ich wollte ganz einfach unkomplizierten Sex, und er wollte dasselbe. Sie ahnen nicht, wie reizend ein Mann sein kann, wenn er nichts anderes will als zwischen Ihre Beine schlüpfen. Andauernd! Aber wenn es der eigene Ehemann ist, sieht es etwas anders aus, dann kann es beinahe zur Tortur werden.«

»Hatte er Schulden?«

»Jetzt sind Sie wieder ganz Kommissarin!«

»Ja, wir haben nämlich ein Problem. Wir haben da einen ausländischen Jungen, der auf eine Reise nach Schweden mitgenommen wurde, und wir wissen weder, wer er war, noch mit wem er reiste und weshalb er überhaupt hierher unterwegs war. Sie müssen mir helfen.«

»Nein, er hatte keine Schulden. Tatsächlich war er ziemlich geizig. In all den Monaten, die wir zusammen waren, hat er mir nicht das kleinste Geschenk gemacht.«

Kristina lehnte sich in ihrem Stuhl zurück. Alles schien darauf hinzudeuten, daß Fredrik Stolle mit der Sache nichts zu tun hatte.

»Es wird langsam spät, und ich muß morgen früh die Fakirmaschine nehmen ...«

Nikki winkte sofort den Kellner herbei und bezahlte das Abendessen, ohne sich um Kristinas Protest zu kümmern.

Sie trennten sich am Ausgang. Der Wind hatte aufgefrischt.

34

Es war Viertel nach zehn, als sie in ihr Hotelzimmer kam. Zu ihrer Erleichterung lag es zum Innenhof, in dem der Südwind sich fing und die hohen Rhododendronbüsche schüttelte.

Um es vorsichtig auszudrücken: Sie war nicht schläfrig. Dazu war sie viel zu aufgeregt. Sie hatte zwischen dem Jungen im Flugzeug, dem sechsten Passagier, und dem Doppelmord in der Baptistenkirche eine Verbindung gefunden. Jonathan Hagen. Er war in der Kirche gewesen. Maria hatte seinen Namen auf der Liste der Personen gesehen, die sich den Kirchenschlüssel ausgeliehen hatten.

Weder Kristina noch jemand anders wußte, wer dieser Jonathan Hagen war, aber jetzt hatten sie wenigstens einen Namen. Kristina war sicher, daß er falsch war, doch das spielte keine Rolle. Ein Name, auch ein falscher, führt immer irgendwohin.

Sie war im Begriff, Marias Nummer zu wählen, entschied sich dann aber für einen Anruf im Krankenhaus Huddinge. Prompt meldete sich die Notaufnahme. Die Schwester hatte gute Nachrichten. Kristinas Vater hatte die Klinik verlassen. Gerade wollte sie bei ihm anrufen, als sie merkte, daß sie Tränen in den Augen hatte. Es war ganz einfach die Erleichterung, die sie aus der Fassung brachte.

Dazu kam die Erschöpfung nach der Reise und dem guten Essen, die Begegnung mit den beiden jungen Frauen. Sie setzte sich in den Sessel, nachdem sie alle

Lampen im Zimmer gelöscht hatte. Das Licht der Leuchten im Innenhof genügte ihr.

Jetzt, da ihr Vater außer Gefahr war, konnte alles andere warten. Jetzt hatte sie alle Zeit der Welt. Sollte er wieder ganz gesund werden, würde sie ihn zu einer Reise in »sein« Deutschland einladen. Sie wollte ihn dort sehen, in den Straßen, in denen er aufgewachsen war, sie wollte mit ihm in den Cafés sitzen, die er mit seinen Freunden besucht hatte, und sie wollte ihn über Gott und die Welt ausfragen.

Sie würde ihn bitten, ihr von seinem Zusammentreffen mit einem Schachgroßmeister zu erzählen, von seinen Lehrern, von den Mädchen, in die er verliebt gewesen war. Sie würde ganz einfach die Zeit, die ihm auf Erden noch blieb, zu der ihren machen.

In diesem Augenblick vertauschte sie die Rolle der Tochter mit der einer Mutter. In diesem Augenblick fühlte sie sich endlich ganz und gar erwachsen, und ein stilles Lächeln erhellte ihr Gesicht, das damit zum hellsten Punkt in dem dunklen Raum geworden war.

Jetzt hätte jemand sie sehen sollen. Jemand hätte dasein sollen, ihr genau gegenüber.

Es war niemand da.

Um Viertel nach elf rief sie bei Maria zu Hause an. Niemand nahm ab, und sie versuchte es im Revier. Maria meldete sich.

»Bist du noch im Dienst? Ist etwas passiert?«

»Das kann man wohl sagen«, lautete Marias leicht kryptische Antwort.

Es stellte sich heraus, daß Östen Nilsson einen Zusammenbruch gehabt hatte.

»Thomas war schon nach Hause gegangen. Nur Östen und ich waren noch hier, und plötzlich sah ich, daß er Tränen in den Augen hatte. Ich fragte, was los sei, und da fing er an zu weinen, so ungeniert und verzweifelt, wie nur Männer es können. Eva hat ihn verlassen. Sie ist zu ihrem Mann und ihren Kindern zurückgekehrt. Sie konnte ohne sie nicht leben.«

»Armer Östen!«

»Arme Eva, ihr armer Mann – und ich Ärmste!«

»Wieso du?«

»Ja. Hast du nicht gemerkt, daß ich in ihn verliebt bin?«

»Und das sagst du einfach so? Ganz nebenbei?«

»Es spielt jetzt keine Rolle.«

»Was hast du denn gemacht?«

»Ich habe nichts gemacht. Ich habe ihm nur zugehört und gedacht, daß er über sie beinahe das gleiche sagte, was ich zu mir selbst über ihn gesagt hatte. Er wußte nicht, daß er für uns beide weinte.«

Schon wieder war eine Liebe unmöglich geworden. Wieder waren zwei Menschen einander nahe gekommen, nur um sich bald darauf wieder zu trennen. Vielleicht sollte man diesen Traum abschreiben. Aber was blieb denn dann noch übrig?

Sie wechselten das Thema und sprachen über Jonathan Hagen. Bislang die einzige interessante Spur. Maria wollte sich mit Interpol in Verbindung setzen.

»Soll ich dich am Flughafen abholen?«

»Nein, es geht schon. Und hör mal, nimm Östen morgen in die Arme, stellvertretend für mich.«

»Hoffentlich kommt er überhaupt.«

»O ja, der kommt«, sagte Kristina.

Ganz so sicher war sie allerdings nicht. Intuitiv wußte sie, daß jemand wie der starke, ruhige Östen nicht ohne triftigen Grund zusammenbrechen würde. Gleichzeitig war ihr klar, daß gerade starke, ruhige Männer zusammenbrechen, wenn sie den Menschen verlieren, den sie lieben. Neurotische Egozentriker dagegen stecken alle Schläge einfach weg.

35

Anna Fältgård, geborene Sparreholm, war ihrem zukünftigen Mann Lars Fältgård begegnet, als sie mit neunzehn Jahren den großen Gutshof bei Hässleholm verlassen hatte, um in Lund Französisch zu studieren. Sie hatte keine besonderen akademischen Ambitionen, ihre Zukunft schien ohnehin vorgezeichnet. Nach ein paar kleidsamen Jahren auf der Universität würde sie einen jungen Mann aus ihren eigenen Kreisen heiraten, auf einem anderen Gutshof ihren Hausstand gründen und sich um Heim und Familie kümmern, so wie schon ihre Mutter es getan hatte.

Mag sein, daß die Gesellschaft um sie herum sich in jener Zeit rasch veränderte, aber die aristokratischen Großgrundbesitzer Schonens lebten mehr oder weniger wie vorher, mit ihren Jagden und Tanzveranstaltungen, rauschenden Familienfesten und jährlichen Reisen in die Alpen, auf die Bahamas oder sowohl als auch.

Sie hatte, kurz gesagt, nicht den geringsten Grund, von einem anderen Leben zu träumen. Sie mußte nicht Schlange stehen, um eine Studentenbude zu ergattern, ihr Vater hatte die richtigen Beziehungen und besorgte ihr eine kleine Zweizimmerwohnung mitten im Zentrum von Lund, gleich hinter dem Dom.

Im Französischseminar wurde unter anderem ein anspruchsloser, aber bezaubernder Roman von Colette behandelt, der schilderte, wie die Verfasserin in jungen Jahren in Paris gelebt hatte. Anna war leicht zu beeinflussen, sie versuchte zu leben wie das Mädchen in Colettes Buch, möblierte ihre Zimmer auf die gleiche Weise und gewöhnte sich an, im Café zu sitzen, wo sie lange Gespräche über alles und nichts führte, ungeniert flirtete und diskrete Abfuhren erteilte. Sie entwickelte sogar eine Vorliebe für Bananen, weil die Romanheldin eine Schwäche für diese Obstsorte hatte.

Ihre Wohnung wurde bald zu einem Treffpunkt für zahlreiche Mädchen und noch mehr Jungen, denen es gefiel, in drangvoller Enge beieinanderzuhocken. Paare bildeten sich und lösten sich ebenso schnell wieder auf, irgendwann hatte fast jeder mit jedem geschlafen, außer Anna, die nichts davon hielt, mit der Liebe herumzupfuschen. Sie mochte überhaupt keinen Pfusch.

In den gehobenen Schichten hat man den Vorteil, daß man mit der Freiheit umzugehen weiß.

Um dieselbe Zeit bereitete sich Lars Fältgård auf seine Abschlußprüfungen vor. Er war zweiundzwanzig und schon cand. phil. in Staatswissenschaften und Germanistik, und nun würde er auch noch cand. jur. werden. Sein Vater besaß keine herausragenden Qualitäten, außer einer krankhaften Gewalttätigkeit gegenüber seiner Frau und seinem einzigen Sohn, vor dem er instinktiv Angst hatte. Der Junge war ganz einfach ungewöhnlich intelligent und ungewöhnlich zielstrebig. Gleich nach dem Abitur schrieb er sich an der Universität ein und finanzierte sein Studium damit, daß er abends als Kellner in verschiedenen Studentenkneipen arbeitete.

Er beklagte sich nicht, er war nicht neidisch auf seine Kommilitonen, die feierten, mit Mädchen schliefen, morgens schwer verkatert waren und sich dem Lehrstoff etwa so häufig widmeten, wie eine Sonnenfinsternis sich ereignet. Er war auf dem Weg, ein Leben voller Beschränkungen hinter sich zu lassen, er wußte, was er wollte, alles andere konnte warten.

Vier Jahre lang hob er den Blick nicht von seinen Büchern, nur ein einziges Mal, und da sah er Anna Sparreholm. Sie ging über den Domplatz, es war Anfang Mai, genauer: am 9. Mai 1969 um kurz nach elf, sie hatte die Sonne im Rücken, und ihre geschmeidige Gestalt warf einen langen Schatten, der sich parallel zur Welt bewegte.

Er wußte, daß er seine zukünftige Frau gesehen hatte, und er wußte auch, daß er sie bekommen würde. Nur so läßt sich erklären, was dann geschah. Er kannte sie nicht, er hatte sie nie zuvor gesehen, er konnte nicht einfach auf sie zustürzen und ihr vom Fleck weg seine Liebe gestehen. Das übernahm sie. Sie gestand ihm zwar nicht ihre Liebe, aber sie stürzte, nachdem sie auf dem Kopfsteinpflaster gestolpert war, und landete einen halben Meter von seiner Zukunft, das heißt, von ihm entfernt.

So fing es an, und Anna Sparreholm mußte umdenken. Sie würde also keinen jungen Mann aus ihren eigenen Kreisen heiraten. Ihre Familie, vor allem ihre Mutter, war nicht begeistert, als sie Lars Fältgård zum großen Sommerfest mit nach Hause brachte. Man fürchtete, daß er auffallen würde wie eine Fliege in einem Glas Milch. In dieser Hinsicht wurde die furchtsame und kurzsichtige Mutter eines Besseren belehrt. Lars Fältgård fügte sich mühelos ein, er umgarnte betagte Onkel, die von der ungebildeten Jugend die Nase voll hatten, und er bestand den Test, mit dem Annas Vater, ein pensionierter Panzergeneral, all ihre früheren Verehrer in die Schranken gewiesen hatte, indem er sie nach der größten Panzerschlacht der Geschichte fragte.

Lars wußte, daß es die Schlacht bei Kursk gewesen war, und er wußte noch viel mehr, er kannte die Namen der beteiligten deutschen und russischen Divisionen, die Namen der Oberbefehlshaber, die Panzertypen und so weiter. Das war nicht weiter erstaunlich, denn Anna hatte ihn vorgewarnt. Überall dort, wo es einen König gibt, gibt es auch eine Tochter, die ihn wegen ihrer Liebe zu einem anderen Mann verrät.

Sie heirateten ein Jahr später, sie bekamen kurz nacheinander drei Kinder, zwei Mädchen und einen Jungen. Lars Fältgård machte Karriere, mit fünfundvierzig war er Justizrat, und sie zogen nach Stockholm, wo Anna sich eigentlich nie wohl gefühlt hatte. Sie fand, daß die Hauptstadt mit jedem Tag befremdlicher, brutaler, infantiler wurde. Keine kulturelle Verfeinerung, so weit das Auge reichte, nur hohe Preise als Ersatz für Stil und guten Geschmack. Sogar das Kaufhaus NK, das sie früher gern besucht hatte, ähnelte inzwischen einem orientalischen Basar. Traditionsreiche Restaurants hatten sich in Pizzerien oder Chinakneipen mit fritierten Krabben und süßsaurer Soße verwandelt, die sie für typisch sozialdemokratisch hielt. Alles, was ihr nicht gefiel, betrachtete sie als eine sozialdemokratische Erfindung. Das war nicht so sehr eine Frage der politischen Überzeugung, eher eine Art zu denken und zu reden, die sie aus ihrer Kindheit unter adeligen Großgrundbesitzern und Militärs mitgebracht hatte.

In ihren Augen war ganz Stockholm, mit Ausnahme von Östermalm, sozialdemokratisch, aber ihrem Mann zuliebe fand sie sich damit ab. Er liebte das Leben in der Großstadt, die Anonymität, das Abenteuer, die Untergrundbahn, wo er unter lauter fremden Menschen saß und sich frei und glücklich fühlte. Dort hatte er seine besten Ideen, zu welchem Thema auch immer. Wenn er mit ihr redete, äußerte er eher seine Begeisterung für einen bestimmten Gedanken als den Gedanken selbst. Das lag nicht nur an ihm. Sie hatte sich für seine Tätigkeit als Jurist immer nur unter dem Aspekt seiner Karriere interessiert. Es gefiel ihr einfach, die Gattin eines Justizrats zu sein. Sie war weder ungebildet noch unbegabt, aber sich hatte sich dafür entschieden, der schöne Kandelaber zu sein, in dem seine Kerzen leuchten sollten.

Jetzt war er tot, umgekommen bei einem idiotischen Flugzeugunglück. Sie brauchte nun nicht mehr in Stockholm zu bleiben. Sie wollte nach Schonen zurück, sie vermißte den Horizont, den Wind, ihre Freundinnen. Die Kinder waren aus dem Haus, die Villa in Djursholm war viel zu groß.

Wenige Tage nach der Beerdigung ging sie abends ins Arbeitszimmer ihres verstorbenen Mannes, setzte sich in den tiefen Ledersessel und schaute auf die vielen Bände mit juristischer Literatur, und er fehlte ihr so, daß es schmerzte. »O du«, murmelte sie und drehte den Kopf ein wenig nach rechts. Er hatte immer rechts von ihr gestanden, weil er nur auf einem Ohr hörte. Das andere war bei einer Artillerieübung auf Gotland zerstört worden, wo er seinen Militärdienst abgeleistet hatte.

Sie wußte, daß in einer Schublade seines Schreibtisches immer ein Päckchen Papiertaschentücher lag. Sie öffnete sie, fand die Taschentücher und außerdem sein Tagebuch. Der Einband war schwarz mit roten Ecken und rotem Rücken. Sie griff danach, zögerte aber, es zu öffnen. Sie hielt es in beiden Händen, und ihr Herz klopfte heftig. Plötzlich fiel ihr auf, daß ihre Hände trocken aussahen, sie legte das Tagebuch hin, um ins Badezimmer zu gehen und sie einzucremen, aber auf halbem Weg kehrte sie um und ging zu dem Tagebuch zurück, das rot und schwarz in seiner Schublade lag und irgendwie an ein altes, abgestorbenes Herz erinnerte.

Hatte sie das Recht, darin zu lesen?

Natürlich nicht. Lars hatte ihr vertraut, sonst hätte er sein Tagebuch nicht einfach so herumliegen lassen. Er hätte es irgendwo in dem großen Raum verstecken können. Er hatte sich auf sie verlassen. Aber jetzt war er tot. Mußte sie auf einen toten Menschen Rücksicht nehmen? Ja, das mußte sie. Warum? Sie wußte es nicht. Sie wußte nur, daß sie mit diesem Menschen dreißig Jahre zusammengelebt hatte, ohne in seiner Seele herumzuwühlen. Sie hatte sich mit dem begnügt, was er ihr mitteilen wollte, alles andere gehörte ihm und nur ihm.

Er hatte sie mit dem gleichen Respekt behandelt. Niemals irgendwelche Fragen, nicht einmal, als er

Grund dazu gehabt hätte, in jenem Sommer vor dreizehn Jahren, als sie sich Hals über Kopf in einen englischen Schauspieler verliebt hatte, der mit seiner Theatertruppe in der Stadt gastierte. Es wäre schön gewesen, sagen zu können, daß nichts passiert war oder daß das, was geschehen war, keine Bedeutung hatte. Nichts davon stimmte.

Zwischen ihr und dem Schauspieler war alles geschehen, was sich zwischen einem Mann und einer Frau ereignen kann, und noch ein bißchen mehr. Sie dachte noch lange an ihn, und bis heute konnte sie seine Hände auf ihrem Körper spüren.

Lars hatte keine Fragen gestellt.

Sie nahm das Tagebuch, ging in den Garten hinaus und verbrannte es in der Blechtonne, in der sie sonst trockene Zweige und Laub zu verbrennen pflegte. An den langsam züngelnden Flammen wärmte sie ihre Hände, denn es war September, und die Abendluft war kühl.

Dann ging sie hinein, um ihre Besucherin zu empfangen.

36

Kristina war befangen. Es war das erste Mal, daß sie jemanden in Djursholm besuchte. Schon der Name machte sie unsicher. Es war das Viertel der Reichen und Mächtigen. Sie hatte nie jemanden kennengelernt, der dort wohnte oder dort aufgewachsen war. Sie wußte, daß ihr Amt ihr eine gewisse Autorität verlieh, aber das war nichts gegen die Autorität, die eine über Generationen vererbte gesellschaftliche Position mit sich bringt.

Die hochgewachsene, schlanke und elegant gekleidete Anna Sparreholm tat nichts, um den Abstand zwischen ihnen zu verringern. Warum sollte sie auch? Wenn man eine Mauer zwischen sich und den anderen errichtet, hat man nicht die Absicht, ständig hinüberzuklettern und »Hallo« zu rufen.

Hier hieß es »Guten Tag, Frau Kommissarin«, und »Sie nehmen doch noch ein Plätzchen, Frau Kommissarin?« Sozialdemokratische Kumpelei war hier nicht angesagt.

Der Salon, in dem sie saßen, war nicht sehr groß, hatte aber zwei hohe Fenster, die auf den Garten hinausgingen, und wurde vom goldenen Lichtschein dreier Lampen sanft erhellt. An einer Wand hing ein Porträt, das Anna Sparreholm als junges Mädchen zeigte, an der anderen ein Porträt von Lars Fältgård im Alter von etwa fünfzig Jahren. Auf dem Schreibtisch standen Fotos von den Kindern, und auf dem runden Teetisch lagen Schöner-Wohnen-Magazine neben »Svenska Dagbladet«.

»Hier haben wir immer den Abendtee getrunken, und Lars hat seine Zigarre geraucht, weil der Raum so leicht zu lüften ist«, sagte Anna Sparreholm.

»Rauchte er viel?«

»Nein. Eine Zigarre nach dem Abendessen. Das einzige, was er in seinem Leben viel tat, war arbeiten«, fügte sie hinzu, mit leisem Spott in der Stimme, als ob der Verstorbene sie hören könnte.

Die nächste Frage, die Kristina stellte, war nicht geplant. Sie hatte plötzlich den Eindruck, daß es sich lohnen würde, offen zu reden.

»Waren Sie glücklich miteinander?«

Anna Sparreholm schien nicht überrascht.

»Wenn zwei Frauen sich unterhalten, kommt jedesmal diese Frage auf. Ja, wir waren glücklich, was nicht heißt, daß wir nicht auch schwere Zeiten hatten. Besonders seit der Erkrankung meines Mannes.«

»Erkrankung?«

»Ja. Er hatte eine Herzschwäche und mußte in jeder Hinsicht äußerst vorsichtig sein. Ansonsten war er gesund.«

»Was sagten denn die Ärzte?«

»Bis auf weiteres hatten sie ihm Medikamente verschrieben, aber sie waren auf der Suche nach einem geeigneten Spender. Transplantation.«

»Ich verstehe. Wie bei meinem Vater.«

»Es tut mir leid, das zu hören. Ich habe oft über das alles nachgedacht. Als ich jung war, habe ich viel über die Mythologie der Antike gelesen. Dort gibt es auch schon dieses Problem. Jemand ist zum Tode verurteilt, und es muß sich jemand finden, der bereit ist, an seiner

Stelle zu sterben. Es sind immer Frauen, die sich opfern, es gibt kein Beispiel dafür, daß auch Männer das tun. Die Liebe der Frauen endet meistens mit einem Opfer. Die Liebe der Männer dagegen endet mit einer neuen Liebe. Anders geht es wohl nicht. Wenn diese Welt sich drehen soll, muß immer irgend jemand sich opfern.«

Kristina hatte diese Worte schon einmal gehört. Hatte Mitsuko nicht dasselbe über ihre Liebesgeschichte mit Lars Fältgård gesagt? Daß sie sich um seiner Familie willen geopfert habe?

Jetzt saß sie hier mit der Frau dieses Mannes zusammen, die ihn auch geliebt hatte, die ebenfalls bereit gewesen war, sich für ihn zu opfern. Wußte sie von seinem zweiten Leben? Daß er ein Kind mit einer anderen, viel jüngeren Frau hatte?

Es war nicht ihre Aufgabe, die Wahrheit zu enthüllen. Sie lächelte Anna Sparreholm freundlich zu.

»Eine letzte Frage habe ich noch.«

»Ich weiß. Nein. Die Antwort ist nein. Mein Mann hatte zu dem unbekannten Jungen im Flugzeug keinerlei Verbindung. Ich habe davon in der Zeitung gelesen. Ich kann mir jedenfalls keinen Zusammenhang denken. Mein Mann war nicht pädophil!«

Daß sie die Zeitungen gelesen hatte, war offenkundig. Ihre Stimme klang beherrscht, aber zutiefst indigniert.

»Das habe ich auch nicht vermutet. Ich wollte nur wissen, was er in Amsterdam gemacht hat.«

»Amsterdam?«

»Ja. Von dort ist das Flugzeug gestartet.«

Anna Sparreholm schien mit sich selbst zu Rate zu gehen.

»Das wußte ich nicht. Ich dachte, er sei in Brüssel gewesen. Er vertrat Schweden in der juristischen Kommission der EU.«

»Aber dafür benutzte er doch wohl Linienflüge?«

»Ja, meistens. Manchmal flog er aber auch privat. Wenn er sehr in Eile war, glaube ich. Ich habe mich wenig darum gekümmert.«

»Dann wissen Sie also nicht, was er in Amsterdam zu tun hatte?«

»Ich habe Ihnen doch gesagt, ich wußte nicht einmal, daß er dort war. Wie soll ich dann wissen, was er dort gemacht hat?«

Anna Sparreholm war irritiert, vor allem aber war sie traurig. Ihr Mann hatte ihr etwas verheimlicht. Was war es? Gerade hatte sie sein Tagebuch verbrannt. Der Gedanke, daß jemand anders mehr über ihren Mann wußte als sie, war ihr unerträglich.

»Frau Kommissarin, wissen Sie etwas, was ich nicht weiß?« fragte sie und holte tief Luft, als sollte sie ins eiskalte Wasser springen.

Auch Kristina holte tief Luft.

»Es tut mir leid. Mehr weiß ich auch nicht. Ich hatte gehofft, von Ihnen etwas zu erfahren, aber ...«

Sie brach ab, denn sie fürchtete, daß ihre Stimme sie verraten würde. Sie war keine gute Lügnerin. Wirklich nicht? Diejenigen, die am besten lügen, glauben oft, sie seien dazu nicht imstande.

Was sollte sie tun? Sie konnte nicht preisgeben, was Mitsuko ihr anvertraut hatte. Plötzlich kam ihr der Gedanke, daß Mitsuko möglicherweise mit Lars Fältgård zusammengewesen war, daß sie nur auf verschiedenen Wegen zurückgereist waren. Das ließ sich herausfinden, aber sie mußte es selbst tun, sie wollte niemand anderen hineinziehen. Sie mußte ihre Mitarbeiter hintergehen, einen anderen Ausweg gab es nicht.

»Nein, ich weiß wirklich nicht mehr als Sie!« wiederholte sie, wie um sich selbst zu überzeugen.

Man konnte nicht sicher sein, ob Anna Sparreholm überzeugt war. Sicher war nur, daß sie es gern sein wollte, und nichts vermag uns so zu überzeugen wie unsere Wünsche.

37

Es war zehn nach acht, als Kristina die Villa in Djursholm verließ. Sie blieb einen Augenblick stehen und schaute sich um. Anna Sparreholm hatte in dem großen Haus noch ein paar Lampen eingeschaltet. Es gibt zwei Sorten von Einsamkeit. Eine, die alle Lampen anzündet, und eine, die sie löscht. Die erste will Gespenster verjagen, die zweite will sie herbeirufen. Anna Sparreholm bereitete sich auf eine weitere durchwachte Nacht vor.

Kristina resümierte im Geiste das Gespräch. Das wichtigste Ergebnis war, daß der Justizrat Lars Fältgård eine Herztransplantation benötigt hatte. Das andere war nur ein Verdacht, nämlich daß Mitsuko mit ihm unterwegs gewesen war und vorgezogen hatte, es zu verschweigen. Das wäre verständlich gewesen. Aber welchen Zweck hatte die Reise gehabt?

Ein paar Tage und Nächte im lebenslustigen Amsterdam, oder war es etwas anderes? Waren sie vielleicht auf der Suche nach einem Herzen gewesen?

In Holland hatten die Menschen das Recht, über ihren Tod selbst zu bestimmen. Das bedeutete, daß die Verfügbarkeit lebensnotwendiger Organe dort entsprechend größer war. Vielleicht hatte Mitsuko Beziehungen, ihre Familie hatte eine Zeitlang in Holland gewohnt, wo ihr Vater als Choreograph gewirkt hatte.

Das alles paßte gut zusammen, aber wie sollte sie weiter verfahren? Man legt sich nicht mit einem Justizrat und einer Staatsanwältin an, wenn man nicht sehr überzeugende Beweise hat. Sie hatte bislang keinen einzigen, und tief in ihrem Innern hoffte sie, daß es so bleiben würde.

Sie fuhr langsam an großen Häusern und Gärten vorbei, die tagsüber gewiß vor Leben vibrierten, jetzt im Halbdunkel jedoch wirkten, als ob sie einander belauerten.

Einen Moment lang war sie in Versuchung gewesen, Anna Sparreholm die Wahrheit zu sagen. Alles war so seltsam geworden. Sie lebte und arbeitete in einer Welt, in der die Suche nach der Wahrheit die Hauptsache war, aber oft hinter anderen Erwägungen zurückstehen mußte. Wer die Wahrheit sagt, macht sich nicht beliebt, so ist es wohl immer schon gewesen. Toren, Kinder und Betrunkene sagen die Wahrheit, heißt es, und sie gehörte zu keiner dieser Kategorien. Im wirklichen Leben ist die Wahrheit meistens dazu bestimmt, verheimlicht zu werden.

Deshalb hatte sie sich entschieden, Anna Sparreholm nichts vom Doppelleben ihres Mannes zu erzählen – eine Entscheidung übrigens, die schon getroffen worden war, bevor Anna Sparreholm das Tagebuch verbrannte.

Aber es gab noch ein großes Problem. Wie sollte sie sich Mitsuko gegenüber verhalten?

Sie konnte sie doch nicht wie eine Verdächtige behandeln, sie konnte nicht von der Annahme ausgehen, daß Mitsuko log. Sie mußte Mitsuko dazu bringen, aus eigenem Antrieb zu reden. Sie mußte sie ganz einfach manipulieren. Aber wie?

Zuallererst mußte sie sich vergewissern, ob Mitsuko

an den betreffenden Tagen tatsächlich verreist gewesen war. Wenn ja, war sie vermutlich entweder mit SAS oder mit KLM geflogen. Die Fluggesellschaften ließen sich nur schwer dazu bringen, ihre Passagierlisten herauszurücken, und in diesem Fall würde es noch schwieriger sein, weil sie keinen formellen Antrag stellen wollte. Aber solche Probleme lassen sich meistens lösen.

Sie war auf einmal mit sich selbst zufrieden und schlug sich auf den Schenkel, was zur Folge hatte, daß der Fiat einen Hüpfer machte wie ein Kaninchen. Als sie die Stadtgrenze erreicht hatte, beschloß sie, ihren Vater zu besuchen. Seit fast zwei Tagen hatte sie nicht mit ihm gesprochen.

Karl Vendel empfing seine Tochter mit der üblichen Begeisterung und schenkte ihr ein gutes bayerisches Bier ein, das sie beide gern mochten. Er tat so, als sei er ganz der alte, und doch konnte er kaum verbergen, daß er es nicht war.

Sie warf einen Blick auf seinen Schreibtisch. Sein Lieblingsfüllfederhalter, den sie ihm zum sechzigsten Geburtstag geschenkt hatte, lag neben einem Notizblock. Offensichtlich hatte er geschrieben, als sie klingelte. Was schrieb er da? Einen Brief vielleicht? An wen? Oder war es etwas anderes?

Es stellte sich heraus, daß Karl Vendel dabei war, sein Testament zu entwerfen.

»Testament?« wiederholte sie, als sei das ein völlig abwegiges Wort.

»Ja. Findest du nicht, daß es dafür allmählich Zeit wird? Zum Glück gibt es nur eine einzige Erbin, und das bist du. Aber es sind Vermögenswerte da, an die ich seit Jahren nicht mehr gedacht habe. Alte Aktien, verschiedene Fondsanteile, ein kleiner Hof in Deutschland, den ich von deinem Großvater geerbt habe. Deshalb fand ich, daß es nicht schaden könnte, das alles auf einem Blatt Papier festzuhalten.«

Er sprach sehr ruhig, und das ließ sie aufbrausen.

»Du tust, als ob es um ein paar Formalitäten ginge. Aber es ist dein Tod, über den wir hier reden!«

Er sah sie an, mit einem wintermüden Lächeln auf den Lippen.

»Du hast recht. Neben all den Formalitäten ist da auch ein technischer Vorgang.«

Er sprach die Worte ganz langsam aus, jede Silbe für sich. Tech-ni-scher Vor-gang.

»Welcher?«

»Mein Tod. Mein Tod ist ein technischer Vorgang. Der Rest sind Formalitäten. Und jetzt, wo ich alt genug bin, frage ich mich manchmal, ob nicht das ganze Leben eine Formalität ist.«

Sie wandte den Blick ab.

Wie konnte er so etwas sagen?

Es war nicht der richtige Moment, sich auf eine Debatte einzulassen. Statt dessen ging sie in die Küche, um ein paar Butterbrote zu machen. Sie blieb verwundert stehen. Das Spülbecken war randvoll mit Tellern, Tassen, Gläsern und Besteck. Sie öffnete den Kühlschrank, und es war so gut wie nichts Eßbares darin.

Das hatte es noch nie gegeben. Karl Vendel führte seinen Haushalt sonst fast pedantisch, seine Küche glänzte, und der Kühlschrank war immer gut gefüllt.

Sie begann das Geschirr zu spülen, ohne etwas zu sagen. Karl hörte das Klappern, stellte sich an die Tür und schaute sie mit betrübtem Blick an.

»Du mußt das nicht machen.«

Das waren seine Worte, aber sie hörte, was er wirklich sagte. Daß er traurig war über sein Unvermögen, sich dem Tod auf würdevollere Art zu stellen. Daß er von Panik ergriffen worden war, trotz all seiner Weisheit, trotz der vielen Klassikerbände in seiner Bibliothek. Mit wohlgesetzten Zitaten ließ sich der Schmerz, den er empfand, nicht mildern. Er war noch nicht bereit. Aber ist man das überhaupt irgendwann?

Er hatte es versucht. Er hatte an die glasklare Ruhe gedacht, die seine Frau vor ihrem Tod ausgestrahlt hatte, an ihren liebevollen Blick noch in der letzten Stunde. Er hatte einen Kampf vor sich, und dieser Kampf ließ sich nicht gewinnen. Die einzige Chance war, zu verlieren wie ein Gentleman.

Als Kristina fertig gespült hatte, ging sie in den nächsten Supermarkt und kam mit zwei vollen Einkaufstüten zurück.

»Gib nicht auf, Papa. Um meinetwillen«, sagte sie, als er schwach protestierte.

38

Es war Viertel nach zehn, als Maria Valetieri endlich ihre Haustür in Segeltorp aufschloß. Die Gegend hieß im Volksmund »Gris-byn« was »die Schweinchenstadt« bedeutet, wegen der rosafarbenen Reihenhäuser.

Den ganzen Tag war sie auf der Jagd nach Jonathan Hagen gewesen, während ihre Gedanken um Östen Nilsson kreisten, der, wie sie befürchtet hatte, nicht zum Dienst erschienen war.

Gegen zehn Uhr morgens hatte sie das erste Mal bei ihm angerufen. Keine Antwort. Eine Stunde später versuchte sie es wieder. Immer noch nichts. Sie ging in die Cafeteria, sie ging zu Thomas ins Büro, sie ging in den Fitneßraum und drehte eine schweißtreibende Runde. Lauter vergebliche Anläufe, um die innere Ruhe wiederzufinden.

Dazwischen versuchte sie, bei der Amsterdamer Polizei jemanden zu erreichen, der ihr etwas über Jonathan Hagen sagen konnte. Sie sah keine andere Möglichkeit, zwar konnte er ebensogut Deutscher oder Belgier sein, aber der Frau, die ihm den Schlüssel zur Baptistenkirche gegeben hatte, war es so vorgekommen, als sei er Holländer. Irgendwann erwischte sie einen Kommissar namens Alberto Huis, dessen Mutter Italienerin war und der sehr freundlich wurde, als er von Marias italienischem Vater hörte.

In ganz Europa war eine Generation von Einwandererkindern herangewachsen, die kaum etwas gemeinsam hatten, bis auf eines: Sie hatten ihr bisheriges Leben mit Menschen verbracht, die sich unablässig woanders hinsehnten. Sie wußten, was es hieß, die Mahlzeiten unter dem abwesenden Blick von Mutter oder Vater oder beiden einzunehmen, sie hatten oft beobachtet, wie ihre Eltern grämlich den Mund verzogen.

Diese Kinder waren Cousins und Cousinen im Sinne der neuen Zeit. Sie hatten einen Zugang zueinander, den andere nicht besaßen.

Das Gespräch mit Alberto Huis war sehr ergiebig. Ihm lag eine umfangreiche Akte über Jonathan Hagen vor. Seit fünf Jahren wurde er wegen verschiedener Delikte gesucht. Alles mögliche, vom Anlagebetrug bis zum Kindesmißbrauch. Doch bis jetzt hatten sie noch nicht einmal ein ordentliches Foto von ihm. Er änderte offenbar mehrmals im Jahr seinen Namen und sein Aussehen, je nach den Geschäften, in die er gerade verwickelt war. Er war hochgebildet, sprach fließend mehrere Sprachen und bewegte sich im Smoking so ungezwungen wie in Kniehosen. In gewisser Weise war es beruhigend, daß er die gewöhnliche Verbrecherlaufbahn gewählt hatte, denn wenn er Terrorist geworden wäre, hätte er die ganze Welt in Atem gehalten.

War dies der Jonathan Hagen, der die Baptistenkirche in Huddinge besucht hatte? Oder war es ein ganz anderer?

Sie konnte nicht wissen, ob er es war, aber sie beschloß, bis auf weiteres davon auszugehen. Er war also in Schweden gewesen, das bedeutete, daß er irgendwo gewohnt haben mußte, wahrscheinlich im Hotel. Typen wie Hagen wissen, daß man unter den Reichen und Mächtigen am leichtesten anonym bleiben kann.

Sie wußte, daß er sich am 19. April 1999 in Huddinge aufgehalten hatte. Wann er angekommen war, wußte sie nicht. Die Buchungslisten der Hotels nach ihm zu durchsuchen, war eine Arbeit, die man an den Rezeptionen wohl nicht freiwillig auf sich nehmen würde, zumal er einen seiner sonstigen Namen benutzt haben konnte, oder einen ganz neuen.

»Wie eine Nadel im Heuhaufen«, sagte sie zu Thomas, der gerade vorbeikam.

»Stimmt nicht«, murmelte er. »Eine Nadel sticht, er mordet.«

»Wo soll ich dann anfangen?«

Er ging weiter, ohne zu antworten. Maria schüttelte nur den Kopf. Sie wußte, daß er sich mindestens ebenso um Östen sorgte wie sie selbst, obwohl sie die meiste Zeit über andere Dinge redeten. Sie ging in Kristinas Zimmer und erzählte ihr, was sie soeben erfahren hatte.

Kristina war Feuer und Flamme.

»Klingt so, als sei das unser Mann«, stellte sie befriedigt fest. Dann schlug sie vor, daß Maria mit ihrer Suche in den Hotels am Hauptbahnhof beginnen sollte, wo die Flughafenbusse aus Arlanda halten.

»Ich könnte mir gut denken, daß so ein Typ das Sheraton wählt. Das ist teuer genug, luxuriös genug, anonym genug. Fang dort an!«

Maria sagte nichts, verließ aber auch nicht den Raum. Sie blieb auf ihre charakteristische Art stehen, breitbeinig mit nach innen gekehrten Zehenspitzen, und Kristina wußte sofort, worum es ging.

»Es scheint, daß du recht hattest und ich unrecht.«

Maria breitete die Arme aus, als ob sie sagen wollte, daß »es« keine Rolle spielte.

»Vielleicht sollten wir morgen mal hingehen und nach ihm sehen.«

Kristina überlegte einen Augenblick.

»Da bin ich mir nicht so sicher. Es ist besser, wenn er zu uns kommt. Wir müssen ihm vielleicht die Chance geben, zu verstehen, daß wir für ihn da sind, als seine Freunde.«

Maria dachte nach.

»Das ist nicht meine Auffassung von Freundschaft. Man tut doch etwas für seine Freunde, man sitzt nicht auf dem Arsch und wartet, bis sie begriffen haben, daß man ein Freund ist.«

Kristina wurde wütend.

»Sollen wir uns statt dessen auf seinen Pimmel setzen? Damit er seine kleine Schlampe vergißt?«

Sie bereute es sofort, aber es war zu spät. Jetzt hieß es Haltung bewahren, zumal sie, wie viele Töchter aus gutem Haus, kein unanständiges Wort sagen konnte, ohne dabei eine gewisse Erregung zu spüren. Sie versuchte, Maria mit ihrem Blick zu durchbohren, die aber machte keinen Rückzieher.

»Hui! Das hätte ich der Philosophin von Huddinge gar nicht zugetraut. Was würde Sokrates sagen, wenn er dich jetzt hören könnte?«

Ihre Stimme hatte plötzlich etwas Italienisches an sich, es schwang Streitlust darin mit, und Kristina merkte, daß sie diese Lust nicht teilte. Sie hätte ein schlechtes Gewissen bekommen, wenn sie noch mehr gesagt hätte, und außerdem hatte sie wirklich unrecht. Östen brauchte Hilfe, und zwar jetzt.

Nun konnte sie ihr Gesicht nur noch dadurch retten, daß sie die Situation ins Komische kippen ließ. Kaum hatte sie den Gedanken zu Ende gedacht, als sie sich selbst lachen hörte, ein wenig gezwungen vielleicht, aber trotzdem.

Das Nette war, daß Maria in das Lachen einstimmte. Sie war eigentlich bereit gewesen, sich bis ans Lebensende mit Kristina zu verkrachen, und sie wußte, daß auch sie zu weit gegangen war. Alles in Gelächter aufzulösen war ein Kompromiß, den sie schon früh eingeübt hatte, in den hartgesottenen Jugendbanden von Hagsätra, wo sie aufgewachsen war. Wenn Verliebte streiten, können sie ins Bett gehen, um sich zu versöhnen. Freunde, die streiten, haben kein anderes Bett als das gemeinsame Lachen.

Fast gleichzeitig sagten beide: »Entschuldige!«

Sie schauten sich wieder an und lachten noch mehr.

Vorerst war das Thema erledigt. Maria machte sich auf den Weg in die Stadt, in der Hoffnung, in irgendeinem Hotel die Spur von Jonathan Hagen aufnehmen zu können.

Sie traf auf unfreundliches und übellauniges Empfangspersonal, aber sie begegnete auch Leuten, die freundlich und hilfsbereit waren. Jedenfalls war es überall sehr mühsam, in so weit zurückliegenden Registern nach einer Person zu suchen, die unter fünf verschiedenen Namen auftrat, und am Ende, wenn die

Suche ergebnislos blieb, auch noch so idiotische Fragen zu stellen wie die, ob man sich an einen jungen Holländer erinnere, der fließend schwedisch sprach.

Sie hakte das Sheraton ab, das Continental, das Terminus, das Royal Viking, das World Trade Center. Dann konnte sie nicht mehr. In regelmäßigen Abständen hatte sie bei Östen angerufen, ohne ihn zu erreichen.

Erschöpft und voller Unruhe kam sie in der Schweinchenstadt an, sie versuchte es ein letztes Mal bei Östen, keine Antwort.

Sie schenkte sich ein großes Glas Wein ein, setzte sich aufs Sofa, legte die Füße auf den Tisch und rief ihre Mutter an. Nichts beruhigte sie mehr als diese anspruchslosen Unterhaltungen, in denen nichts Neues passierte, alles seinen gewohnten Gang ging, in der Pizzeria ebenso wie in der großen, weiten Welt.

Es kam sogar vor, daß sie mitten im Gespräch einschlief. Ihre Mutter wußte das, weshalb sie hin und wieder durchblicken ließ, daß es Zeit sei, den Hörer aufzulegen.

So war es auch diesmal.

39

Am nächsten Tag kam Östen zur Arbeit, als sei nichts geschehen. Er war bleich und verkniffen, aber ansonsten ganz der alte. Man hätte sogar behaupten können, daß er etwas mehr als der alte war.

Er spazierte geradewegs in Kristinas Zimmer und bat sie um ein Gespräch. Das war noch nie vorgekommen. Sie warf ihm einen »Ich-weiß-wie-das-ist«-Blick zu, erhob sich von ihrem Bürostuhl, setzte sich aufs Sofa und bot ihm den Sessel an.

In diesem Manöver war keine Berechnung, sie wollte ihm nur nicht den Eindruck vermitteln, daß sie als seine Vorgesetzte mit ihm reden würde. Östen hatte gar nicht daran gedacht, er war einfach froh, ihr gegenüberzusitzen, ohne daß die disziplinarischen Regeln des Polizeidienstes zwischen ihnen standen.

Sie fragte ihn, ob er eine Tasse Kaffee wolle, sie hatte gerade frischen gekocht. Sie war froh, daß er zu ihr gekommen war, das machte die Sache einfacher. Deshalb sagte sie:

»Du hättest gestern anrufen sollen. Maria hat sich furchtbare Sorgen um dich gemacht.«

»Ich weiß. Ich meine, nicht daß Maria sich Sorgen gemacht hat. Ich weiß, ich hätte anrufen sollen. Ich bin gekommen, um mich dafür zu entschuldigen. Es war dumm von mir, aber ...«

Er verstummte.

»Aber?«

Kristinas Stimme war nicht fordernd, eher aufmunternd.

»Ich kann mich nicht so gut ausdrücken ... ich wußte nicht, was ich sagen sollte, und gleichzeitig tat es so weh ... ich konnte nur an Eva denken ... an nichts anderes als an Eva.«

Er verstummte wieder, und diesmal ließ Kristina ihn in Ruhe. Sie würde warten, bis er die richtigen Worte gefunden hatte.

»Der Kaffee ist wirklich gut!«

Das war seine Art, sich dankbar dafür zu zeigen, daß sie ihm Zeit ließ, in den Korridoren seines Hirns hin und her zu wandern, wo er immer nur denselben quälenden Gedanken begegnete.

Eva war zu ihrem Mann zurückgekehrt, würde das gutgehen? Konnte man einfach in sein altes Leben zurücksteigen wie in ein Paar getragene Stiefel? Er glaubte nicht daran. Er glaubte, daß sie die Hölle vor sich hatte. Er klagte sich selbst dafür an, daß er sie nicht glücklicher gemacht hatte, daß er sie nicht dazu hatte bringen können, mit ihm weiterzuleben und die Vergangenheit hinter sich zu lassen. Dazu war er also nicht fähig. Sie hatte ihre Kinder so furchtbar vermißt ... manchmal hatte sie sich abends in den Schlaf geweint ... dann half es nichts, daß sie sich liebten, und das war ja die einzige Gemeinsamkeit zwischen ihnen. Er konnte ihr Lust und Genuß schenken, aber keinen Lebensinhalt. Und warum nicht? Weil sie schon einen hatte.

»Gestern ist sie fortgegangen. Ich habe ihr beim Packen geholfen.«

Er senkte den Kopf und stützte das Kinn auf die gefalteten Hände, als ob er beten wollte.

Es war schrecklich gewesen. Eva war in der Wohnung herumgelaufen, hatte Schränke geöffnet, Sachen aus den Regalen genommen, in der Garderobe nach Schuhen gesucht, während er auf dem Sofa saß und ihr zuschaute. In seinem Hirn wuchsen Angst und Trauer und Zorn und die Lust, diese Frau zu besitzen, einfach aufzustehen und zu sagen, jetzt reicht es, jetzt setzt du dich hin, und du wirst nicht weggehen. Sie in die Arme zu nehmen, die tiefe Falte auf ihrer Stirn wegzustreicheln, sie vorsichtig zu öffnen, so wie ein Uhrmacher das Gehäuse einer kostbaren Uhr öffnet. Nichts von alledem hatte er getan.

»Dann fragte sie plötzlich, ob ich etwas von ihr behalten wolle, irgendeinen kleinen Gegenstand, um mich an sie zu erinnern, denn nun sei klar, daß wir einander nie wiedersehen würden. Ich könnte das nicht ertragen, sagte sie. Aber ich könne eine Kleinigkeit haben, die mich an sie erinnert ... da sagte ich: Nein, danke, aber du darfst mir etwas geben, das mir hilft, dich zu vergessen. Wie kann man nur so etwas sagen. Ich verabscheute mich selbst, ich wollte nie mehr unter Menschen gehen ...«

Er verstummte wieder und rieb seine Handflächen heftig aneinander, wie um etwas zu zermahlen, das daran haftete. Der Duft ihrer Haut, was konnte es sonst sein?

Jetzt hatte Kristina Gelegenheit, den Trick anzuwenden, den ihr Vater sie gelehrt hatte, als sie ihre schriftlichen Prüfungen ablegte. Auf den Händen sitzen, damit man nicht in Versuchung gerät, zu rasch zu antworten. Auch er machte es so, wenn er Schach spielte. »Die Hände müssen unter dem Hintern sein«, pflegte er zu sagen, »berührte Figuren sind geführte Figuren, es gibt kein Zurück.« Im Leben kann man sagen: »Verzeihung, ich habe es nicht so gemeint«, aber beim Schach muß man seine Absicht ausführen, sobald man sie zu erkennen gegeben hat.

So schob sie die Hände unter die Oberschenkel, um Östen nicht berühren zu können, obwohl sie es gern getan hätte. Sie wollte ihn trösten, denn das brauchte er, auch wenn es Trost von der falschen Seite war. Aber sie begnügte sich mit Worten.

»Jetzt bist du wieder unter Menschen gegangen ... und wir sind froh, dich zu sehen.«

Dann schwieg auch sie.

40

Erik Jönsson war nur einundzwanzig Jahre alt geworden. Dennoch hatte er in seinem kurzen Leben eine Menge erreicht. Das konnte man in seinem Zimmer sehen, wo Pokale, Medaillen und Diplome aus verschiedenen Tennisturnieren eine ganze Wand bedeckten, und er hätte noch mehr Wände zugepflastert, wenn er nicht an jenem Sonntag vor ein paar Wochen in dem verunglückten Flugzeug gesessen hätte.

Kristina hatte so lange wie möglich damit gewartet, seine Eltern zu besuchen, aber nun war sie in dem niedrigen alten Haus am Kanalufer in Söderköping. Sie war fast eine Stunde vor dem verabredeten Termin angekommen, und so hatte sie einen Spaziergang am Göta-Kanal gemacht, der gerade trocken lag, weil die Schleusen repariert wurden. Ein sonderbarer Geruch stieg aus dem Bodenschlamm, eine Mischung aus altem Käse und verdautem Blumenkohl. Sie mußte an eine tote Schlange denken, die in der Sonne verrottete, wie sie es als Kind einmal gesehen hatte.

Sie trank auf dem Marktplatz einen Kaffee und schlenderte durch die Geschäftsstraße, in der sie schönes Kunsthandwerk entdeckte, vor allem Schmiedearbeiten. Wie geschickt die Schweden mit ihren Händen sind, dachte sie und wünschte, sie hätte Geld übrig gehabt, um etwas zu kaufen. Aber das hatte sie nicht.

Es war eine Minute vor eins, als Elsie Jönsson ihr die Tür öffnete, mit einem Lächeln, das man als verlegen deuten konnte, das jedoch in Wahrheit eine Widerspiegelung ihres Wesens war. Sie war eine tiefgläubige Frau, ihre müden Augen prüften die Besucherin neugierig, aber nicht aggressiv, ihr Händedruck war trokken und warm, wie frisch gebackenes Brot.

Natürlich duftete es im Wohnzimmer, das zugleich die Küche war, nach frisch gebrühtem Kaffee und Zimtwecken. Elsie war sehr gefaßt, Gottes Zorn hatte sie getroffen, aber sie lehnte sich nicht auf, und Trost suchte sie nur in den Gewohnheiten des Alltags. So hatte sie immer gelebt, und so würde sie auch sterben, wenn ihr Stündlein gekommen war.

Die Unterhaltung gestaltete sich nicht schwierig. Man mußte keine Umwege erfinden, um mit ihr über den toten Sohn zu sprechen. Sie öffnete ihr Herz so selbstverständlich, wie man einen Wasserhahn aufdreht. Sie war ein Mensch ohne Geheimnisse.

Sie zeigte Kristina Eriks Zimmer. Bei seinen seltenen Besuchen hatte er darin gewohnt. In den letzten drei Jahren war er meist auf Reisen gewesen, und er hatte sich eine eigene Wohnung in Monaco gekauft, die Elsie noch nie gesehen hatte.

Eriks Tenniskarriere war mehr als beeindruckend. Mit vierzehn hatte er den Donald-Duck-Pokal für Sechzehnjährige gewonnen. Als Sechzehnjähriger siegte er im Wimbledon-Turnier der Junioren, und so ging es weiter, bis er neunzehn war und in die Seniorenklasse wechseln mußte.

Am Anfang lief es sehr gut, er besiegte mehrere Spieler, die im Ranking viel höher standen als er. Aber das lag zumeist daran, daß sie nicht wußten, wer er war. Sobald er einen Namen hatte, wurde der Widerstand härter. Immer öfter verlor er, sogar gegen Spieler, die er hätte schlagen können. Man begann ihm seine Furchtsamkeit anzumerken, er ließ den Kopf hängen, und seine Verlobte, ein Mädchen aus Söderköping, verließ ihn.

Das alles fand seine Erklärung, als er eines Tages nach einer harten Trainingsstunde zusammenbrach. In den Zeitungen stand, seine Achillessehne sei gerissen, er müsse operiert werden, doch im Grunde sei das kein großes Problem. In sechs Monaten könne er auf den Tennisplatz zurückkehren.

Als er das Flugzeug nach Stockholm bestieg, war er unterwegs zu seiner Operation. Das war alles, was er wußte, und das hatte er auch seinen Eltern gesagt.

»In welchem Krankenhaus?«

Elsie schüttelte den Kopf. Sie hatte keine Ahnung.

»Könnte Ihr Mann es möglicherweise wissen?«

Möglicherweise, aber er war nicht zu Hause. Er hatte Dienst, er war Küster in der St.-Anna-Kirche.

»Wann kommt er denn?«

»Gegen Abend.«

»Dann fahre ich besser selbst hin. Aber vorher möchte ich mit der Verlobten Ihres Sohnes sprechen.«

Die Antwort kam rasch, allzu rasch.

»Sie war nicht mehr seine Verlobte. Sie hat Schluß gemacht.«

Plötzlich war alles Wohlwollen aus ihrer Stimme verschwunden.

»Sie könnte etwas wissen, was Sie nicht wissen«, sagte Kristina. Ihr war bewußt, daß sie sich auf dünnem Eis bewegte, denn offensichtlich hatte Elsie Jönsson für diese Verlobte nicht viel übrig.

»Ich kann Sie nicht daran hindern, mit ihr zu sprechen. Aber sie ist, wie sie ist.«

Stärkere Worte als diese hätte Elsie niemals benutzt.

»Und wo finde ich sie?«

41

Die Kindertagesstätte »Pelikan« war in dem traditionellen Falu-Rot gestrichen, das in Kristina immer Sehnsucht nach dem Landleben weckte. Es war ein altes Haus mit einem hübschen Garten, in dem die Kinder spielten und schrien, wie es nur schwedische Kinder können.

Kristina fragte nach Frida Olofsson, hatte sie aber schon im Blick. Sie stand am Herd, hatte ein blondes Mädchen auf dem Arm und rührte mit der anderen Hand in einem Topf. Um ihre Beine scharten sich weitere Kinder. Es war offenkundig, daß sie geliebt wurde, und Kristina, die kinderlos war und bleiben würde, spürte den unvermeidlichen Stich der Eifersucht.

Frida Olofsson hatte nicht mit Besuch gerechnet. Gerade hatte sie von den großen Städten geträumt, in denen sie mit Erik Jönsson gewesen war. Jetzt war er tot, aber ihr Traum von einem gemeinsamen Leben mit ihm war schon viel früher gestorben.

Dafür gab es Gründe, und einen davon konnte Kristina mühelos erraten. Frida Olofsson war mindestens zehn Jahre älter als ihr Ex-Verlobter.

Kurz darauf hatten sie im Personalraum ein ruhiges Eckchen gefunden. Es war nicht schwer, Frida Olofsson zum Reden zu bringen, es genügte, Eriks Mutter zu erwähnen.

»Oh, diese Heuchlerin! Von Anfang an hat sie unsere Liebe sabotiert. Zu ihren Gunsten kann ich sagen, daß sie nicht die einzige war. Die ganze Stadt war gegen uns. Es hieß, ich hätte ihn mir geangelt. Dabei war er hinter mir hergewesen, seit er siebzehn war – damals ließ ich mich gerade scheiden. Ich kann ohne dich nicht leben, sagte er. Wie hätte ich ihm widerstehen sollen? Klar, ich war zehn Jahre älter als er, aber wir liebten uns. Ich habe ihm gesagt, daß er eines schönen Tages aufwachen würde und sehen, daß ich alt sei, und er antwortete, an diesem Tag würde er der Ältere sein.«

Kristina konnte sich denken, was der junge Mann bei Frida Olofsson gesucht und gefunden hatte. Sie war eine Frau, in deren Armen es sich gut träumen ließ. Sie hatte ihn zu einem Mann mit kühnen Träumen gemacht, ihn zum Ausbruch aus der erstickenden Enge seines freikirchlich-protestantischen Elternhauses ermutigt.

»Seine Mutter sagt, Sie hätten die Verlobung gelöst.«

»Sagt sie das?«

»Ja.«

Frida Olofsson wischte sich den Mund ab, als hätte sie gerade etwas Unangenehmes heruntergeschluckt.

»Ich habe nicht Schluß gemacht. Ich habe ihm die Freiheit der Entscheidung gegeben. Zuerst entschied er sich dafür, von mir wegzugehen – aber dann hat er es nicht ausgehalten. Als er starb, wollte er gerade zu mir zurückkommen.«

»Seine Mutter sagt, er wollte sich operieren lassen.«

Frida Olofsson stutzte und riß die Augen weit auf.

»Operieren, weshalb?«

»An der Achillessehne.«

»Das ist das Lächerlichste, was ich seit langem gehört habe.«

Es stellte sich heraus, daß Erik Jönsson niemals Probleme mit den Achillessehnen gehabt hatte, dafür aber mit der Lunge, und daß die Ärzte mit den üblichen Medikamenten nichts ausrichten konnten. Das einzige, was ihm hätte helfen können, war eine Transplantation.

Kristina hoffte, daß Frida Olofsson die Wahrheit sagte. Sie wollte keine voreiligen Schlüsse ziehen.

»Sind Sie da ganz sicher?«

»Natürlich. Sein Vater, ein sehr feiner Mensch, wollte sich als Spender zur Verfügung stellen, aber seine Lunge ist nicht ganz in Ordnung. Ich habe mich auch angeboten, aber in Schweden akzeptieren die Ärzte keinen außerfamiliären Spender. Es ist gegen das Gesetz. Dann schlug ich vor, daß Erik und ich ja heiraten könnten, dann hätte ich das Recht gehabt, ihm zu helfen, aber die Alte hat dem einen Riegel vorgeschoben. Sie drohte, sich das Leben zu nehmen, sie telefonierte in der ganzen Verwandtschaft herum, um einen Spender zu finden. Ich weiß nicht, wie es ausgegangen ist. Ich hatte genug von der Sache! Aber jetzt, wo er tot ist, schäme ich mich, daß ich nicht hartnäckiger war, ich habe den Jungen geliebt, verstehen Sie. Ich habe ihn sehr geliebt!«

Kristina hatte keinen Grund, daran zu zweifeln. Deshalb stellte sie eine ganz andere Frage.

»Sie meinen also, daß Elsie Jönsson mich belogen hat. Warum hat sie das getan?«

Frida Olofsson lachte kurz auf.

»Das ist doch wohl klar. Wenn Eriks Sponsoren von seiner Krankheit erfahren hätten – ade, ihr Millionen!«

»Ich kenne mich in der Tenniswelt nicht so aus.«

»Hinter Erik stand eine Gruppe von Investoren. Man kann sagen, daß sie ihn gekauft haben, als er seinen ersten Donald-Duck-Pokal gewann. Sie kamen für all seine Unkosten auf, und das ist kein Pappenstiel. Als Gegenleistung kassierten sie fünfzig Prozent von seinen Einkünften, was auch nicht gerade Kleingeld war. Allein im vorigen Jahr hat er über drei Millionen Kronen verdient!«

»Ja, aber jetzt ist er tot. Warum lügt sie trotzdem weiter?«

»Das weiß ich nicht. Wenn man einmal mit dem Lügen angefangen hat, muß man wohl immer weitermachen.«

»Wann haben Sie zuletzt mit ihm gesprochen?«

»An seinem Todestag. Er rief mich vom Flughafen aus an.«

»Von welchem Flughafen?«

»Es war irgendwo in Holland. Er sagte, daß er mit einer gecharterten Maschine fliegen würde, und er fragte, ob wir uns sehen könnten, wenn er wieder zu Hause wäre.«

»Hat er gesagt, warum er nach Hause kommen wollte?«

»Nicht so richtig, aber ich hatte den Eindruck, daß sie einen Spender gefunden hatten.«

»Was hat Ihnen diesen Eindruck vermittelt?«

»Er sagte, daß bald alles wieder gut sein würde. Daß da jemand sei, der ihm helfen könne.«

»Hat er Namen genannt?«

»Nein. Und ich habe auch nicht weiter gefragt. Ich dachte, die Alte hätte irgendeinen Verwandten gefunden.«

In diesem Moment ging die Tür auf, ein dreijähriges Mädchen stürmte herein und warf sich Frida Olofsson in die Arme.

»Was ist denn, mein Herzchen?«

»Der Jacob haut mich!«

Die beiden Frauen sahen einander an. Das war ein altes Thema. Dazu ließ sich vieles sagen, oder auch nichts.

Sie sagten nichts.

42

Es war kurz nach drei, als Kristina wieder im Auto saß. Sie fuhr auf der E 22 ein Stück in südlicher Richtung, dann bog sie nach links ab und nahm die Landstraße 210.

Sie faßte die Fakten für sich noch einmal zusammen. Der Justizrat Lars Fältgård hatte ein Organ gebraucht. Der Tennisspieler Erik Jönsson hatte ein Organ gebraucht. Zwei von fünf Passagieren an Bord des abgestürzten Flugzeugs. Über den sechsten Passagier, den unbekannten Jungen, wußte sie nichts.

Das alles war zweifellos beunruhigend, aber sie wollte nichts überstürzen. Eins nach dem anderen. Jetzt würde sie erst einmal mit Erik Jönssons Vater reden. Sie hoffte, daß er ihr etwas zu bieten hatte.

Wenn Frida Olofsson sie nun angelogen hatte? Dann würde das ganze Gebäude einstürzen. Warum glaubte sie der Verlobten mehr als der Mutter? Lag es daran, daß sie spontan für eine unglückliche Liebesgeschichte Partei nahm? Daß sie sich im Grunde ihres Herzens wünschte, Frida Olofsson würde die Wahrheit sagen?

Es konnte sehr gut sein, daß Frida log und Elsie die Wahrheit sagte. Ohnehin fiel es ihr schwer, zu akzeptieren, daß Elsie sie so gründlich getäuscht haben sollte.

Sie fuhr langsam, die Straße war schmal und kurvenreich, und hin und wieder begegnete ihr ein schwerer Lastwagen. Nach einigen Kilometern sah sie den Wegweiser zur St.-Anna-Kirche. Sie bog nach links in eine kleinere Straße ein, und schon nach ein paar hundert Metern war zu sehen, daß sie zum Meer führte. Die Landschaft wirkte nackt, als sei sie gerade aus dem Bad gestiegen.

Sobald sie eine Parklücke sah, hielt sie an, stürzte aus dem Auto und hinter einen Busch. Es war in letzter Sekunde. Sie hatte schon den ganzen Nachmittag eine volle Blase gehabt, aber ihre Phobie vor fremden Toiletten war stärker gewesen.

Jetzt, ganz allein in der großartigen Stille, geschützt durch vertrocknetes Brombeergesträuch, konnte sie lockerlassen und zugleich weiter nachdenken.

Also: unter allen, mit denen sie bisher gesprochen hatte, gab es wohl kaum einen, der nicht log. Manche logen, um etwas zu verbergen, und andere, um den Verdacht auf jemanden zu lenken.

Ihre Aufgabe war, in diesem Durcheinander von Lügen die Wahrheit zu finden. War das überhaupt möglich?

Das war die eine Frage.

Die zweite Frage war: Was durfte die Wahrheit kosten?

Die Toten waren tot, und die Lebenden logen.

So einfach war das. Warum konnte sie sich nicht damit abfinden, nach Huddinge zurückfahren, sich zu ihren Arbeitskollegen setzen und eine Tasse Kaffee trinken?

Sie konnte es nicht. Jedesmal, wenn sie kurz vor dem Aufgeben war, sah sie den reglosen Körper des schönen Jungen im kalten Licht der Leichenhalle. Sie mochte keine Formulierungen wie »er schrie nach Gerechtigkeit«, aber sie konnte den Jungen nicht als einen Niemand sterben lassen.

Niemand darf als ein Niemand sterben.

Das war ihre moralische Grenze, die sie nicht überschreiten konnte. Hätte sie es getan, wäre sie ein anderer Mensch geworden.

Sie war auf dem Weg zum Auto, als ihr Handy schrillte.

Mechanisch sah sie auf die Uhr. Dreiviertel vier.

Sie fragte sich, wer das sein konnte, getreu ihrer schlechten Angewohnheit, Zeit zu vergeuden, wo es doch naheliegend war, sich einfach zu melden. Gleichzeitig fühlte sie sich wehrlos gegenüber dem kleinen Apparat in ihrer Handtasche, der nicht aufhörte zu klingeln. Wehrlos und ängstlich. Es war unheimlich, daß sie hier in der Hocke gesessen hatte, mitten im Nirgendwo, und doch erreichbar war. Der Raum existierte nicht mehr, Mobiltelefone und Computer hatten ihn zusammenschrumpfen lassen, obwohl das Weltall unablässig expandierte.

Als sie sich schließlich meldete, erkannte sie sofort, daß es ein Fehler gewesen war. Sie hörte das grauenhafte Schweigen eines Unbekannten, die kurzen, erregten Atemzüge eines Mörders.

»Sagen Sie doch etwas, mein Lieber!«

Sie bettelte darum, seine Stimme hören zu dürfen. Das war die einzige Möglichkeit, den Raum wiederherzustellen, die Welt wieder real zu machen.

Doch er legte auf.

Wie hatte er es geschafft, an ihre Handynummer zu kommen, die nur ganz wenige Menschen kannten?

Vielleicht war er gar kein Unbekannter? Vielleicht war es jemand, der sich die ganze Zeit in ihrer Nähe aufhielt?

Als sie weiterfuhr, hatte sie das Gefühl, beobachtet zu werden, aber sie sah nur einen großen amerikanischen Jeep mit getönten Fensterscheiben, der sie in hohem Tempo überholte und ihr dabei gefährlich nahe kam. Ein Detail konnte sie gerade noch registrieren: Das Nummernschild war mit einem schwarzen Plastikstreifen abgedeckt.

43

Sie sah die St.-Anna-Kirche schon von weitem, sie lag am äußersten Ende der Landzunge. Sie sah auch, daß etliche Autos auf dem Gelände parkten, unter ihnen eine weiße Limousine, festlich geschmückt für das Brautpaar, das soeben aus dem Kirchenportal trat, was nur mit einiger Mühe gelang, weil die Braut kurz vor der Niederkunft stand.

Dann brach ein Blitzlichtgewitter los, das gewiß eine Weile dauern würde. Man konnte nur abwarten. Elias Jönsson würde nicht der erste sein, der die Kirche verließ, eher der letzte.

Als sie merkte, daß einige der Hochzeitsgäste sie neugierig ansahen, tat sie so, als sei sie eine Touristin. Sie ging rasch in die Kirche, setzte sich auf eine Bank und begann in dem kleinen Heft zu lesen, das dort ausgelegt war und nur eine Krone kostete.

Die Lektüre war spannend. Schon im 14. Jahrhundert war hier die erste Kapelle erbaut und St. Anna gewidmet worden, der Schutzheiligen der Seefahrer und Mutter der Maria. Der Bau war von einer Ringmauer umgeben, an der die frommen Inselbewohner ihre Boote vertäuen konnten.

Im Jahre 1521 wurde die Kirche vom Bischof Hans Brask geweiht, dem angeblichen Urheber des schwedischen Begriffs »brasklapp«, zu übersetzen etwa als »geheimer Vorbehalt«. Diese Weihe ließ das Ansehen der Kirche steigen, die Gläubigen strömten aus allen Richtungen herbei, und sogleich kamen die Geschäftemacher. Zwei Kneipen wurden eröffnet, Bier und Branntwein flossen in Strömen, es gab Schlachtfeste sowohl vor der Kirche als auch drinnen, und der Kirchendiener war für die Ordnung verantwortlich, was dazu führte, daß den Kneipen verboten wurde, während des Gottesdienstes Schnaps auszuschenken.

Weiter kam sie nicht mit dem Lesen, denn plötzlich stand Elias Jönsson vor ihr.

»Sie wollten mich sprechen, Kommissarin.«

Seine Stimme war angenehm, sie klang beinahe geschult. Auch sein Aussehen überraschte sie. Er war ein hochgewachsener Mann mit vollem grauem Haar, das er mit Wasser streng nach hinten gekämmt hatte. Vor dreißig Jahren hätte er als Schauspieler den ersten Liebhaber geben können.

»Guten Tag, ich heiße Kristina Vendel.«

»Ja. Das ist ein ziemlich auffälliger Name.«

»Wieso das?«

»Er verbindet Christentum und Heidentum. Christus und Ottar Vendelkråka, den Vikingerkönig. Aber nicht nur das. Es gibt, genauer gesagt, es gab einen gewissen Otto Wendel, der einer der ersten und bedeutendsten Kriminalisten war. Er war berühmt für seine Technik der Tatortuntersuchung. Ich bin sicher, daß Sie genauso hervorragend sind wie er!«

Das sagte er ohne eine Spur von Ironie.

Kristina merkte, daß sie schnell zur Sache kommen mußte, sonst würde dieser Elias Jönsson bald die Oberhand gewinnen.

»Eigentlich habe ich nur eine einfache Frage. An welcher Krankheit litt Ihr Sohn?«

»Außer an seiner Jugend, seinem Talent und einer unglücklichen oder vielmehr fehlgeleiteten Liebe litt er an schwachen Achillessehnen. Tennis verschleißt den Körper enorm. Ich habe in meiner Jugend selbst gespielt. Ich spiele immer noch, in der Veteranenklasse, versteht sich.«

»Ich habe gehört, es sei die Lunge gewesen.«

»Ich brauche gar nicht zu raten, woher diese Auskunft stammt, und ich lehne jeden Kommentar ab. Mein Sohn hat alle Fünfsatzspiele gewonnen, an denen er teilgenommen hat, ganz einfach deshalb, weil er eine einzigartige Kondition hatte. Er wurde niemals richtig müde. Sein Lungenvolumen war so groß wie das von Gunde Svan.* Beinahe sechs Liter Luft. Darüber gibt es Unterlagen.«

»Das verhindert aber keine Erkrankung.«

»Nichts verhindert irgend etwas, und vor allem läßt sich eine verschmähte Frau nicht daran hindern, Lügen zu verbreiten.«

Kristina schwieg einen Augenblick. Dann sagte sie:

»Das ist richtig. Andererseits hat sie mit diesen Lügen ja nichts zu gewinnen. Im Gegensatz zu Ihnen und vielleicht noch einigen anderen Leuten. Wie dem auch sei, ich werde letzten Endes doch erfahren, wer die Wahrheit gesagt hat.«

Diesmal war es Elias Jönsson, der schwieg. Er sah sich in der Kirche um, von draußen hörte man fröhliches Lachen und Rufen.

* berühmter schwedischer Skilangläufer, A. d. Ü.

»Die Wahrheit ist, daß mein Sohn tot ist ... daß keine Glocken zu seiner Hochzeit läuten werden. Ich hoffe, Sie sind so freundlich, sich daran zu erinnern, Kommissarin.«

Seine wohlmodulierte Stimme hatte eine schärfere Nuance bekommen, die sie noch mißtrauischer machte, statt sie zu überzeugen. Wäre sie gefragt worden, hätte sie es nicht begründen können, aber sie glaubte ihm nicht.

Können Menschen, die mit einer Lüge leben, überhaupt die Wahrheit sagen?

Sie ahnte, daß es bei Elias Jönsson eine Lebenslüge gab, etwas, das um jeden Preis aufrechterhalten werden mußte. Was hatte ein Mann wie er hier zu suchen, mit einer unscheinbaren kleinen Ehefrau und Veteranentennis als einzigem Vergnügen?

Es mußte noch etwas anderes geben, das ihn hier hielt. Was war es?

In diesem Moment klingelte sein Handy. Er meldete sich sofort und sagte, er habe keine Zeit. Offensichtlich hatte er gewußt, wer anrufen würde.

Und plötzlich wußte es auch Kristina. Sie hatte, wenn auch ein wenig undeutlich, die eifrige Frauenstimme gehört, die »hallo, hallo« rief.

Es war Frida Olofssons Stimme.

Elias Jönsson sah ihrem Blick an, daß sie Bescheid wußte. Mit dem Risiko konfrontiert, seine Lebenslüge preiszugeben, entschied er sich dafür, die andere Lüge fallenzulassen.

»Also gut, er hatte ein Lungenleiden.«

Es klang müde und verbittert.

»Hatte sich nicht ein Spender gefunden? War er deshalb auf dem Weg hierher?«

»Man hatte ihm so etwas zu verstehen gegeben – ihm, nicht mir. Leider hat er es nicht mehr geschafft, mir davon zu erzählen. Mehr weiß ich nicht.«

Kristina hätte gern noch eine letzte Frage gestellt. Wie war es möglich, daß er ein Verhältnis mit der Verlobten seines Sohnes hatte?

Aber das war nicht die Sache der Polizei. Sie fragte sich, wie lange das wohl schon so ging. Elias Jönsson war vielleicht der Vater von Fridas Kind, und er war der Vater ihres Liebhabers. Er war wirklich der Mann ihres Lebens.

Wie gesagt, das war nicht die Sache der Polizei.

44

Der nächste Tag hätte nicht unangenehmer beginnen können. Kaum hatte Kristina sich an ihren Schreibtisch gesetzt, wurde sie zu Göran Syrén gerufen, dem Polizeichef von Huddinge. Er verdankte seine kometenhafte Karriere einer ausgefeilten Technik der Speichelleckerei, die zu seinem Leidwesen noch nicht als olympische Disziplin anerkannt war. Er war für diese Tätigkeit außergewöhnlich gut ausgerüstet, seine Zunge war so groß, daß sie in seiner Mundhöhle nicht genug Platz fand und zur Hälfte heraushing wie bei einem hechelnden englischen Bluthund, mit dem er auch sonst einige Ähnlichkeit hatte. Seine bordeauxfarbenen Wangen hingen herunter wie verdoppelte Säckchen, er hatte keine Augenbrauen, und er zog einen Schmollmund, weil er hoffte, dadurch irgendwie sinnlich zu wirken.

Außerdem lispelte er, was ihn jedoch nicht daran hinderte, seine Meinung zu Markte zu tragen, mit einer Stimme, in der sich nasale und gutturale Laute seltsam mischten.

Er bot ihr keinen Stuhl an, sondern ergriff unverzüglich das Wort.

»Mir ist zu Ohren gekommen, Frau Kommissarin, daß Sie so freundlich waren, gewisse Leute in Djursholm zu besuchen.«

Er liebte es, sich umwunden auszudrücken, weil er glaubte, man würde ihn dann für intelligenter halten.

»Sie meinen Frau Sparreholm?«

Sofort wurde er unsicher.

»Wer ist das?«

»Das ist die Frau des Justizrats. Sie hat ihren Mädchennamen behalten.«

Er lächelte nachsichtig.

»Namen habe ich nicht erwähnt. Und Sie, Frau Kommissarin, sollten das auch nicht tun. Es geht darum, daß gewisse Leute ernsthaft verstimmt sind, weil von unserer Seite in einer Form agiert wird, die von der Presse und anderen Massenmedien falsch ausgelegt werden könnte.«

»Ich weiß nicht, ob ich Sie richtig verstehe.«

Das schien ihn sehr zu befriedigen.

»Es könnte sogar außerordentlich unvorteilhaft ausgelegt werden.«

»Das heißt?«

»Man könnte auf den Gedanken kommen, daß wir irgend jemanden von diesen Leuten der Pädophilie verdächtigen. Sie wissen, Frau Kommissarin, wohin das führen kann.«

Kristina stieß einen theatralischen Seufzer aus.

»Es handelt sich hier nicht um Pädophilie. Ich habe eine ganz andere Theorie über den Tathergang.«

Göran Syrén bedeutete ihr mit einer Geste, daß sie sich setzen dürfe.

»Viel mehr kann ich leider noch nicht sagen. Ich habe keine Beweise, ich habe nur gewisse, ziemlich schwache Indizien. Es wäre mir lieber, wenn ich jetzt noch nicht darüber sprechen müßte. Ich arbeite nämlich ganz allein, ich kann die ganze Sache jederzeit fallenlassen, und es besteht kein Risiko, daß irgendwelche Informationen durchsickern.«

Sie versuchte, möglichst ruhig zu sprechen.

»Ich bin Ihr Vorgesetzter. Wenn es schiefgeht, muß ich dafür geradestehen. Ich will wissen, was Sie vorhaben.«

Kristina sah aus, als kämpfte sie mit sich.

»Geben Sie mir noch eine Woche. Dann werde ich Bericht erstatten.«

Syrén dachte über den Vorschlag nach.

»In Ordnung. Aber keine weiteren Ausflüge nach Djursholm. Übrigens, wie weit sind Sie mit dem Doppelmord? Haben Sie etwas herausgefunden?«

»Nichts.«

»Nichts?«

»Nichts.«

Was dann kam, überraschte sie.

»Ich glaube, daß dieser Mord eine Falle ist«, sagte der wackere Syrén. »Ein decoy, wie man auf englisch sagt, ein Köder. Ungefähr so wie das Trojanische Pferd. Ich glaube, daß wir es mit einem Schlangennest zu tun haben. Sie müssen sehr vorsichtig sein!«

War da etwa ein Anflug von Besorgnis in seiner nasalen Stimme?

Kristina verwünschte sich selbst, weil sie eine so negative Meinung von ihm hatte. Vielleicht war er doch nicht so übel. Natürlich war er unsympathisch, aber dumm war er nicht. Warum gab es bloß keine einfach gestrickten Menschen mehr?

»Ja, ich werde aufpassen«, versprach sie.

Als sie sein Büro verließ, fragte sie sich, ob Anna Sparreholm sich direkt bei ihm oder an höherer Stelle beklagt hatte. Warum hatte sie das getan? Kristinas

Fragen hatten keinerlei Unterstellungen oder Verdächtigungen enthalten. Sie war sogar so diskret gewesen, daß sie vermutlich begriffsstutzig gewirkt hatte.

Trotzdem hatte Anna Sparreholm versucht, weitere Untersuchungen im Zusammenhang mit dem Tod ihres Mannes zu blockieren. Hatte sie etwas zu verbergen?

Das war sehr wahrscheinlich.

Weniger wahrscheinlich war, daß man ihr auf irgendeine Art entlocken konnte, was sie wußte.

»Fang keinen Krieg an, den du nicht gewinnen kannst.« Das hatte ihr Vater ihr immer geraten.

»Aber es gibt Kriege, die man trotzdem anfangen muß«, dachte sie trotzig. Der Kampf für die Gerechtigkeit gehörte dazu. Man konnte ihn niemals gewinnen, und doch mußte man sich darauf einlassen.

45

Wenn Dino Armagnoni in den Wochenmagazinen erwähnt wurde, war stets die Rede vom »König der Wirte«. Als er bei dem Flugzeugunglück ums Leben kam, gehörten ihm drei Restaurants im Zentrum von Stockholm, darunter das »Piccolina«, in dem sich jeden Abend eine Reihe von Berühmtheiten zweiten Grades versammelte. Fernsehleute, eine äußerst nichtssagende Kategorie, die alles mögliche umfaßte, von Wettermiezen über Seriensternchen, Fotografen und Models, Modeschöpfer und Haarstylisten bis zu jungen New-Economy-Millionären und ein paar Kriminellen, die gerade in Mode waren.

Die Polizei hatte den Verdacht, daß seine Lokale als Schwarzgeldwäschereien dienten, sie vermutete außerdem Versicherungsbetrug, als eine seiner Kneipen in Flammen aufging, aber es wurden nie Beweise gefunden. Möglicherweise war der Verdacht unbegründet, und es standen nur seine Konkurrenten dahinter, die daran interessiert waren, Gerüchte über ihn zu verbreiten.

Erstens war er reich, zweitens sah er unverschämt gut aus, drittens wechselte er alle vier Jahre seine Ehefrau, und die letzte war erst fünfundzwanzig.

Mit ihr war Kristina jetzt verabredet, in ihrer »Bude«, wie sie gesagt hatte, Östermalmsgatan 90, fünf Treppen hoch.

Am Telefon hatte sie überhaupt nicht nervös oder besorgt gewirkt, eher amüsiert, und als sie die Tür öffnete, hatte sie ein Glas in der Hand, das sie in die Höhe hielt, als ob sie ihrem Gast zuprosten wollte.

Die Wohnung war riesig, viel Kunst an den Wänden, überwiegend moderne schwedische Künstler, dazwischen eine sehr schöne Ansicht des Stockholmer Hafens von Kristinas Lieblingsmaler Bo Larsson.

Durch hohe Fenster fiel das Nachmittagslicht in den Raum, die Straßengeräusche drangen nicht bis hier herauf, und aus einer exquisiten Stereoanlage hörte man die Stimme von Eva Dahlgren, die unter die Haut ging und die Luft vibrieren ließ.

Es war kaum zu glauben, daß Linda Strömhagen erst vor wenigen Wochen Witwe geworden war. Sie trug einen hochgeschlitzten Rock, hochhackige rote Sandaletten und den unverwechselbaren Duft von Gin Tonic.

Andererseits gibt es verschiedene Formen der Trauer, und sie war ja erst fünfundzwanzig.

Linda war die Tochter eines Mannes, dem ihre Mutter ein einziges Mal begegnet war, in Kopenhagen, in einer sehr dunklen Nacht in einer sehr stillen Seitengasse unten in Kristiania. Sie hatte geschrien und um sich getreten, aber er war stärker gewesen, von seinen Spermien ganz zu schweigen.

Sie war das Ergebnis einer Vergewaltigung, aber man hätte meinen können, daß sie das einzige Kind des Gottes Eros mit einer Sterblichen sei. Hochgewachsen und schlank, kohlschwarzes Haar, große, grüne Augen und ein Lächeln, das ein goldenes Leuchten in ihr Gesicht zauberte.

Es fiel Kristina ungeheuer schwer, sie nicht anzustarren, und gleichzeitig mußte sie aus irgendeinem Grund an das Volkslied denken, in dem es heißt: Wer kann segeln ohne Wind?

Linda Strömhagen konnte es. Wie ein Segelschiff konnte sie den Käfig steuern, in dem Hunderttausende von Fernsehzuschauern einmal in der Woche gefangen waren, wenn sie sie halbnackt sahen, körperlich und seelisch.

Sie konnte unsichere, egozentrische und exhibitionistische junge Männer und Frauen in die Labyrinthe der Selbstentblößung führen, in die man leichter hineingerät, als man wieder herausfindet.

Kristina durfte sich in einen tiefen Ledersessel setzen. An der Wand gegenüber hingen drei luftige Zeichnungen, die ein Paar beim Liebesakt zeigten. Linda Strömhagen ließ sich in das Sofa gleiten, das darunter stand, und servierte zugleich ihrer Besucherin eine Tasse Kaffee. Dann füllte sie ihren Drink auf.

Das ist kein Verhör, eher eine Audienz, dachte Kristina und wurde besserer Laune. Als erstes bedankte sie sich dafür, daß die Verabredung so kurzfristig zustande gekommen war.

Linda hielt es nicht für nötig, das zu kommentieren. Sie wartete auf den Hauptgang.

»Dies ist kein formelles Verhör, sondern ein Gespräch. Das bedeutet, daß alles, was Sie mir sagen, unter uns bleibt. Es bedeutet auch, daß Sie überhaupt nichts zu sagen brauchen, wenn Sie es nicht wollen.«

Linda nickte, sie war einverstanden.

»Also ... wann ist Dino abgereist?«

»Am zweiten August, vormittags.«

»Mit welchem Verkehrsmittel?«

»Mit dem Flugzeug, SAS.«

»Wohin wollte er?«

»Nach Amsterdam.«

»Wissen Sie etwas über den Zweck der Reise?«

»Na klar. Wir hatten schon lange vor, Schweden zu verlassen. Dino hatte da unten etwas laufen.«

»Was denn?«

»Ein Restaurant natürlich. Es gibt dort ein kleines, aber ganz phantastisches Lokal namens Rembrandt, mit dem besten Essen der Welt, und das war zu verkaufen. Dino interessierte sich sehr dafür.«

»Kann das jemand bestätigen?«

»Das nehme ich doch an. Sie können ja dort anrufen.«

»Okay. Wissen Sie, warum er mit einer gecharterten Maschine zurückgeflogen ist?«

»Das habe ich ihn auch gefragt, als er aus dem Hotel in Den Haag anrief.«

»Ich dachte, Sie hätten Amsterdam gesagt.«

»Ja, zuerst Amsterdam und dann Den Haag.«

»Und was hat er geantwortet?«

Die Erinnerung an das letzte Gespräch mit ihrem Mann veranlaßte Linda Strömhagen, einen kräftigen Schluck zu nehmen.

»Er sagte, das Flugzeug gehöre einer Bekannten.«

»Meinen Sie Nikki von Lauterhorn?«

»Ich weiß nicht. Er hat keinen Namen gesagt.«

Bis hierher war es nicht schwierig gewesen. Aber das würde sich gleich ändern.

»Sie müssen entschuldigen, daß ich so direkt frage,

aber wie stand es um Dinos Gesundheit? Hatte er irgendwelche Probleme?«

Linda stellte ihren Drink auf den Couchtisch und erhob sich.

»Ich muß in einer Stunde im Studio sein. Tut mir leid!«

Kristina hatte etwas Ähnliches erwartet. Sie blieb in ihrem Sessel sitzen.

»Sie wissen doch, daß ich das auch auf andere Weise herausfinden kann. Eigentlich tue ich Ihnen einen Gefallen. Sie haben die Chance, genau zu erzählen, wie es war, mit Ihren eigenen Worten.«

Linda lachte spöttisch.

»Wie in einem Schulaufsatz.«

»So ungefähr.«

»Also gut! Es wissen ja sowieso alle. Dino war zeugungsunfähig. Als wir heirateten, hat er nichts davon gesagt. Sonst hätte ich mich nicht darauf eingelassen. Ich will Kinder haben. Viele Kinder. Haben Sie Kinder, Kommissarin?«

Nun drohte es richtig unangenehm zu werden.

»Nein.«

»Warum nicht? Was machen Sie denn mit Ihren schönen Hüften und mit Ihren hübschen Brüsten? In die Luft ficken? Ich will das nicht.«

Sie war jetzt wirklich wütend.

»Sehen Sie das?« sagte sie und entblößte mit einer einzigen Bewegung ihren Bauch.

»Hier drin will ich ein Junges haben ... und noch ein Junges ... und noch eins ... ich hatte meine erste Abtreibung mit fünfzehn ... und danach noch zwei ... ich wurde fast wahnsinnig, als ich merkte, daß der Mann, den ich geheiratet hatte, mir keine Kinder machen konnte ... ich wollte mich sofort scheiden lassen, aber er sagte, er würde alles versuchen und zu sämtlichen Ärzten der Welt gehen.«

Linda atmete stoßweise, als ob sie innerlich weinte.

Es wirkte sehr überzeugend, aber da war eine Kleinigkeit, die das Ganze unglaubwürdig machte. Linda trug, wie gesagt, hochhackige rote Sandaletten. Kristina sah, wie sie mit den Zehen wackelte. Niemand wackelt im Zustand höchster Erregung mit den Zehen.

»Könnte es sein, daß Dino in Holland zu einem Arzt wollte?«

»Weiß ich nicht.«

»Haben Sie niemals eine Adoption erwogen?«

Linda Strömhagen schaute sie mit ihren großen Augen an.

»Adoption? Ich will mein eigenes Kind haben. Nicht irgendein Kind. Sonst kann ich mir ja gleich einen Hund anschaffen.«

Kristina wagte plötzlich einen Vorstoß.

»Sind Sie denn sicher, daß Sie Kinder bekommen können?«

Linda Strömhagen wich einen Schritt zurück, als sei sie von einer Kugel getroffen worden.

»Verdammt noch mal, wie können Sie das fragen? Ich habe doch gesagt, daß ich drei Abtreibungen hatte!«

»Eben deshalb.«

Das war zuviel für Linda. Sie ging mit langen Schritten in die Diele hinaus und öffnete mit einer unmißverständlichen Geste die Wohnungstür. Im Treppenhaus hörte man ein Baby lallen. Gleichzeitig klingelte das Telefon. Es war eines von der drahtlosen Sorte, mit gut lesbarem Nummerndisplay.

Kristina stand langsam auf, nicht um auf die Nummer zu schauen, sondern um zu gehen, aber Linda, die ihre Bewegung mißdeutet hatte, stürzte sich auf den Apparat, hob den Hörer und brüllte hinein:

»Noch nicht, verdammt noch mal!«

»Sie brauchen nicht so ein Drama zu veranstalten«, sagte Kristina ruhig. »Außerdem sagte ich ja, daß ich alles herausbekomme, ob Sie es wollen oder nicht.«

Eines schien festzustehen. Es ging um etwas anderes als um Dinos angebliche Zeugungsunfähigkeit. Es betraf Linda Strömhagen. Aber was konnte es sein? Sie sah aus wie die personifizierte Gesundheit. Es konnte sich nur um ein inneres Organ handeln. Vielleicht die Leber? Sie hatte allein während der kurzen Zeit, die Kristina bei ihr verbracht hatte, zwei Gin Tonics getrunken.

Dino Armagnoni war nicht nach Amsterdam geflogen, um ein Restaurant zu kaufen. Er hatte vielleicht etwas viel Komplizierteres zu erledigen gehabt, aber er war tot, und man konnte ihm nicht mehr die kleinste Frage stellen.

Und inzwischen hatte jemand angerufen, und das Gespräch war offensichtlich sehr ungelegen gekommen.

Weshalb? Wer war dieser Anrufer?

46

Jetzt hatte sie nur noch zwei Besuche vor sich, und sie hoffte, daß sie nicht ebenso beklemmend verlaufen würden.

Linda Strömhagen war ein gebranntes Kind, sie verabscheute ihre Kindheit und hatte gehofft, daß der Erfolg sie von sämtlichen Sorgen befreien würde: ein Leben als gefeierter Fernsehstar, die Ehe mit einem erfolgreichen Mann, der genug Erfahrung besaß, um ihr alle Freuden zu schenken, die ihr früher verwehrt gewesen waren.

Und dann hatte der Tod zugeschlagen. Ein unnötiger, sinnloser Tod, der sie einsam zurückgelassen hatte. Als einziger Trost war ihr ein anständiger Gin Tonic geblieben. Vielleicht sagte sie nicht die Wahrheit, aber ihr Schmerz war keine Lüge.

Kristina hatte für heute genug. Menschenkenntnis war in ihrem Beruf kein Luxusartikel, sondern eine Voraussetzung, aber jetzt verstand sie gar nichts mehr. Zuerst der unsympathische Göran Syrén, der plötzlich so etwas wie echte Menschlichkeit zeigte, dann die schöne junge Frau, die ein Leid vorspielte, das sie gar nicht empfand, um ein Leid zu verbergen, das man doch problemlos hätte eingestehen können.

Wozu diese Spiele?

Sie fuhr nicht mehr ins Büro zurück, es war kurz vor sieben. Sie rief ihren Vater an, um ihn zum Abendessen einzuladen. Er meldete sich nicht, und sofort erschien vor ihrem inneren Auge eine Reihe schrecklicher Dinge, die sich inzwischen ereignet haben konnten.

Sie parkte achtlos den Wagen, rannte die Treppen zu seiner Wohnung hinauf, öffnete die Tür mit ihrem Schlüssel und stürmte ins Wohnzimmer. Dort fand sie ihn in seinem Sessel, mit geschlossenen Augen lauschte er der wohlbekannten alten Schallplatte: Bachs Goldberg-Variationen, gespielt von Glenn Gould.

Er hatte das Telefon gehört, sich aber nicht darum gekümmert. Seine Frau hatte diese Musik geliebt. Nur wenn er sie hörte, konnte er noch mit ihr zusammensein. Das ist vielleicht die einzig mögliche Art zu leben, während man darauf wartet, daß das alte Herz seinen Betrieb einstellt.

»Entschuldige, ich habe das Klingeln nicht gehört«, schwindelte er.

Kristina drehte die Lautstärke ein wenig herunter, es war offenkundig, daß er nicht mehr so gut hörte. Darüber hatten sie schon häufiger diskutiert. Kristina hatte vorgeschlagen, daß er eines dieser modernen Hörgeräte tragen sollte, die man kaum sieht. Aber auf dem Ohr war er vollständig taub.

Sie gingen in seine Stammkneipe, das alte Gasthaus »Mäster Anders« an der Ecke Hantverkargatan-Pipersgatan, wo die Stockholmer seit zwei Jahrhunderten gut, reichlich und billig essen.

»Wußtest du, daß sogar Bellman ab und zu hier verkehrte?« fragte Karl Vendel seine Tochter.

Sie hatte es nicht gewußt.

»Oh, die Jugend von heute!« seufzte er theatralisch.

In Wirklichkeit war er nicht von der heutigen Jugend enttäuscht, sondern von sich selbst, von seiner unvernünftigen Lebensweise, die dazu geführt hatte, daß er nach all den Jahren in Schweden keine Freunde hatte, außer seiner Tochter.

Bellman hatte Freunde gehabt. In seiner Epoche hatte jeder Freunde.

»Hast du Freunde?«

Seine Frage überraschte sie.

Ihre Antwort war für ihn genauso überraschend. Sie kam prompt.

»Nein.«

»Ich auch nicht. Als deine Mutter noch lebte, dachte ich, daß ich keine Freunde brauchte. Sie allein hat es fertiggebracht, daß ich mich wie ein Mann fühlte. Aber jetzt könnte ich ein paar gebrauchen, ein paar Männerfreundschaften. Mit ihnen könnte ich über Sachen reden, die ich mit dir nicht besprechen kann, ich könnte Witze erzählen, die nicht für deine Ohren geeignet sind, für die anderer junger Frauen übrigens auch nicht.«

»Würdest du sie auf lateinisch erzählen?«

Sie machte sich über ihn lustig. Sie tat so, als hätte sie kein Verständnis für seine schwierige Lage, oder vielleicht war sie auch verletzt, weil sie ihm nicht genügte.

Er wechselte das Thema.

»Hast du mal was von deinem Exmann gehört? Wie geht es ihm?«

»Es ist schon eine Weile her. Ich glaube, es geht ihm gut.«

Sie schwiegen einen Augenblick. Das Essen und das Bier waren gekommen, weitere Gäste trafen ein, die Kneipe belebte sich. Man mußte nicht immer reden.

Aber Karl wollte kein unreflektiertes Leben führen, vor allem, wenn er gut gegessen hatte.

»Es ist merkwürdig. Manche Länder entwickeln sich zu einem Dschungel, andere zur Wüste. Schweden wird nie ein Dschungel werden, aber es fängt an, einer Wüste zu ähneln.«

»Papa, nicht nur Schweden verändert sich. Du auch. Du wirst älter. Ich werde auch älter. Ich ertappe mich manchmal dabei, daß ich mich in die Welt von Pippi Langstrumpf zurücksehne. Aber diese Welt ist verschwunden, wenn es sie überhaupt jemals gegeben hat.«

Karl holte seine Pfeife hervor und begann sie umständlich zu stopfen.

»Hast du wieder damit angefangen?« fragte sie.

Er sah sie an und lächelte.

»Kennst du die Geschichte von Arafat? Ein Arzt wies ihn darauf hin, daß das Rauchen ihn irgendwann umbringen werde. Weißt du, was Arafat antwortete? Genau. ›Hoffen wir, daß Sie recht behalten, mein Herr!‹ Es gab und gibt ja so viele, die ihm nach dem Leben trachten. So fühle ich mich jetzt. Ich weiß inzwischen, daß mein Herz mich eines Tages im Stich lassen wird. Bis dahin kann ich doch wenigstens mit meiner Lunge noch Spaß haben.«

Sie wurde fast zornig.

»Was redest du da? Du kannst durch eine einfache Operation geheilt werden.«

Karl schüttelte den Kopf.

»Das ist keine einfache Operation. Es ist eine Transplantation. Das bedeutet, ich soll hier sitzen und darauf warten, daß eine geeignete Person im passenden Moment stirbt, damit ich weiterleben kann. Ich will das nicht. Ich habe in den letzten Tagen nichts anderes getan, als darüber nachzudenken. Ich bin bereit. Ich bin soweit. Ich sage wie Wittgenstein: ›Danke, es war ein wunderbares Leben.‹

Es war ein wunderbares Leben, und ich kann beruhigt meinen Weg fortsetzen, weil ich weiß, daß ich hier eine wunderbare junge Frau zurücklassen werde.«

Den letzten Satz sagte er mit einem Lächeln, das direkt aus seinem Herzmuskel geschnitten schien, ein blutendes Stückchen Liebe.

Sie hätte es nicht ertragen, noch mehr zu hören. Sie stand hastig auf und zog sich auf die Toilette zurück. Karl zündete endlich seine Pfeife an. Er war ganz ruhig. Er kannte seine Tochter. Er war sicher, daß sie einsehen würde, wie recht er hatte.

Er war müde, er hatte das Leben satt. Er war einsam, er mußte in einem fremden Land altern, er hatte keine Freunde, keine Vergnügungen. Seine einzige Freude war seine Tochter, und sie würde auf die Dauer daran zerbrechen.

Deshalb war es besser, weiterzuwandern, solange man es noch in aufrechter Haltung tun konnte. Er war alt. Es lag ihm nichts daran, noch älter zu werden.

Aber es war wichtig, daß sie das verstand. Er hatte Maßnahmen getroffen. Aus seiner Jackentasche zog er ein Notizbuch, rot mit schwarzen Ecken. Er blätterte rasch die beschriebenen Seiten durch, korrigierte hier und dort etwas.

Als er sie zurückkommen sah, steckte er seine Aufzeichnungen wieder in die Tasche. Er beobachtete, wie ein paar männliche Gäste sich nach ihr umdrehten, gesteuert von dem uralten und vermutlich legitimen Bedürfnis, ein Weibchen von hinten zu begutachten.

Es war lange her, seit er sich nach einer Frau umgedreht hatte. Als junger Mann in Ostberlin war er imstande gewesen, einen schönen Hintern von einem Ende der Stadt bis zum anderen zu verfolgen. Er war nie näher als bis auf zehn Meter herangekommen, aber trotzdem. Das Ungeheuerliche war, daß er diese Streunerei als eine wertvolle Art des Zeitvertreibs betrachtete. Das Wiegen der Hüften, das Geräusch der Absätze auf dem Trottoir, der plötzliche Windstoß, der den Rock zwischen die Schenkel drückte, die unerwartete Intimität, die zwischen ihm und einer wildfremden Frau entstand, wenn sie lächelnd ihren Rock wieder glattzog.

Er vermißte seine unbeschwerte Männlichkeit von damals, aber auch einen Freund, mit dem er darüber hätte reden können. Deshalb beneidete er die beiden Männer, denen man ihre Enttäuschung ansah, als Kristina sich zu ihm setzte. Sie fragten sich bestimmt, was sie an dem alten Mann fand. Als ob sie die Verwirrung der beiden und seine Verlegenheit zerstreuen wollte, sagte sie laut:

»Papa, heute lade ich dich ein.«

Er war kein Idiot.

»Ich glaube, ich habe nicht richtig gehört. Sag das noch mal!«

Ihr Lachen war der Beweis, daß sie einander verstanden. Dann kam etwas, das ihr den Atem verschlug.

»Heute ist mir etwas Seltsames passiert«, begann Karl. »Ich habe einen Spaziergang zum Strand hinunter gemacht, es war gegen zwei Uhr. Und als ich die Straße überqueren wollte, fuhr ein Auto auf mich zu. Ich hatte es nicht gesehen. Der Fahrer bremste nicht ab, im Gegenteil. Er gab Gas, und ich mußte mich ins Gebüsch werfen, um mich zu retten. Ich hatte das Gefühl, der wollte mich tatsächlich überfahren.«

Sie saß da wie erstarrt.

»Was für ein Auto war das?«

»So ein großer Jeep.«

»Konntest du das Nummernschild sehen?«

»Nein. Was ist denn los? Warum fragst du? Gibt es etwas, das ich wissen sollte?«

Karl war beunruhigt.

»Nein. Du brauchst dich nicht darum zu kümmern. Das galt nicht dir, sondern mir. Jemand versucht mir einen Schrecken einzujagen.«

Jetzt war Karl ernsthaft besorgt.

»Glaubst du denn, er wird sich damit begnügen?«

Kristina war sich nicht sicher. Dennoch mußte sie ihn beruhigen.

»Ja, das wird er.«

»Warum will man dich erschrecken?«

»Es geht um einen Fall, an dem ich arbeite. Jemand will, daß ich aufgebe, aber das werde ich nicht tun.«

»Vielleicht solltest du es dir überlegen.«

Kristina sah ihn an.

»Das will ich nicht gehört haben.«

Karl schüttelte den Kopf.

»Wir alle müssen manchmal etwas aufgeben.«

»Was hast du denn aufgegeben?« fragte sie in scharfem Ton.

Er wandte den Blick ab.

»Ich glaube, darauf möchte ich jetzt nicht eingehen. Aber ich verspreche dir, daß du eines Tages alles erfahren wirst.«

Jetzt war er müde. Er wollte nach Hause.

47

Auf dem Heimweg in ihrem lärmenden Fiat Uno schwankte ihre Stimmung zwischen Verwirrung, Wut, Traurigkeit, Enttäuschung und merkwürdigerweise auch Erregung. Sie suchte zwischen ihren Musikkassetten und fand, was sie brauchte: einen frühen Bruce Springsteen, dessen Stimme all das enthielt, bevor er ein übergewichtiger Millionär wurde.

Sie drehte die Lautstärke bis an die Grenze des Erträglichen und sang noch lauter mit, trommelte auf dem Lenkrad den Rhythmus und mußte plötzlich an den Film von Federico Fellini denken, in dem der einsame, verstörte Mann auf einen Baum klettert und seinen sehnlichsten Wunsch herausschreit:

»Io voglio una donna!«

Da schrie sie auch:

»Io voglio un uomo!« Und sie lachte, als hätte sie gerade die komischste Geschichte der Welt gehört.

»Ich glaube, ich werde verrückt!«

Es machte sie oft ganz konfus und betrübt, wenn sie ihr inneres Wesen mit Hilfe der Gedanken, Bilder oder Töne eines anderen Menschen ausdrückte. Sie betrachtete das als Symptom dafür, daß ihr Leben eine Fälschung war, daß sie in einem Raum lebte, den andere eingerichtet hatten. Von Zeit zu Zeit machte sie ein einfaches Experiment. Sie summte aufs Geratewohl vor sich hin, ohne an eine bekannte Melodie zu denken. Aber schon nach wenigen Tönen landete sie bei einem Lied von Evert Taube, einem ABBA-Song oder einem Thema von Bach, der, wie es schien, ohnehin alle Melodien dieser Welt erfunden hatte.

Das Leben des Kulturmenschen ist ein einziges Zitat, dachte sie dann mit einem Anflug von Verzweiflung.

Aber heute abend war sie dankbar für all die Räume, die fertig eingerichtet waren und nur darauf warteten, von ihr in Besitz genommen zu werden. Wie immer lag das Problem im Auge des Betrachters. Sie war daran gewöhnt, Kunst und Leben voneinander zu trennen, wie die meisten Menschen. Sie errichtete eine unüberwindliche Grenze zwischen dem einen und dem anderen. Aber war das wirklich notwendig?

Der Fall der Berliner Mauer war eine Tatsache, die das Leben vieler Menschen verändert hatte. Warum sollte man nicht auch einen Film von Fellini oder Bergman als eine solche Tatsache betrachten? Als Teil des gelebten Lebens, nicht als ein Stück Kunstgeschichte.

Sie wurde sofort ruhiger, als sie merkte, daß ihr Gehirn noch funktionierte. Sie hielt an, weil sie versuchen wollte, den Gedankengang abzuschließen. Zufällig bremste sie vor dem alten, verlassenen, kaum noch erkennbaren jüdischen Friedhof an der Nordseite des Berges auf Kungsholmen.

Im schwachen Schein der schönen Straßenlaterne las sie den Namen auf dem höchsten Grabmal. Sara Mendelsohn. Wer war diese Sara gewesen? Wie war sie nach Schweden geraten? Wie kam es, daß niemand sich um ihr Grab kümmerte? Wie kann es geschehen, daß eine Familie, ein ganzes Geschlecht von der Erdoberfläche verschwindet?

Einfache, fast banale Fragen, die sich aufdrängten angesichts der Rätselhaftigkeit der Welt, die aber trotzdem ihren Geist besänftigten wie ein Bad in Milch und Honig. Das war eigentlich ein Zitat aus dem Hohenlied, und es ließ sie gleich an ein weiteres Zitat denken, diesmal von dem mittelalterlichen Mönch Theodoricus von Ravenna, 1438–1471.

»Drei Kräfte regieren die Schöpfung. Die Schwerkraft, die Elektrizität und der Magnetismus. Diese drei sind auch wirksam, wenn man sich verliebt. Man fällt, man brennt, und man wird zu dem anderen hingezogen. Deshalb kommt die Verliebtheit einer vollständigen Beschreibung der Welt gleich. O mein Gott! Laß mich nicht sterben, bevor ich gesündigt habe auf die einzige Art, die Deiner würdig ist! Einen Menschen mehr zu lieben als Dich!«

Mit anderen Worten – sie müßte sich verlieben. Nicht um wieder sie selbst zu sein, sondern um eine ganze Welt zu werden.

Zu Hause leerte sie den Briefkasten. Zwischen Zeitungen, Zeitschriften, Werbeprospekten und Rechnungen fand sie ein weiches Päckchen von einem Kurierdienst. Sie konnte sich nicht erinnern, etwas bestellt zu haben, aber sie öffnete es sofort.

Ihr gestohlener Slip und eine getrocknete Rose lagen in einem durchsichtigen Beutel. Sonst nichts.

Sie begann am ganzen Körper zu zittern. Mit bebenden Händen hob sie den Slip hoch. Auf der Vorderseite war ein großer, gelblicher Fleck. Sie wußte, was für ein Fleck das war. Jetzt sah sie auch den gelben Zettel, der innen befestigt war.

»Die DNA-Analyse kannst Du Dir sparen. Ich bin nirgends registriert.«

Sie hatte einen mächtigen Gegner, der an alles dachte, der sogar wußte, woran sie denken würde.

Woher hatte er all diese Informationen über sie? Irgend jemand hielt nicht dicht. Bei der Polizei? Das war nicht auszuschließen. Obwohl es wahrscheinlicher war, daß der Unbekannte Kontakt mit den Leuten hatte, bei denen sie ermittelte. Diese Leute hatte er in der Hand. Sie waren daran interessiert, daß sie nichts herausfand. Ebenso interessiert wie er.

Sie versuchte sich zu erinnern, was sie zu Anna Sparreholm gesagt hatte. Hatte sie nicht ihren Vater erwähnt?

Nun dämmerte ihr, daß der Unbekannte über jeden ihrer künftigen Schritte unterrichtet sein würde. Sie mußte vorsichtig sein und ihn überlisten. Aber sie hatte keine Angst. Noch nicht. Sollte sie mit jemandem auf dem Revier über alles sprechen?

Nein. Das war jetzt eine Sache zwischen ihr und ihm, wer auch immer er war.

Sie konnte es nicht lassen, darüber zu mutmaßen. Ein zynischer Geschäftsmann?

Ein abgebrühter Verbrecher? Ein fanatischer Akademiker?

Früher oder später würde sie es erfahren.

Sie zog sich langsam aus und kroch unter die Bettdecke, und sie fühlte sich in ihrer Nacktheit so verloren wie ein Regentropfen.

48

Die meisten Leute glaubten, daß »Domabilis« der Name einer Blume sei. Kristina, oder vielmehr ihr Vater, wußte es besser. Es zeigte sich, daß Anders Lalleholm einen sehr guten Namen für seine Firma ausgesucht hatte. Das lateinische Wort »domabilis« bezeichnet etwas, das sich an den Zügel legen oder zähmen läßt. Lalleholms Unternehmen arbeitete auf dem Gebiet der Datensicherheit, vor allem im E-Mail-Verkehr, der lawinenartig angewachsen und im Prinzip so ungeschützt war wie ein Brief ohne Kuvert. Ganz zu schweigen davon, wie einfach es ist, Computer in aller Welt mit verschiedenen Viren zu infizieren.

Die Firma hatte ihren großen Durchbruch noch nicht erlebt, aber die Krise der New Economy hatte sie besser überstanden als die meisten anderen. Lalleholm war nicht nur ein ausgezeichneter Informatiker und ein Visionär, sondern auch ein umsichtiger Direktor.

Kristina hatte diesen Besuch aufgeschoben. Sie durfte Lalleholms Wohnung ohne staatsanwaltliche Genehmigung nicht betreten, und sie wollte Mitsuko da heraushalten, solange es ging. Zugleich wollte sie soviel wie möglich über Lalleholm in Erfahrung bringen.

Sie rief seine Eltern in Örnskoldsvik an und erfuhr, daß er seit über sechs Jahren keinen Kontakt mit ihnen gehabt hatte. Inzwischen war sein Vater an Alzheimer erkrankt und im Altersheim gelandet, während seine Mutter so schwerhörig geworden war, daß Kristina in den Hörer brüllen mußte.

Da erschien es nicht angebracht, heikle Fragen zu stellen. Ihre einzige Hoffnung war das Gespräch mit seinen Angestellten, und dazu hatte sie sich nun, vormittags um Viertel nach zehn, vor dem »Domabilis«-Büro in der Grindsgata Nr. 9 eingefunden. Es war nicht gerade eine noble Adresse.

Die Tür wurde von dem Wal geöffnet, der laut Bibeltext den Jonas verschluckt hatte. Er war ein unglaublich fetter Mann mit dreifachem Kinn und mehreren Bäuchen. Kristina erkannte sofort, daß sie es mit einem Computergenie zu tun haben mußte, denn sonst wäre er von keiner Menschenseele eingestellt worden.

Er sah sie mit seinen kleinen Augen an, ohne ein Wort zu sagen.

Kristina zeigte ihren Ausweis und stellte sich vor.

»Und?« sagte der Wal, aber vielleicht war es auch Jonas in seiner Bauchhöhle.

»Ich möchte Ihnen gern einige Fragen stellen.«

»Wer möchte das nicht? Worum geht es?«

Kristina mußte sich beherrschen.

»Sind Sie der einzige hier?« fragte sie.

»Reicht Ihnen das nicht?« fragte der Wal aufrichtig interessiert zurück, während er sie hereinließ. Es war ein großer Raum, in dem die drei Angestellten des Unternehmens um einen großen Tisch saßen, jeder mit seiner Kaffeetasse vor sich. Es sah aus, als fände gerade eine Sitzung statt.

Kristina entschuldigte sich für die Störung.

»Keine Ursache. Wir waren nur gerade dabei, zu überlegen, was wir nun machen sollen, wo Anders nicht mehr da ist. Wir fragen uns, ob wir die Firma kaufen können, aber wie kauft man etwas von einem Toten?« erläuterte der Wal, der offenbar so etwas wie ein Sprachrohr für die anderen war.

Sie waren alle sehr jung, trugen Freizeitkleidung, hatten kurzgeschnittenes Haar und dufteten nach Rasierwasser. Sie wußten nichts über Anders Lalleholms Privatleben, sie hatten nie etwas davon gehört, daß er an irgendeiner Krankheit litt, und sie hatten keine Ahnung, wohin er gereist war und warum.

Niemals hatten sie ihn mit einer Frau gesehen, mit einem Mann übrigens auch nicht.

»Anders hat vierundzwanzig Stunden am Tag gearbeitet!« lautete der Schlußsatz des Exposés.

»Ist jemand von Ihnen mal bei ihm zu Hause gewesen?«

Sie warfen ihr einen Blick zu, als hätte sie etwas Obszönes gesagt.

»Nein, nie.«

»Wo war sein Arbeitsplatz?«

Sie zeigten ihn ihr. Sie fand beinahe sofort, was sie suchte, nämlich ein Schlüsselbund. Sie steckte es in ihre Handtasche.

»Zum Teufel, worum geht es hier eigentlich?«

»Je weniger Sie wissen, desto besser für Sie.«

Es war ihr klar, daß sie ihre Befugnisse weit überschritt, daß Göran Syrén toben würde, wenn er davon erfuhr. Deshalb war es wichtig, sich mit niemandem anzulegen.

»Sie können mitkommen«, sagte sie zu dem Wal, um ihn zu beruhigen, außerdem konnte es sein, daß sie ihn brauchte.

»Ja, gern«, war die Antwort. »Ich muß nur noch ein kurzes Telefongespräch führen.«

Sie wußte, wen er anrufen würde.

49

Die große Fünfzimmerwohnung im obersten Stockwerk des »Turms« am Medborgarplats war angenehm kühl, obwohl das Sonnenlicht durch nicht weniger als fünf Fenster hereinströmte. Die Klimaanlage funktionierte so diskret wie zuverlässig.

»Ojojoj!« sagte der Wal, der ihr unterwegs endlich seinen Namen verraten hatte: Thomas Filén.

Er spielte nicht auf die Wohnung an, sondern auf die Computerausrüstung, die Anders Lalleholm sich gegönnt hatte. Ein extra starker Rechner, ein Großbildschirm und mehrere Monitore, unter anderem.

Der Rechner war tatsächlich nicht ausgeschaltet, sondern befand sich im Ruhezustand, und der Bildschirm wurde in regelmäßigen Abständen von diversen Monstern bevölkert, die sich gegenseitig zerstörten. Es roch ungelüftet, aber da war auch noch etwas anderes, ein klebriges Gefühl, das sie nicht benennen konnte.

Kristina sah sich in der Wohnung um. Sie öffnete Schränke, zog Schubladen heraus, schaute in Garderoben, untersuchte einige der Medikamente im Badezimmerschrank. Sie fand nichts Interessantes, aber sie stellte fest, daß Anders Lalleholm ein großer Pedant gewesen war. Große Pedanten waren ihr unangenehm, sie betrachtete sie als eine Art metaphysischer Sadisten, die den Dingen ihre Ordnung aufzwingen und eine unverrückbare Welt erschaffen wollten, in der ein Zustand alle anderen ausschloß.

Sie war im Begriff zu gehen, als Thomas Filén auf den Computer zeigte.

»Sollen wir da nicht mal reinschauen?«

»Ja, warum nicht?«

Er setzte sich davor, und man konnte sehen, daß das genau der richtige Platz für ihn war. Sein Gesicht strahlte von innerem Wohlbehagen, und in diesem Augenblick fand Kristina ihn attraktiv. Er war ein Fleischberg, aber schon war die Phantasie mit ihr durchgegangen, sie schloß die Augen und sah sich breitbeinig über seinem riesigen Bauch hocken, sah sich zwischen den Wülsten verschwinden, bis sie selbst nur noch Fleisch war, nichts als Fleisch.

Es war ein Fall von umgekehrter Sublimierung, und sie bekam Angst vor ihrer eigenen Einbildungskraft, deshalb setzte sie sich auf einen Stuhl, der so weit wie möglich von dem Wal entfernt stand.

Er schien von dem Tumult, den seine gewaltige Körperfülle in ihr ausgelöst hatte, nichts zu merken, er stellte nur fest, daß der Computer gesichert war.

»Unser kleiner Anders!« sagte er mitleidig.

Kristina hatte hin und wieder im Kino gesehen, wie FBI-Agenten sich die Köpfe zerbrachen, um den Code zu erraten, mit dem der Zugang zu einem Computer blockiert war, und sie schloß daraus:

»Es wird wohl schwierig.«

Das war es keineswegs. Thomas Filén wühlte ein wenig herum, fand eine CD, legte sie ins Laufwerk des Computers, holte das Icon der Festplatte auf den Bildschirm und löschte das Codewort. Man brauchte es nicht zu kennen, um es zu entfernen.

»Programmierer sind Idioten!« konstatierte er.

Der Rest war nur eine Frage der Geduld. Er ging eine Datei nach der anderen durch. Wenn Anders Lalleholm Geheimnisse gehabt hatte, dann nicht vor seinem Computer. Es war alles da. Seine wirtschaftlichen Verhältnisse, seine Studienabschlüsse, seine Selbstpräsentation und schließlich auch seine Passion.

In einem Ordner mit dem Namen »Realia« hatte er aus dem Internet jede Menge Pornographie heruntergeladen, mit einer deutlichen Vorliebe für Kinder und Jugendliche, die man nicht gerade bei Schulausflügen abgelichtet hatte.

Mit anderen Worten, Anders Lalleholm war pädophil. Das war nicht gut, es warf die Theorie über den Haufen, nach der sie vorgegangen war. Vielleicht hatte nur Lalleholm etwas mit dem unbekannten Jungen im Flugzeug zu tun gehabt und sonst niemand.

Sie hatte keine Zeit, die neue Spur zu verfolgen, Syrén wünschte dringend, daß der Fall abgeschlossen wurde.

Auch Thomas Filén war zerschmettert, wenngleich aus anderen Gründen.

»Wenn das herauskommt, ist die Firma am Ende.«

Drei junge Menschen würden arbeitslos werden, mehrere hundert Kleinaktionäre würden ihr Geld verlieren, und trotzdem wäre der Gerechtigkeit kein Dienst erwiesen. Anders Lalleholm war ohnehin tot, und er war ziemlich vorsichtig gewesen. Die Websites, von denen er seine Bilder heruntergeladen hatte, waren der Polizei seit langem bekannt, es gab keine neuen Adressen, keine neuen Namen, nichts. Es gab nur diese Bilder, bei denen Kristina mehr Verblüffung als Ekel empfand. Wie konnte man ein dreijähriges Kind sexy finden?

Jetzt war nur noch ein Ordner übrig. Er sah nicht sehr vielversprechend aus. Sein Name lautete »Projekt«. Thomas Filén öffnete ihn. Er enthielt nur ein Bild, ein einziges Foto. Von dem Jungen im Flugzeug. Es war irgendwo draußen auf einem Feld aufgenommen worden, das Licht war grell, der Junge lächelte in die Kamera.

Es war zu schön und zugleich zu gespenstisch, um wahr zu sein.

»Kann man sehen, wann dieser Ordner angelegt wurde?«

Thomas Filén staunte über ihre Ahnungslosigkeit, sagte aber nichts. Statt dessen ließ er das Datum anzeigen, das der Computer stets automatisch speichert. Doch als er es sah, traute er seinen Augen nicht.

»Am dritten September diesen Jahres. Da war Anders schon über einen Monat tot.«

Kristina lächelte ihn strahlend an.

»Endlich ein Fehler!« sagte sie, allerdings mehr zu sich selbst.

Ihr unbekannter Gegner wurde allmählich nervös. Er hatte Lalleholms Computer manipuliert, er wollte sie auf die falsche Spur locken, aber dann war ihm ein Detail entgangen. Vielleicht hatte er auf diesem Gebiet genauso wenig Ahnung wie sie. Sie konnte sich ein Lächeln nicht verkneifen.

»Wissen Sie was? Ich glaube, wir sollten das alles löschen.«

Filén sah sie an, als ob er seinen Ohren nicht traute. »Meinen Sie das ernst?«

Sie nickte.

»Aber ist das nicht strafbar?« fragte er. »Unterdrückung von Beweismaterial oder wie das heißt?«

»Genau. Aber das spielt keine Rolle. Es wird niemand etwas davon erfahren.«

»Doch, zwei Leute wissen es schon. Sie und ich.«

Sie seufzte.

»Ich wußte gar nicht, daß ihr Computerfreaks so gesetzestreu seid.«

Er blieb vor dem Gerät sitzen, markierte den Ordner und beförderte ihn in den Papierkorb. Dann klickte er auf den Befehl »Papierkorb leeren«, und der bekannte Dialogtext erschien: »Soll das Objekt wirklich gelöscht werden?«

Er stand auf.

»Nun dürfen Sie klicken«, sagte er.

»Sie waschen also Ihre Hände in Unschuld!«

Er hatte das Neue Testament nicht gelesen, er wußte kaum, wer Jesus Christus und Pontius Pilatus waren, deshalb sah er sie verständnislos an. Sie machte sich nicht die Mühe, es ihm zu erklären, sie konnte nicht in einer halben Stunde reparieren, was dreißig Jahre Schulpolitik zerstört hatten.

Sie beugte sich über die Tastatur. Sie spürte die Nähe der dampfenden Fleischmasse Filéns, klickte auf den Befehl. Jetzt war Anders Lalleholm so unschuldig wie im Augenblick seiner Geburt. Mit einem Federstrich, hätte man in früheren Zeiten gesagt.

Sie trennten sich draußen vor dem »Turm«. Thomas

Filén ging langsam in Richtung Südbahnhof, und Kristina setzte sich in das Terrassencafé im Fatburspark, der bis ins frühe neunzehnte Jahrhundert ein schiffbarer Binnensee gewesen war.

Ein paar Kinder spielten rund um den Brunnen, während ihre Eltern auf den Bänken saßen und lasen oder träumten.

Manchmal war das Leben schön. Auch wenn sie innerlich vor Schreck wie erstarrt war, nicht nur wegen der Bilder, die sie gerade gesehen hatte, auch nicht deshalb, weil sie eine Straftat begangen hatte, als sie sie vernichtete.

Es war etwas anderes, eine Art Neid auf jene Männer und Frauen, die ihre Grenzen jenseits des Menschlichen suchen und Handlungen begehen, die der Mehrheit unbegreiflich erscheinen müssen.

Sie beneidete sie nicht um diese Handlungen, sondern um das Gefühl, das sie haben mußten, wenn sie sich über ihre eigene Menschlichkeit erhoben. Fühlten sie sich wie Götter? Waren sie glücklich?

Sie wußte es nicht. Sie konnte es nicht einmal erraten, aber eines war sicher. Sie gehörte nicht zu ihnen. Sie war dazu verurteilt, ein Mensch zu bleiben und mehr Grenzen zu erfahren als Freiheiten.

Lange saß sie in Gedanken versunken. Trotzdem bemerkte sie den gutgekleideten Mann, der einige Tische weiter, halb von ihr abgewandt, so tat, als läse er in einer Zeitung. Sie sah nur sein Profil, und das nicht einmal deutlich, weil er die Zeitung davorhielt. Aber sie wollte keinen Verfolgungswahn entwickeln. Das war genau das, was ihr Gegner erwartete. Und doch schauderte sie bei der Vorstellung, daß sie sich noch vor einer Viertelstunde in einer Wohnung aufgehalten hatte, in der auch er gewesen war.

Sie schaute wieder zu dem lesenden Mann hinüber. Bestimmt war er ein harmloser Bankangestellter, der sich eine verlängerte Mittagspause gönnte.

Das war der Fehler, der ihr an diesem Tag unterlief.

50

Ninni Larsson war noch nicht einmal siebzehn, als sie starb. Trotzdem war sie schon ein Fixstern am veränderlichen Himmel der Popmusik und hatte viel Geld verdient, von dem sie ihren Eltern eine große Vierzimmerwohnung im Neubauviertel Hammarbystrand kaufen konnte. In derselben Wohnanlage, aber im obersten Stock mit Aussicht auf den Kanal, hatte sie für sich ein Dreizimmer-Appartement gekauft.

Kristina hätte sich den Besuch bei den unglücklichen Eltern am liebsten erspart. Laut Zeitungsberichten wurden sie mit dem Tod der Tochter, die ihr einziges Kind gewesen war, nur sehr schwer fertig. Ansonsten waren sie in den Medien nicht in Erscheinung getreten.

Torbjörn Larsson war in den Vierzigern und sah auf eine alltägliche Art gut aus. Seine Hände waren groß und sein Lächeln sehr, sehr klein, so wie ein Komma in einem langen Satz.

Seine Frau Anna, die wohl genauso alt war, besaß eine Frische, die sie viel jünger aussehen ließ. Ihr Blick war offen und direkt. »Sie ist bestimmt eine von denen, die beim Liebesakt nicht die Augen zumachen«, dachte Kristina anerkennend. Keiner der beiden hatte auch nur die geringste Neigung zur Musik oder einer anderen Kunstsparte. Er arbeitete als Automechaniker bei Bilia in Solna, und sie hatte ihr eigenes Unternehmen. Sie war Fußpflegespezialistin.

Wie diese beiden sympathischen, aber unscheinbaren Menschen eine Pop-Prinzessin wie Ninni in die Welt gesetzt hatten, war ein Rätsel, dessen Lösung nur die Natur selbst kannte.

Anna Larsson schien Kristinas Gedanken zu lesen und kam ihr zu Hilfe.

»Mein Vater war ein tüchtiger Musikant. Er gehörte zum Spielmannszug von Orsa, und er war mit Benny Andersson befreundet. Jetzt lebt er nicht mehr.«

Ihr Mann nahm ihre Hand, um sie zu trösten. Sie hatten einander gern, das sah man an der Art, wie sie miteinander umgingen, aber auch an ihrer Häuslichkeit, die ein Ausdruck ihrer wechselseitigen Fürsorge war.

Schlichte, behagliche Möbel. Helle Farben, Kaffeeduft, Zimtwecken im Backofen, ein Fußballspiel im Fernsehen, aber ohne Ton.

An der Wand hingen zwei Lithographien von Stig Claesson, eine Ansicht von Söder Mälarstrand und eine vom Steilhang an der Brännkyrkagata.

Auf einem Ecktisch standen eine Vase mit Tigerlilien und ein Bild der vierjährigen Ninni auf Mamas Schoß. Sonst nichts, was in irgendeiner Form daran erinnerte, daß die Tochter berühmt war. Sie war ihr einziges Kind gewesen. Nicht mehr, nicht weniger.

Der Kaffee wurde aufgetischt. Er trug die Kanne. Seine Frau brachte die Zimtwecken. Eine friedliche Übereinstimmung äußerte sich in dieser Choreographie, und Kristina spürte einen Kloß im Hals.

»Ich würde Ihnen gern ein paar Fragen stellen. Es handelt sich eigentlich nicht um Ninni, sondern um diesen Jungen, von dem Sie sicher in der Zeitung gelesen haben. Sie können antworten oder auch nicht, und ich verspreche Ihnen, daß ich Sie dann nicht mehr belästigen werde. Einverstanden?«

Sie nickten.

»Wann ist Ninni von hier weggefahren?«

Sie schauten einander an, als wollte einer dem anderen den Vortritt lassen. Schließlich antwortete die Mutter.

»Am zweiten August.«

»Ist sie mit derselben Fluggesellschaft geflogen wie ...«

»Ja. Ich habe sie nach Bromma gebracht. Wenn ich gewußt hätte, daß ich sie zum letzten Mal in meinem Leben sah ... Ich habe mit ihr geschimpft, weil sie zu diesem verwöhnten Jungen fuhr, der sich überhaupt nicht um sie kümmerte. Er benutzte sie nur als Blume im Knopfloch. Jetzt hat er nicht einmal eine Karte geschickt.«

»Von welchem Jungen sprechen Sie? Ist das der Prinz, von dem die Zeitungen geschrieben haben?«

»Prinz? Ja, so nennt er sich ... seine Familie ist adelig.«

»Aber die Familie lebt doch in Süddeutschland. Wieso ist Ninni von Amsterdam zurückgeflogen?«

»Sie hatten sich gestritten. Das hat sie uns erzählt, als sie aus München anrief. Sie hatte in Amsterdam eine Freundin, ein Mädchen aus Schweden, deshalb ist sie dort hingefahren.«

»Wie heißt die Freundin?«

»Das weiß ich nicht. Ich habe sie nicht danach gefragt. Und wenn ich gefragt hätte, dann hätte sie nicht geantwortet. So war sie. Er ist genauso«, fügte sie hinzu und deutete auf ihren Mann. Er lächelte verlegen.

»Hat sie gesagt, worum es bei dem Streit ging?«

Anna Larsson schien nachzudenken. Dann faßte sie einen Entschluß.

»Er wollte mit ihr zu irgendeinem Fest, und sie wollte nicht hingehen.«

»Das ist aber ein seltsamer Grund, sich zu streiten.«

Papa Torbjörn fand, daß es Zeit sei, einzugreifen.

»Es war kein Fest. Es war so eine Orgie. Rauschgift, Alkohol, und jeder schläft mit jedem.«

»Du übertreibst!« protestierte seine Frau sanft, und man hatte das Gefühl, daß sie selbst gern einmal an so einem Fest teilgenommen hätte.

»Er ist ein Schwein. Ninni hätte uns in solchen Dingen nie angelogen.«

Kristina ging dazwischen.

»Na, das ist jetzt nicht so wichtig. Sie hatten sich also gestritten, und Ninni fuhr nach Amsterdam. Haben Sie mit ihr gesprochen, als sie dort war?«

»Ich habe mehrmals versucht, sie anzurufen, aber sie war nicht zu erreichen«, sagte die Mutter. »Ich habe mir aber keine Sorgen gemacht, ich wußte, daß sie etwas zu erledigen hatte.«

Ihr Mann sah sie fragend an. Er hatte offenbar keine Ahnung, wovon sie redete.

»Ninni war schwanger. Sie wollte abtreiben, aber sie traute sich nicht, das in Schweden machen zu lassen, weil sich dann die Zeitungen darauf gestürzt hätten. Davor hatte sie panische Angst.«

»Und warum habe ich nichts davon erfahren?« fragte Papa Torbjörn mit belegter Stimme.

Seine Frau nahm seine Hand.

»Sie wollte dich nicht traurig machen.«

Es blieb eine lange Weile still.

Kristina nahm ihren Mut zusammen.

»Wußten Sie, warum sie das Kind nicht wollte?« fragte sie die Mutter, die jetzt ganz wehrlos war. Lange genug hatte sie die Zeitungen abgewimmelt, sie hatte geschwiegen, obwohl sie sich nach jemandem sehnte, mit dem sie darüber sprechen konnte.

»Sie war schwer krank. Sie hatte etwas an der Bauchspeicheldrüse. Man konnte nichts dagegen machen – nur mit einer Transplantation.«

»Ich habe mich als Spender angeboten«, sagte der Vater, »aber das reichte nicht. Die ganze Drüse hätte ausgetauscht werden müssen, nicht bloß ein Teil. Dann wäre es gegangen.«

»Ist sie vielleicht deshalb nach Amsterdam gefahren?« fragte Kristina ein wenig ungeduldig.

»Das wissen wir nicht«, antworteten beide wie aus einem Mund.

Kristina glaubte ihnen. Möglicherweise irrte sie sich, aber sie glaubte ihnen. Außerdem spielte es keine große Rolle. Sie hatte erfahren, was sie wissen wollte. Auch die junge Ninni hatte auf einen Spender gewartet. Es konnte kein Zufall sein, daß sie an Bord des verunglückten Flugzeugs gewesen war. Wenn auch der fünfte Passagier, Anders Lalleholm, eine Transplantation benötigt hatte, konnte sie sicher sein, daß der unbekannte Junge der ihnen zugedachte Spender war.

Würde sie das beweisen können? Vermutlich nicht. Aber sie konnte anfangen, nach Leuten zu suchen, die mit solchen Dingen etwas zu tun hatten. Auch wenn sie damit nicht weiterkäme, würde es bei den Polizeikollegen doch Aufmerksamkeit wecken, und dann wäre schon viel gewonnen.

Sie mußte so viele Informationen sammeln wie möglich, und deshalb fragte sie das Elternpaar, ob sie Ninnis Wohnung sehen dürfe.

Wieder schauten die beiden einander an, mit dem gleichen Resultat wie vorher. Es war die Mutter, die antwortete, sie hätten nichts dagegen.

51

Torbjörn Larsson wollte nicht mitgehen. Er konnte es nicht ertragen, die Wohnung seiner Tochter zu betreten, ihre Sachen zu sehen und dabei zu wissen, daß sie nie mehr zurückkommen würde. Irgendwann in fernerer Zukunft würde er es tun müssen, das wußte er. Aber jetzt noch nicht.

Das waren jedenfalls seine Worte. In diesem Moment war Kristina klar, daß auch er mit ihrem unbekannten Gegner unter einer Decke steckte, daß er versprochen hatte, ihm Bericht zu erstatten über den Verlauf der Unterhaltung. Sie hoffte nur, daß es nicht noch schlimmer war.

Torbjörn Larsson blieb also zurück, und er hielt sich an seiner Kaffeetasse fest wie an einer Rettungsleine. Seine Frau war auch diesmal die Stärkere. Sie nahm ihre Trauer in den Würgegriff und führte Kristina anderthalb Treppen hinauf.

Kaum hatte sie die Tür geöffnet, kam ein junger Kater angesaust und sprang ihr auf den Arm.

»Ist ja gut, Satan! Ist ja gut!«

Kristina war nicht sicher, ob sie richtig gehört hatte.

»Satan heißt er?«

»Ninni hatte manchmal etwas merkwürdige Einfälle.«

»Und Satan kommt allein zurecht?«

»Nein, ich versorge ihn, aber er weigert sich, zu uns herunterzukommen. Er wartet immer noch auf sie. Wer weiß, wie lange.«

Kristina hatte keine Ahnung, was sie eigentlich suchte, und das ist die schlechteste Voraussetzung, um etwas zu finden. Die Wohnung war so eingerichtet, wie man es von einem jungen Mädchen, das viel Geld verdient, erwarten konnte. Teure und geschmackvolle Sachen standen dicht an dicht neben teuren und geschmacklosen. Das beherrschende Element waren ihre Gitarren, fünf an der Zahl.

Im Schlafzimmer, das zum Kanal hin lag, stand ein riesiges Bett.

»Ein Wasserbett. Sie hatte Rückenprobleme«, erklärte die Mutter.

Kristina verspürte Lust, es auszuprobieren, verzichtete jedoch darauf.

»Führte Ninni ein Tagebuch?«

Anna Larsson hatte vermutlich auf diese Frage gewartet. Das Fernsehen hat mittlerweile alle Leute zu Experten gemacht, was die Arbeitsweise der Polizei betrifft. Wortlos öffnete sie die Nachttischschublade. Da lag es.

»Haben Sie es gelesen?« fragte Kristina.

Anna Larssons Reaktion war heftig.

»Wie können Sie so etwas fragen! Haben Sie Kinder?«

»Nein.«

»Ein Kind muß sich auf seine Eltern verlassen können. Und ein Kind wie Ninni ganz besonders. Mir wäre nicht im Traum eingefallen, in ihrem Tagebuch zu lesen. Hätte sie das befürchtet, hätte sie es an allen möglichen Orten verstecken können. Aber es hat die ganze Zeit hier gelegen. Ich habe nicht einmal hineingeschaut.«

Kristina sah, daß Anna Larsson ihr kein Theater vorspielte. Ihr gerader, offener Blick hatte sich verengt und verdunkelt.

»Entschuldigen Sie! Ich habe es nicht böse gemeint. Aber ich muß hineinschauen, ich muß es lesen.«

»Ich kann Sie wohl nicht daran hindern, oder?«

»Nein, eigentlich nicht. Aber ich verstehe, daß es Ihnen unangenehm ist. Ich versichere Ihnen, daß niemand außer mir es zu sehen bekommt. Damit Sie mir glauben, werde ich mich jetzt sofort hinsetzen und es durchgehen. Okay?«

»Ja, tun Sie das, aber ich will nichts davon wissen.«

Kristina setzte sich auf das niedrige Sofa im Wohnzimmer. Anna Larsson ging in die Küche, um Satan zu füttern, der Kristina die ganze Zeit äußerst nervös beobachtet hatte.

Ninni Larsson war Legasthenikerin gewesen, was das Verständnis ihrer Eintragungen erschwerte. Andererseits gab es da gar nicht viel zu verstehen. Von Jungen war die Rede, von anderen Mädchen, von Kleidung, ziemlich oft von Satan und sehr viel von dem Prinzen, der offenbar höchst ausgefallene sexuelle Vorlieben hatte. Einer flüchtigen Notiz war zu entnehmen, daß zu einem gelungenen Liebesakt mindestens drei Personen gehörten. »Gestern Sex mit P. und J. gleichseitig. Anstrengent! Überaal Schwänze.«

Kristina konnte sich den Gedanken nicht verkneifen, wie anfällig die Wirklichkeit war. Ein falsch geschriebenes Wort genügte, um sie zu verändern.

Eines war jedoch sicher. Ninni hatte, wie alle Mädchen ihres Alters, die Tage ihrer Menstruation rot markiert. Sie hatte sie ihrem Tagebuch zufolge am 27. Juli zum letzten Mal bekommen. Sie war also nicht schwanger gewesen. Sie hatte ihre Eltern belogen, oder die Eltern hatten Kristina belogen. Falls diese roten Kringel nicht doch etwas ganz anderes bedeuteten.

In diesem Augenblick kam Anna Larsson zurück, Satan folgte ihr auf den Fersen. Plötzlich, ohne Vorwarnung, rannte der Kater auf Kristina zu und schlug seine Krallen in ihr Bein.

»Aber Satan!« sagte Anna Larsson, beugte sich vor und nahm ihn auf den Arm.

Kristina blieb stumm. Aus irgendeinem seltsamen Grund schämte sie sich. Etwas an ihr hatte den Kater wild gemacht. Was war es? Ihr Geruch? Ihre Kleidung?

»Sie sitzen auf Ninnis Platz«, erklärte Anna Larsson. »Er bewacht ihn. Er ist der einzige, der ...«

Mehr sagte sie nicht. Ihre Stimme kehrte sich nach innen, wie ein Fluß, der seine Richtung ändert.

Kristina wollte gerade das Tagebuch zuklappen, als sie fand, wonach sie gesucht hatte, ohne es zu wissen. Einen Namen. Übrigens nicht falsch geschrieben. Jonathan Hagen. Opernbar. Sechs Uhr.

Das war am 29. Juni gewesen. Drei Tage vor ihrer Abreise nach Amsterdam.

52

Es war zehn nach neun, als Kristina sich verabschiedete und Ninni Larssons Mutter allein in der leeren Wohnung zurückließ, wo der Kater Satan vergeblich auf sein Frauchen wartete. Sie konnte sehen, wie hinter den großflächigen Fenstern der Wohnanlage die Menschen ihren Beschäftigungen nachgingen. Hier und dort war der Fernseher eingeschaltet und versprühte seine Bilder wie ein vergessener Rasensprenger in einem verlassenen Garten.

Sie spürte eine heftige Sehnsucht, in die Stadt zu ziehen. Was sollte sie allein in ihrer großen Villa, wo sie dem psychotischen Hund des Nachbarn öfter begegnete als dem Nachbarn selbst? Eigentlich hatte sie sich dort draußen nie wohl gefühlt, mit Ausnahme einzelner Sommerabende, an denen sie und ihr Mann bis spät in der Nacht im Garten saßen und Wein tranken, während sie über dies oder jenes redeten. Hin und wieder berührten sie einander, ohne Ungeduld. Gewohnheit und Sicherheit dämpften ihr Begehren, trotzdem schmiegten sie sich später in dem breiten Bett eng aneinander, und nicht selten kamen sie sich noch näher.

Auch sonst vermißte sie die Stadt. Als sie an der Universität büffelte, hatte sie eine Einzimmerwohnung in der Gamla Lundagata in Södermalm gehabt. Sie war glücklich gewesen, wenn sie abends nach Hause kam, all die erleuchteten Fenster sah, den Duft vom Kebab-Kiosk einatmete und dem schwarzäugigen türkischen Besitzer zuwinkte.

Oder wenn sie bei der alten Schriftstellerin saß, die nebenan wohnte, und ihren Erzählungen von den Dinosauriern der schwedischen Literatur lauschte, von Gunnar Ekelöf, Ivar Lo-Johansson, Vilhelm Moberg.

Aber die Stadt war nicht mehr das, was sie einst gewesen war. Das wußte sie, und wenn sie es einmal vergaß, wurde sie gleich wieder daran erinnert.

Um zu ihrem Auto zu gelangen, mußte sie einen kleinen Park durchqueren. Sie hätte auch um ihn herumgehen können, aber sie ärgerte sich über sich selbst, als sie merkte, daß sie Angst hatte. Deshalb nahm sie den Weg durch den Park, obgleich ihr Herz hämmerte.

In der Opernbar war sie seit den achtziger Jahren nicht mehr gewesen. Damals hatte sie eine kurze Romanze mit dem zwanzig Jahre älteren Oskar Heston gehabt, der Opernsänger war, wenn auch kein besonders berühmter. Wenig später hatte er seine Homosexualität entdeckt und war mit einem Tänzer vom Opernballett zusammengezogen.

Solange es dauerte, hatte es Spaß gemacht. Sie war erst achtzehn, und Oskar öffnete ihr das Tor zu einer neuen Welt. Außerdem war er ein sehr rücksichtsvoller Liebhaber, der es fertigbrachte, daß die scheue Blüte ihrer Lust sich zu einer fleischfressenden Pflanze entwickelte.

Aber wie gesagt, plötzlich merkte er, daß er sich mehr für das eigene Geschlecht interessierte, und Kristina war wieder auf die gierigen Liebkosungen ihrer gleichaltrigen Freunde angewiesen, bei denen ihr Körper sich anfühlte wie eine ungestimmte Violine.

Jede Stadt hat ihre Oasen. Manche kommen und gehen, andere, sehr wenige, bleiben bestehen und halten die Erinnerung an vergangene Zeiten lebendig. Ein solcher Ort ist die Opernbar. Es spielt keine Rolle, welche Leute heutzutage dort sitzen. Wichtiger ist, wer früher dort gesessen hat.

An diesem Abend wollten offenbar viele dort sitzen, denn es hatte sich schon eine ansehnliche Schlange gebildet. Die beiden Individuen, die breitbeinig und mit breitem Brustkorb dastanden und Schulter an Schulter den Eingang bewachten, erinnerten Kristina an eine Episode aus der griechischen Mythologie, in der die Argonauten durch eine enge Passage segeln mußten, wo zwei riesige Felsblöcke unablässig gegeneinanderstießen und alles zwischen sich zerquetschten.

Auf den Rat hin, den sie von einem blinden Seher bekommen hatten, sozusagen von der antiken Sicherheitspolizei, ließen die Argonauten eine Taube fliegen. Wenn die heil an den Felsen vorbeikam, würden die Argonauten es ebenfalls schaffen, was dann auch geschah.

Kristina hatte ihre Taube zu Hause vergessen, aber sie hatte ihren Ausweis dabei, mit dem sie wedelte, bis die Felsblöcke sie vorbeiließen, wenn auch mit einer ironischen Verbeugung, die der Schlange signalisieren sollte, daß sie leider nicht anders konnten.

Die Prüfungen waren aber noch nicht zu Ende. Der nächste Aufenthalt war die Garderobe. Auch dort hatte die Schlange imponierende Ausmaße, und Kristina stellte sich mit einem leisen Seufzer hinten an. Sie hatte noch nicht viel Zeit zum Nachdenken gehabt, als ihr jemand von hinten auf die Schulter klopfte.

»Kris!«

Es gab nur einen Menschen auf der Welt, der sie so nannte, und das war der Opernsänger, der ihr, weil er keinen Mann aus ihr machen konnte, einen Männernamen gegeben hatte. »O Kris, jetzt fährt der Zug ab«, pflegte er mit seiner tiefen Stimme zu sagen, wenn er sich dem Punkt näherte, an dem die Lust zur Last wird, von der man sich befreien muß.

»Oskar!«

War da nicht in ihrer Stimme noch etwas von dem flehenden Ton aus jener Zeit, als sie so begierig war, auf den davonrasenden Zug aufzuspringen, um gemeinsam mit ihm das Ziel der Reise zu erreichen?

Der Gedanke daran ließ sie beinahe erröten.

Oskar bewegte sich in diesem Aquarium wie ein Fisch im Wasser. Er führte sie an der Schlange vorbei, und sie durfte ihre Jacke hinter der Bar aufhängen, wo eine kleine Garderobe für Stammkunden reserviert war.

Natürlich hatten sie sich viel zu erzählen. Oskar war kein Star geworden, aber immer noch bei der Oper angestellt. Sein Tänzer war durch andere ersetzt worden, aber auch das war schon lange her. Die »Freuden der Liebe« waren ihm zu anstrengend geworden, wie er sagte.

»Abends sitze ich hier und hänge meinen Erinnerungen an die alten Freunde nach. Neue will ich nicht haben, und ich glaube auch nicht, daß ich welche finden würde, selbst wenn ich es wollte. Ich werde ganz einfach alt.«

Kristina protestierte energisch. Er hatte sich nicht

verändert, obwohl fünfzehn Jahre vergangen waren, seit sie sich zuletzt gesehen hatten. Er hatte dichtes Haar, seine Hände waren sehnig und warm, seine Augen neugierig und freundlich. Kurzum, es war ein Vergnügen, neben ihm auf dem Ledersofa zu sitzen, obwohl es ein wenig eng wurde, denn er hatte Fett angesetzt, und sie auch.

»Während meines Lebens habe ich den Arsch mancher Menschen sich verdoppeln sehen«, stellte er fest, sichtlich befriedigt, eine unwiderlegbare Wahrheit verkünden zu können.

Im selben Augenblick nahm er ihre Hand und küßte sie auf die Innenseite, dort, wo Lebenslinie und Liebeslinie sich kreuzen. Es war sehr angenehm, und sie dachte, daß alle Menschen zuweilen ein wenig schwul sein sollten. Aber sie hatte nicht vergessen, weshalb sie gekommen war.

»Hast du schon einmal etwas von einer gewissen Ninni Larsson gehört?« fragte sie.

»Aber ja. Die kleine Ninni! Eine Tragödie, sie war so ein begabtes Mädchen. Sie kam mindestens einmal die Woche hierher. Warum fragst du?«

»Ich möchte es nur wissen. Am neunundzwanzigsten Juni müßte sie hiergewesen sein, sie war mit jemandem verabredet. Du hast das nicht zufällig mitbekommen, falls du an dem Abend hier warst?«

»Nein. Am Neunundzwanzigsten hatte ich Vorstellung, und danach bin ich gleich nach Hause gegangen. Aber wir können die Kellner fragen. Ihnen entgeht selten etwas.«

Er glaubte wohl, daß sie eine Art Journalistin sei,

und er war bemüht, ihr zu helfen. Das war eine willkommene Abwechslung in seinem tristen Leben. Er hob ein wenig das Kinn, sehr diskret. Es dauerte nicht einmal eine Minute, bis Emilio Bartoli, die gute Fee der Opernbar, milde lächelnd vor ihnen stand.

»Emilio, die Dame hier hat ein paar Fragen.«

»Schießen Sie los«, sagte Emilio.

Als Kristina sich vorstellte, spürte sie, daß Oskar auf dem Sofa ein wenig zur Seite rückte.

Es stellte sich heraus, daß Emilio Bartoli am neunundzwanzigsten Juni im Dienst gewesen war und daß er selbst Ninni Larsson und ihren Begleiter bedient hatte, einen sehr gut angezogenen Herrn, der ausgezeichnet schwedisch sprach, obwohl er kein Schwede war.

»Hat er mit Karte bezahlt?«

»Nein, bar.«

»Sie haben nicht zufällig seinen Namen gehört?«

»Doch. Ninni nannte ihn Jonathan. Sie schien sich sehr gut zu amüsieren, sie war wohl ein bißchen für ihn entflammt.«

»Wie sah er aus?«

»Mittelgroß, durchtrainiert, helles Haar und blaue Augen. Armani-Anzug und Rolex. Kein großartiger Typ.«

Kristina stieß einen anerkennenden Pfiff aus.

»Schauen Sie immer so genau hin?«

»Ich kann nichts dafür. Die Leute setzen sich in meinem Hirn fest wie Fliegen auf verkleckertem Honig. Es ist ziemlich anstrengend. Sonst noch etwas?«

»Haben sie lange hier gesessen?«

»Zwei Stunden. Dann wollte sie nach Hause und ins Bett, aber ich glaube, sie war enttäuscht.«

»Warum?«

»Ich hatte so den Eindruck. Er war knallhart. Er wollte etwas ganz anderes von ihr.«

»Das glaube ich auch«, sagte Kristina und bedankte sich.

Oskar saß stumm da, er hatte sich noch nicht von dem Schock erholt, daß sie Kriminalkommissarin war. Er versuchte, sich darüber klarzuwerden, ob das sexy war oder nicht.

»Entschuldige, ich hätte es dir sagen sollen.«

Er sah sie an, und schon hatte er sich entschieden. Es war sexy, doch nun war es zu spät.

»Schade, daß ich schwul bin. Sonst würde ich dich heiraten«, flüsterte er ihr in Bühnenlautstärke zu, so daß die Leute am Nebentisch sie anstarrten. Aber genau das wollte er. Das war seine Art der Selbstvermarktung, auch wenn er es in erster Linie aus Gewohnheit tat, weil er gar kein Interesse mehr daran hatte, sich zu verkaufen.

Ihre bürgerliche Erziehung hinderte Kristina daran, seinen Scherz richtig zu goutieren, aber sie blieben noch ein Weilchen sitzen. Es war wie in der guten, alten Zeit, mit einem einzigen Unterschied. Sie fuhr allein nach Hause.

Das glaubte sie jedenfalls.

53

Die Lampe, die die Auffahrt zu ihrem Haus beleuchtete, brannte nicht. Das wunderte sie. Sie erinnerte sich deutlich, daß sie morgens gebrannt hatte, als sie das Haus verließ. Es war eine Energiesparlampe, die den ganzen Tag über eingeschaltet bleiben sollte, damit sie abends nicht im Dunkeln nach ihrem Schlüsselbund suchen mußte. Aber jetzt war die Lampe aus.

War die Birne verbraucht, oder hatte jemand sie ausgeschaltet?

Rasch wie eine Eidechse sprang die Angst sie an und lief an ihrem Rückgrat entlang.

Ihr blieb nicht viel Zeit, um sich zu fürchten. Ein großer amerikanischer Jeep bog hinter ihr in die Einfahrt und blockierte den Rückweg. Drei hochgewachsene, maskierte Männer stiegen aus, sie hatten Baseballschläger in der Hand.

Was sollte sie tun?

Schreien war zwecklos. Das kostete nur Kraft, und es würde sie ohnehin niemand hören.

Sie dachte an ihren Karatelehrer auf der Polizeihochschule, einen kleinwüchsigen Japaner, der eine Viertelstunde auf den Händen stehen konnte. »Die haben genausoviel Angst wie ich«, dachte sie und federte ein wenig in den Knien, um ihre Balance zu finden. »Wenn man seine Balance findet, kann einen nicht einmal ein Zug überfahren«, hatte der kleine Japaner gepredigt. Jetzt hatte sie Gelegenheit, seine Theorie zu überprüfen.

Es war offensichtlich, daß sie es ernst meinten. Der erste Schlag zielte auf ihre Hüften. Sie konnte ihn leicht parieren, indem sie zurückwich, gleichzeitig nach dem Schläger griff und ihn mit einer schnellen, harten Bewegung zu sich heranzog. Der Angreifer wurde mitgerissen und fiel vornüber.

Der zweite Schlag war schwieriger. Er zielte gegen ihre Beine. Sie mußte hochspringen, und in der Luft war sie wehrlos. Ohne Schwerkraft ist man nichts. Der Schlag traf nicht. Dafür aber der dritte, der sie erwischte, als sie wieder auf dem Boden landete. Ein heftiger Schlag gegen die Rippen, sie rang nach Atem. Jemand rammte ihr einen Schläger in den Bauch, sie fiel hintenüber und hatte keinen Milliliter Luft mehr in der Lunge.

»Na ja, es hätte schlimmer kommen können«, konnte sie gerade noch denken, bevor sie ohnmächtig wurde. Als sie wieder aufwachte, saß sie auf einem ihrer Küchenstühle, die Hände hinter dem Rücken zusammengebunden. Ihr Rock hatte sich bis über die Schenkel hochgeschoben, und sie hätte ihn gern heruntergezogen.

Die drei maskierten Männer standen im Halbkreis vor ihr, so daß sie sie sehen konnte. Sie hielten die Baseballschläger wie Polizisten ihre Waffe.

»Das kann nur eins bedeuten. Sie wollen mich nicht umbringen, sonst hätten sie keine Angst, ihre Gesichter zu zeigen«, dachte sie und preßte die Knie zusammen. Sie sah, daß das Signal ihres Anrufbeantworters blinkte. Wer hatte angerufen?

Dann hörte sie Schritte. Jemand betrat den Raum,

aber sie saß mit dem Rücken zur Tür. Instinktiv versuchte sie, sich umzuwenden, und kassierte sofort einen Schlag von mittlerer Stärke auf den Oberarm. Es war offensichtlich verboten, sich zu bewegen.

Ein Mann war hereingekommen, sie hörte es an dem Geräusch, das seine Schuhe auf dem Fußboden machten. Aber auch an seinem starken Eau de Cologne, das sie wiedererkannte. Yves Saint-Laurents »Opium«. Ihr Mann hatte angefangen, es zu benutzen, als er ihr untreu geworden war.

Die Schritte kamen näher. Schließlich blieb er direkt hinter ihr stehen. Er streichelte ihren Hals, zuerst mit der einen Hand, dann mit der anderen. Dann drückte er plötzlich fest auf ihre Halsschlagader.

Sie versuchte, ruhig zu bleiben.

Er beugte sich über sie, schnüffelte an ihrem Haar.

»O Kommissarin Vendel, Sie können einen Mann zum Wahnsinn treiben.«

Der Akzent in seiner sanften Stimme war kaum hörbar. Aber er war da, und sie wußte, wer hinter ihr stand.

»Jonathan Hagen, was verschafft mir die Ehre?«

Sie schlug einen leichten Ton an, weil sie wußte, daß ihr mächtigster Feind jetzt ihre Angst war, sie würde ihn noch mehr erregen.

Er antwortete nicht sofort. Er ließ die linke Hand unter ihre Bluse gleiten, schob sie unter den BH, nahm ihre Brustwarze zwischen Daumen und Mittelfinger und massierte sie, bis sie gegen ihren Willen hart wurde wie eine Mandel.

»So ist es gut. Ich unterhalte mich nicht gern mit Damen, denen ich gleichgültig bin.«

Seine Stimme war immer noch sanft, aber ein wenig heiser.

Er trat einen Schritt zurück.

»Kommissarin, Sie haben eine Menge Leute über mich ausgefragt. Ich dachte mir, ich sollte die Chance bekommen, selbst darauf zu antworten.«

»Wer sind Sie?«

Sie stellte die Frage rasch, weil sie wußte, daß Schweigen am gefährlichsten war.

Wieder antwortete er nicht gleich. Zuerst knöpfte er ihre Bluse auf, dann den BH. Ihre nackte Brust war ein heller Fleck im Raum, und das schien ihn zu beruhigen.

»Als ich zum ersten Mal nach Schweden kam, war ich neunzehn und hatte gerade angefangen, Medizin zu studieren. Ich wollte Arzt werden. Ich träumte davon, Menschen das Leben zu retten. Aber Kristina – ja, sie hieß auch Kristina – warf all meine Pläne über den Haufen. Sie war Schwedin, sie war Tänzerin und ging auf die Ballettakademie in Amsterdam. Sie war dünn wie eine Stricknadel, und mittags aß sie nur Vogelfutter, aber sie hatte die größten Augen der Welt, und ohne diese Augen konnte ich nicht leben. Als es Sommer wurde und sie nach Hause fuhr, reiste ich ihr nach. Ihre Eltern waren wunderbare Menschen, sehr tolerant. Sie ließen mich bei sich wohnen, ich brauchte nur den Garten zu bewässern und das Boot zu warten. Aber natürlich hielt es nicht. Kristina verliebte sich in einen Schwarzen, einen Tänzer, versteht sich. Ich haßte sie, und ihn haßte ich noch mehr, aber ich konnte nichts dagegen machen. Ich reiste ab und schrieb mich am Skandinavischen Institut in Göttingen ein. Wir hatten eine phantastische Lehrerin, es war ganz unmöglich, bei ihr kein Schwedisch zu lernen. Jeden Sommer fuhr ich nach Stockholm, jobbte hier und da ein wenig, aber vor allem spionierte ich Kristina und ihrem Neger nach. Er machte sie übrigens sehr unglücklich. Er schlief mit all ihren Freundinnen, gab ihr ganzes Geld aus, verprügelte sie und versuchte sie an einen saudiarabischen Scheich zu verkaufen. Ich konnte nicht abseits stehen und zuschauen, wie die Frau, die ich über alles liebte, allmählich verkümmerte. Eines Nachts, als er wie üblich sturzbetrunken nach Hause kam, habe ich auf ihn gewartet. Es war eine sehr dunkle Nacht, und ich hatte sie noch dunkler gemacht, indem ich drei Straßenlaternen in der Nähe ihrer Villa zertrümmerte. Zuerst habe ich ihm eins mit so einem Baseballschläger hier verpaßt. Ich wollte ihn bloß warnen, aber er war bärenstark. Er legte die Hände um meinen Hals, so wie ich es gerade bei Ihnen gemacht habe, und er hätte mich erwürgt, wenn ich mich nicht gewehrt hätte. Ich wehrte mich. Ich habe ihm einen langen Schraubenzieher ins Ohr gerammt. Mehrmals, bis er sich nicht mehr bewegte.«

Hier machte Jonathan Hagen eine Pause und zündete sich eine Zigarette an.

»Möchten Sie rauchen, Kommissarin?«

»Mit gefesselten Händen?«

»Das ist kein Problem.«

Immer noch hinter ihr, ließ er sie ein paar tiefe Züge tun. Sie registrierte, daß er einen großen, bösartig roten Fleck in der Handfläche hatte. Ein Ekzem? Jetzt zogen die maskierten Männer ihr die Bluse und den Rock aus und fingen an, sie überall zu küssen und zu streicheln.

»Vorsichtig, Jungs! Danach hat sich die Kommissarin lange gesehnt.«

Seine Stimme war schärfer geworden. Sie wußte, daß sich in den nächsten Minuten ihr Schicksal entscheiden würde. Sie versuchte nachzudenken, aber es gelang ihr nicht. Sie konnte nicht einmal begreifen, wie sie in diese Situation geraten war. Nackt, gefesselt, in der Gewalt eines Psychopathen, dessen Schläger sie an allen möglichen Stellen streichelten, küßten, bissen und abschleckten. Sie war das Objekt einer seiner Phantasien. Wo würde diese Phantasie enden? Würde man sie vergewaltigen oder töten? Oder was sonst?

»Ich war damals knapp zweiundzwanzig. Ich hatte meinen ersten Mord begangen, gleichzeitig aus Liebe und aus Haß. Ich spürte eine grandiose, wunderbare Erleichterung, als sein großer schwarzer Körper da vor mir lag. Er war hirntot, aber sein Herz schlug noch. An seinem Herzen konnte man noch Freude haben. Ich rief die Notaufnahme im Krankenhaus Huddinge an. Dann fuhr ich nach Hause, in der Überzeugung, daß der Neger am Ende noch zu etwas nütze gewesen war.

So hat es angefangen. Schweden war ein hungriger Markt. Reiche Leute und eine protestantische Moral sind die ideale Voraussetzung für solche Geschäfte. Es lief wie geschmiert. Der Bedarf an Spendern war groß und die Verfügbarkeit auf legalem Weg sehr begrenzt. Auf illegalem Weg war sie grenzenlos. Arme Leute in Indien oder Südostasien oder Südamerika verkauften sich und ihre Kinder an jedermann. Es gab auch aufständische Gruppen, die das taten. Sie kidnappten die Kinder ihrer Widersacher und verkauften sie für Geld oder für Waffen.«

»Aber hatten Sie nie ein schlechtes Gewissen?«

Jonathan Hagen lachte kurz.

»Nein, ich hatte kein schlechtes Gewissen. Oft habe ich dazu beigetragen, hervorragenden Künstlern, Politikern oder Unternehmern das Leben zu retten. Es störte mich nicht, daß jemand dafür bezahlen mußte. So ist es doch. Am Ende muß immer jemand sich opfern – oder geopfert werden.«

Das war das dritte Mal, daß sie diese Worte hörte. Erst von Mitsuko, die ihren Geliebten verloren hatte, dann von der Frau des Geliebten, und jetzt von einem Henker. Vielleicht sind wir ja alle Henker, konnte sie gerade noch denken, bevor Jonathan Hagen weitersprach.

»Ein schlechtes Gewissen habe ich höchstens deshalb, weil ich angefangen habe, Sie anzurufen, Kommissarin Vendel. Das war dumm, aber ich konnte der Versuchung nicht widerstehen. Ich habe mich über Sie geärgert, weil Sie nicht vernünftig genug waren, die Dinge auf sich beruhen zu lassen. Nur wegen eines völlig unbekannten und anonymen Jungen. Außerdem hat es mich ungeheuer amüsiert, daß Sie nach einer falschen Theorie vorgingen. Sie haben die ganze Zeit geglaubt, daß die Leute, die bei dem Unglück umgekommen sind, im Begriff waren, sich operieren zu lassen. In Wirklichkeit waren sie alle schon operiert. Was den Jungen betraf, hatten Sie allerdings recht. Er war unterwegs nach Norwegen. Dort gibt es viele Millionäre mit Gesundheitsproblemen. Ich hatte eine Million für ihn bekommen, und gekauft hatte ich ihn für drei Kalaschnikoff Saiga 12-K. Ein ausgezeichnetes Geschäft. Als Sie anfingen, Fragen zu stellen, wurden meine Auftraggeber hier und in Norwegen sehr nervös. Mein Einfall, die beiden anderen Jungen in der Baptistenkirche zu entsorgen, war ein Fehler. Ich bin ein Opfer meiner eigenen Sentimentalität geworden. Nach Kristina war ich Viktoria begegnet. Ihr Großvater war der letzte Baptistenprediger von Huddinge gewesen. In seinem ehemaligen Dienstzimmer haben wir uns oft geliebt. Deshalb bin ich dort wieder hingefahren, und dann, als wir zwei ausgeweidete Körper loswerden mußten, wurde es eben diese Kirche. Im übrigen war ich sicher, daß die Polizei, das heißt Sie, sich dadurch in die Irre führen lassen würde. Statt dessen habe ich Sie auf die richtige Spur gesetzt. Ich hätte Sie gleich töten sollen. Ich hatte oft Gelegenheit dazu. Aber ich war überzeugt, daß Sie mir nicht auf die Schliche kommen würden, und so habe ich ein wenig mit Ihnen gespielt. Außerdem fand ich Sie ungewöhnlich attraktiv, Kommissarin. Kurz und gut, ich konnte mich nicht entscheiden. Und ich kann es immer noch nicht! Soll ich Sie den Jungs hier überlassen, oder soll ich es selbst erledigen?«

Er machte eine Handbewegung, und die drei maskierten Männer zogen sich zurück.

Was würde jetzt geschehen? Sie hätte sich gern nach ihm umgedreht, aber sie wußte, das war das Gefährlichste, was sie hätte tun können. Solange sie ihn nicht gesehen hatte, gab es eine Überlebenschance.

»Es gibt keinen Grund, mich umzubringen. Sie haben gewonnen.«

Ihre Stimme klang beinahe sachlich.

»Ja, aber wie könnte ich mich sicher fühlen? Sie hätten keine Hemmungen, die halbe Gesellschaft in die Luft zu sprengen, Karrieren zu zerstören, Menschen zu ruinieren, Ehen zu verwüsten. Ich habe mein Leben lang an diese Gesellschaft geglaubt. Aber Sie sind eine Moralistin. In Wirklichkeit bin ich es, der Recht und Ordnung repräsentiert, während es Ihnen nur um Normen und Werte geht.

Ich bin der wahre Polizist, der die Menschen vor dem Tod beschützt, Sie dagegen verlangen, daß man den Tod mit Fassung und Würde akzeptiert. Und daß jedes Leben gleich viel wert sein soll. Das ist eine große Lüge. Mit einem afrikanischen Kind, das sowieso sterben würde, bevor es zehn ist, kann man zwei oder drei Leben retten. Wertvolle Leben. Von Wissenschaftlern, Juristen, großen Künstlern. Ich finde, man sollte bis zuletzt kämpfen, koste es, was es wolle. Die vornehmste Pflicht des Menschen ist es, zu überleben. Und ich bin zufällig der Meinung, daß gewisse Leben mehr wert sind als andere.«

»Sie sind nicht Gott, Herr Hagen. Sie können den Tod nicht überlisten.«

Er antwortete nicht. Eine quälende Stille hing im Raum. Plötzlich fühlte sie einen Stich im Oberarm. Sie sah, wie er die Nadel einführte. Er hatte eine ruhige Hand. War das eine Todesspritze?

»Nein, das ist keine Todesspritze.« Er schien ihren Gedanken erraten zu haben. »Ich will Sie nicht umbringen. Sie können ohnehin nichts mehr tun. Ich bin sicher, daß Sie nicht einmal jemandem erzählen werden, was sich heute nacht zwischen uns zugetragen hat. Sie werden sich viel zu sehr schämen. Deshalb brauche ich Sie nicht zu töten. Sie werden allerdings sehr tief schlafen. Meine drei Jungs werden es der Reihe nach mit Ihnen treiben. Falls Sie in dieser Hinsicht besondere Wünsche haben, sollten Sie uns das jetzt sagen. Wenn Sie morgen früh aufwachen, werde ich fort sein. Man wird nirgends eine Spur von mir finden, Sie werden glauben, das alles sei gar nicht wahr. Ich meinerseits werde nicht mit Ihnen schlafen. Ich stehe nicht auf Moralistinnen.

Übrigens bin ich doch so etwas wie ein Gott. Jedenfalls für Sie. Ich habe Ihnen mein Gesicht nicht gezeigt. Genauso, wie es die Götter machen.«

Sie dachte an die Stelle in der Bibel, wo Gott in seiner kolossalen Kleinlichkeit sich darauf einläßt, Moses nicht etwa sein Gesicht zu zeigen, sondern seinen Rücken. Gleichzeitig spürte sie, wie ihr Körper gefühllos wurde, wie die Nackenmuskeln nachgaben, die Augenlider schwer wurden. Sie schaute auf die Uhr. Fünfzehn Minuten nach eins. Sie versuchte dagegen anzukämpfen, sie biß sich auf die Lippen, bis sie bluteten, um sich wach zu halten.

Es half nichts.

54

Sie wurde vom Telefon geweckt. Schon vor einer halben Stunde hatte sie es klingeln hören, aber da hatte sie es nicht geschafft, sich aufzuraffen. Es war fast zehn Uhr. Sie hatte beinahe neun Stunden geschlafen. Ihr Kopf war schwer. Sie nahm den Hörer ab.

Es war Maria. Sie klang besorgt.

»Wo steckst du? Bist du krank?

»Ich habe verschlafen.«

»Verschlafen?«

»Zuviel Wein gestern abend. Ich komme in einer Stunde oder so.«

Sie legte auf und blickte um sich. Sie lag in ihrem Bett. Das Zimmer war genau wie sonst. Keine Anzeichen dafür, daß irgend jemand hier gewesen war. Keine Spur, auch nicht die kleinste.

Bis auf das Polaroid-Foto auf dem Kissen neben ihr.

Sie war nackt. Ein männliches Glied näherte sich ihren Lippen. Ein anderes lag zwischen ihren Brüsten. Auf der Rückseite stand eine Warnung. »Noch eine Frage, und dieses Bild wird veröffentlicht.«

War sie vergewaltigt worden?

Sie tastete nach ihrem Geschlecht. Es schien nicht so. Kein Spermafleck, nirgends. Sie fürchteten offenbar die DNA-Analyse. Es handelte sich also um registrierte Kriminelle, Profis.

Sie war besiegt. Jonathan Hagen hatte sie in der Hand, und sie konnte nichts tun. Kein vernünftiger Mensch würde ihr glauben, und je dringender sie versuchen würde, jemanden zu überzeugen, desto mehr würde sie gedemütigt werden.

Das war die Logik der Vergewaltigung. Er hatte gewußt, was er tat. Ja, sie war besiegt.

Das Risiko eines guten Boxers, hatte sie irgendwo gelesen, liegt darin, daß er zu spät aufgibt.

Jetzt war es an der Zeit, aufzugeben.

Zwei Stunden später teilte sie ihrem Chef Göran Syrén mit, daß der Fall abgeschlossen sei. Er lächelte zufrieden und wollte sie zum Abendessen einladen. Sie lehnte höflich ab.

Danach informierte sie ihre Mitarbeiter. Der Fall sei abgeschlossen. Dann befaßte sie sich mit dem nächsten Fall, der auf ihrem Schreibtisch lag. Um ihre Trauer, ihren Zorn und ihre Demütigung in den Griff zu bekommen. Stumm und ganz allein. Sie konnte niemandem erzählen, was geschehen war. Weder ihrem Vater noch ihren Kollegen. Sie dachte des öfteren an Marie Lönngren. Sie hätte ihr vielleicht helfen können. Aber sie traute sich nicht, sie anzurufen. Sie dachte auch an die Ärztin Eva Strömhed. Und traute sich wieder nicht.

Sie überlegte, ob sie nicht überhaupt kündigen sollte. Ihr Leben ändern, an einen anderen Ort ziehen, Lehrerin werden.

Die Zeit verfloß. Sie magerte ab. Ihr Blick wurde stumpf.

Maria glaubte, sie sei unglücklich verliebt. Wer ahnt schon, daß unglücklicher Haß die gleichen Symptome hervorrufen kann?

So ging es einen Monat lang, und sie beschäftigte

sich hauptsächlich damit, an der elektronischen Debatte über die großen Pianisten der Gegenwart teilzunehmen. Außerdem hatte sie einen privaten Briefwechsel mit »Rote Nelke« begonnen. Ein weiterer Monat verging. Eines Tages, als sie wie üblich auf ihrem Bürostuhl saß und aus dem Fenster starrte, auf die farbenfrohen Hochhäuser von Flemingsberg, stürmte Maria herein.

»Das pflaumensüchtige Völkchen hat unseren Freund Jonathan geschnappt.«

Es fühlte sich an, als ob eine Nitroglyzerinbombe in ihrem Herzen explodierte.

Alles war eigentlich sehr einfach. Maria hatte regelmäßig mit ihrem italienischstämmigen Freund Alberto Huis telefoniert, und die beiden hatten vage Pläne, sich demnächst zu treffen.

55

Eine Woche später holte Alberto Huis sie am Flughafen Schiphol ab und fuhr sie zum Gästehaus der Polizei mitten in Amsterdam, einen Steinwurf vom großen Blumenmarkt entfernt.

Kristina hätte gern eine Menge Fragen gestellt, aber sie beherrschte sich, denn sie merkte, daß Alberto das noch aufschieben wollte. Vermutlich aus reiner Gastfreundschaft wollte er ihnen eine Weile dienstfrei geben. Die Sache mit Jonathan Hagen eilte nicht, er konnte nicht mehr weglaufen.

Die Gästewohnung hatte zwei Zimmer, die offenbar lange nicht benutzt worden waren. Es roch ein wenig muffig, und Alberto beeilte sich, die Fenster zu öffnen. Dann ließ er sie in Ruhe, damit sie sich häuslich einrichten konnten. Sie verabredeten ein Abendessen zu dritt. Natürlich kannte er ein phantastisches kleines Lokal. Kaum hatte er die Tür hinter sich zugemacht, als Maria auch schon fragte:

»Na? Wie findest du ihn?«

»Er hat freundliche Augen, wie man früher von häßlichen Mädchen zu sagen pflegte«, antwortete Kristina, um sie ein wenig zu ärgern.

In Wirklichkeit sah Alberto Huis mit seinen blauen Augen sehr gut aus, und etwas Gefährliches lag in seinen scheuen Bewegungen, gegen die ein Hirsch wie ein Elefant wirken mußte.

Maria machte sich bereits Sorgen.

»Und wenn er sich nun in dich verliebt?«

Kristina lachte unbekümmert.

»Ach was. Ich habe doch gesehen, wie er dich anschaut.«

»Wie eine Pflaume?«

»Genau.«

Sie packten aus. Maria zeigte ihr die Unterwäsche, die sie sich extra für diesen Anlaß gekauft hatte, dabei machte sie eine Faust und stieß ihren Schlachtruf aus:

»Avanti popolo!«

»Für Syrén solltest du dir auch eine Garnitur zulegen«, schlug Kristina vor. Sie war von der Großzügigkeit ihres Chefs noch ein wenig benommen. Er hatte die Reise nach Amsterdam bewilligt, Maria inbegriffen. Er sei auch einmal jung gewesen, hatte er gesagt, er kenne sich mit »Herzensangelegenheiten« aus.

Wenn es um Klischees ging, war er beinahe unschlagbar.

Während Maria unter der Dusche »Avanti popolo« sang, stand Kristina am Fenster und beobachtete das lebhafte Treiben auf der Straße. Laute Stimmen, hochgewachsene Frauen, Einwanderermütter mit einem Kind auf dem Arm, dem zweiten im Kinderwagen und dem dritten im Bauch. Die Väter waren wer weiß wo. Ihr Blick fiel auf einen elf- oder zwölfjährigen Jungen, der mit seiner Mutter an der Straßenkreuzung stand. Sie rührten sich nicht, als hätte ein verborgener, grausamer Gott sie zu völliger Unbeweglichkeit verdammt.

So stehen neu angekommene Immigranten da, denn sie wissen, daß ihnen alle Wege versperrt sind.

Sie schloß das Fenster mit einem Gefühl der Erleichterung, als hätte sie das Licht am Ausgang des dunklen Labyrinths gesehen, in dem sie herumgeirrt war.

Sie hätte gern mit Maria darüber gesprochen. Doch als die aus der Dusche kam, mit einem großen Badetuch um ihren schlanken Körper und Erwartungsfreude im Gesicht, beschloß Kristina, das auf morgen zu vertagen.

Sie sagte nur:

»Assistentin Valetieri, Sie sind ein sehr hübsches Mädchen!«

Alberto kam fast eine halbe Stunde früher als verabredet. Er schlug vor, einen Spaziergang zu dem Restaurant zu machen, in dem er einen Tisch reserviert hatte.

Kristina und Maria waren beide zum ersten Mal in Amsterdam. Sie genossen die milde Abendluft, die kleinen Brücken über die Kanäle, das Gassengewirr.

Um sie herum wurden alle möglichen Spielarten der Liebe gelebt. Es schien, als liefe die eine Hälfte Amsterdams Hand in Hand mit der anderen herum, ohne Rücksicht auf Alter und Geschlecht.

Alberto war stolz auf sein aufgeklärtes Land.

»Holland ist das Land der Vernunft! Und ein freies Land. Hier wurden alle Bücher gedruckt, die der Papst oder jemand anders verboten hatte.«

»Freiheit des Denkens ist großartig, aber Rechtschaffenheit des Denkens ist noch großartiger.«

Kristina zitierte Bischof Thorild, um ihn ein wenig zu dämpfen, obwohl sie gemerkt hatte, daß er eigentlich schon mitten im Vorspiel war. Er versuchte, Maria für sein Land zu begeistern und damit für ihn.

Aber ihr war auch klar, daß er nur deshalb so viel redete, weil sie dabei war. Er redete, um das knirschende Geräusch zu übertönen, das ein fünftes Rad am Wagen macht. Das fünfte Rad war sie. Natürlich war es nicht anders zu erwarten gewesen, aber sie hatte Hunger. Nach dem Essen würde sie irgendeinen akzeptablen Grund finden, die beiden allein zu lassen.

Maria, die anfangs einen halben Meter Abstand zwischen sich und Alberto gelegt hatte, ging nun dicht an seiner Seite und versuchte, sich auf seinen Rhythmus einzustellen, als ob sie schon zusammen im Bett lägen. Kristina konnte ein Lächeln nicht unterdrücken. Alberto, der spürte, wie Marias Schenkel den seinen streifte, hatte eine gewisse Heiserkeit in der Stimme und mußte sich immer wieder räuspern.

Kristina hatte schon so eine Ahnung gehabt, und nun zeigte sich, daß sie recht behielt. Das phantastische kleine Restaurant war das »Rembrandt«, das Dino Armagnoni hatte kaufen wollen, und sie konnte ihn gut verstehen, als sie im Schein der hübschen Lampen saßen und das Silberbesteck matte Reflexe auf die Gesichter der Gäste warf – eine Art optischer Vorspeise.

Sie aßen und tranken mit gutem Appetit, und als die zweite Flasche Rotwein auf den Tisch kam, wurde Alberto plötzlich ernst, wandte sich zu Maria, sah ihr in die Augen und sagte etwas auf italienisch. Sie lachte leise, sagte aber nichts.

Jetzt war es Zeit.

Kristina krümmte sich, hielt sich den Bauch und fluchte.

»Ich muß in die Wohnung zurück!«

Die beiden waren bestürzt, wenn auch nicht übermäßig.

»Geht's dir nicht gut?«

Maria spitzte beim Sprechen die Lippen, um nicht vor Erleichterung zu lächeln.

Alberto schaute in eine andere Richtung.

»Na ja, du weißt schon ... meine Tage.«

»Jetzt?«

»Ich kann es mir nicht aussuchen.«

»Soll ich mitkommen?«

»Auf keinen Fall!«

Alberto begriff, daß er jetzt keine Fragen stellen durfte. Im übrigen hielt sich sein Bedauern in Grenzen. Er wollte nur wissen, ob sie zu der Wohnung zurückfinden würde.

Die Nachtluft war feuchter geworden und der Betrieb auf der Straße noch lebhafter. Bars, Restaurants und Cafés waren überfüllt. Sie hatte Sehnsucht, sich unter die anonyme Masse zu mischen, das zu suchen, was sie nun schon so lange vermißte. Menschliche Nähe. Sie ging ein wenig ins Blaue, überquerte hier einen Kanal und bog dort in eine Gasse ein, um plötzlich festzustellen, daß sie sich verlaufen hatte. In Amsterdam kann das leicht passieren. Sie fragte sich, ob es nicht das war, was sie sich in ihrem Innersten wünschte, sich einfach zu verirren, einmal im Leben aus der eigenen Haut zu kriechen wie eine Schlange.

Sie geriet in immer engere und dunklere Gassen, fest entschlossen, keine Angst zu haben, nicht wegzulaufen, sich dem zu stellen, was dort irgendwo auf sie wartete.

Schließlich fand sie sich vor einem Hauseingang mit einem großen Eisengitter wieder, über dem »Eros Center« stand.

Sie wußte, was das war, sie hatte so etwas in Hamburg und Frankfurt schon gesehen, aber sie konnte nicht einfach daran vorbeigehen. Diesmal ging sie hinein. Außer der Geschäftsführerin, einer alten Dame, war sie die einzige Frau hier. Überall lagen Zeitungen und Zeitschriften mit pornographischen Bildern. An einer Wand flimmerte ein Großbildschirm, auf dem ein Kind, ein zehn- oder elfjähriges Mädchen, einem hochgewachsenen Schwarzen einen blies. Als er fertig war, spritzte er dem Mädchen direkt ins Gesicht, und sie schnitt wollüstige Grimassen.

Das Sonderbare war, daß niemand sich um Kristina kümmerte. Die Männer blätterten in Zeitschriften, suchten sich Videofilme aus oder schauten auf den Bildschirm. Aber nicht auf sie.

Mit furchtbarer Klarheit wurde ihr bewußt, daß sie für diese Männer ganz einfach nicht existierte, und der Grund dafür war, daß es sie wirklich gab, daß sie aus Fleisch und Blut war. Sie konnten mit einer lebendigen Frau nichts anfangen, sie waren nur mit ihren Phantasien beschäftigt. Sie alle schoben Dienst in Onans riesiger Armee.

Oder war es noch etwas anderes? Konnte es sein, daß sie sich schämten, daß sie sich erwischt fühlten wie einst in der Pubertät, als die Mutter ohne Vorwarnung hereingekommen war und sie auf frischer Tat ertappt hatte?

Gab es immer noch die Sünde, trotz aller Freizügigkeit?

Sie fragte die Dame an der Kasse nach dem Weg zum großen Markt, das war der einzige Orientierungspunkt, der ihr in diesem Moment einfiel. Sie erhielt eine detaillierte Beschreibung. Es war nicht weit.

Sie bedankte sich und ging hinaus. Zunächst mußte sie den Rotlichtbezirk durchqueren, wo Mädchen aller Rassen halbnackt hinter großen Glasscheiben saßen oder standen, während die Männer, auch sie verschiedenster Herkunft, vorbeischlenderten und sie mit Kennermiene betrachteten.

Schließlich sah sie die große Straße, die zum Markt führte. Sie fühlte sich wieder sicher und beschloß, einen Abstecher in eine Bar zu machen, weil sie einen ganz trockenen Mund hatte. Es war eine Bar wie jede andere, mit lauter Musik und lärmenden Gästen. Sie schaute sich begierig um, und erst nach einer ganzen Weile entdeckte sie, daß sie in einem Schwulenlokal gelandet war.

Man schien sich nicht um sie zu kümmern, küßte sich ungeniert, knutschte und lachte laut. Ganz hinten an der Bar spielte sich offensichtlich eine Trennungsszene ab, zwischen einem korpulenten Mann in den Vierzigern und einem Jungen um die Zwanzig, der Jeans und einen dünnen Pullover trug. Sein Haar war blond gefärbt, und seine Stimme klang, als ob er jeden Augenblick in Tränen ausbrechen wollte. Von Zeit zu Zeit versetzte ihm der andere eine harte Ohrfeige.

Neben ihr saßen zwei jüngere Frauen, schwarz gewandet wie griechische Witwen. Hin und wieder trafen sich ihre Zungen in einem spielerischen Duell, während sie Kristina träge Blicke zuwarfen.

Sie schloß die Augen und versuchte sich selbst in dieser Situation zu sehen. Es gelang ohne weiteres, und das erschreckte sie.

Was würde als nächstes kommen? Würden die Leute auf offener Straße den Beischlaf vollziehen? Und wenn man alles an die Öffentlichkeit zerrte, was bis dahin privat gewesen war – was würde man statt dessen verheimlichen?

Je mehr man von seinem Körper zeigte, desto mehr versteckte man von seiner Seele, wenn man denn eine hatte.

Das Schockierende würde in Zukunft vielleicht gerade darin bestehen, eine Seele zu haben.

Ihre Stimmung verdüsterte sich immer mehr. Der Ausflug ins Reich der menschlichen Nähe hatte sich als Sackgasse erwiesen.

Sie zahlte und ging. Hinter sich hörte sie die beiden Frauen lachen.

56

Es war nicht leicht, in der fremden Wohnung einzuschlafen, mit den fremden Straßengeräuschen und in einem fremden Bett. Sie war nicht mehr so jung, daß der Schlaf von selbst kam. Inzwischen war es mehr eine Sache der Entschlußkraft.

Sie las ein wenig in ihrem Buch, trank ein Glas Wasser, schloß das Fenster, öffnete es wieder und schloß es von neuem. Irgendwann in den frühen Morgenstunden schlief sie ein, um zehn Minuten später davon aufzuwachen, daß Maria leise hereinschlich.

Kristina war unsicher, wie sie sich verhalten sollte. Zeigen, daß sie wach war, oder sich schlafend stellen?

Sie entschied sich für letzteres, aber sie verfolgte mit gespannter Aufmerksamkeit Marias Schritte in der Wohnung. Sie hörte die Toilettenspülung. Das klang beruhigend. Weniger beruhigend war, daß Maria schluchzte.

Sie stand sofort auf. Maria stand halbnackt vor dem Spiegel und entfernte ihre Schminke mit einer Reinigungscreme, und gleichzeitig liefen ihr die Tränen über die Wangen.

»Was ist passiert? Was ist los?«

Maria trocknete ihr Gesicht ab.

»Gar nichts.«

»Ach so. Dann ist es ja kein Wunder, daß du weinst!« sagte Kristina ironisch und wußte gar nicht, wie recht sie hatte. Maria weinte, weil nichts passiert war.

Am Anfang war alles so leicht gegangen. Sie und Alberto hatten ununterbrochen geredet, und schon die italienische Sprache ließ eine Frivolität zwischen ihnen aufkommen, eine tollkühne, heitere Stimmung, deren natürliche Fortsetzung es zu sein schien, daß sie zusammen unter eine Decke krochen.

So kam es auch. Aber dann war es vorbei. Maria merkte zu ihrem Entsetzen, daß sie sich nicht hingeben konnte, daß sie in den vielen Jahren, die sie mit ihrem Mann verbracht hatte, in ein Muster gezwungen worden war, das Alberto nicht kannte. Seine Liebkosungen waren zu zart, seine Küsse zu naß, sein Glied war zu nachgiebig, es fehlte die selbstsichere, arrogante und aggressive Härte, mit der ihr Mann sie genommen hatte, ob sie wollte oder nicht.

Alberto zog sich zurück. So lagen sie nebeneinander wie elternlose Kinder in einem Fünfziger-Jahre-Film. Der richtige Augenblick war verflogen.

»Ob ich wohl irgendwann wieder frei und ich selbst sein kann?«

Kristina streichelte zart über ihre nackten Schultern und sagte leise:

»Nein. Niemand ist frei und er selbst. Wir sind … wie heißt das in der Sprache der Ökonomen? Wir sind Joint Ventures.«

Dann führte sie sie zu ihrem Bett und deckte sie fest zu.

»Jetzt schlaf ein bißchen.«

Danach ging sie in ihr Zimmer zurück, machte das Fenster wieder auf und betrachtete die Morgendämmerung über Amsterdam, wie man sich einen Tiger im Tierpark anschaut.

57

Als der Morgendunst vom Ijsselmeer sich zerstreut hatte, wurde es ein sonniger Septembertag mit frischem Wind, der immer wieder drehte und den salzigen Duft der Nordsee ebenso herantrug wie den Geruch der nahen Kanäle. Kristina fühlte sich an einen schwedischen Garten im Herbst erinnert, wenn die Falläpfel langsam zu faulen beginnen.

Es war Sonntag, die Kirchenglocken läuteten, die Sünden der vergangenen Nacht waren wie weggeblasen. Amsterdam war eingeschlafen wie eine betagte Halbweltdame und erwacht wie eine Jungfrau.

Die holländische Polizei wollte einen Wagen schicken und sie zum Untersuchungsgefängnis bringen lassen, wo Jonathan Hagen einsaß.

Schweigend tranken sie ihren Kaffee.

Plötzlich brach Maria in Gelächter aus.

»Mein Gott, was war ich albern! Ich muß Alberto anrufen und mich entschuldigen.«

»Jetzt haben wir andere Probleme«, sagte Kristina, halb im Scherz und halb im Ernst.

Sie war gespannt auf die Begegnung mit Hagen. Sie wußte, daß sie nichts beweisen konnte. Trotzdem wollte sie ihn sehen, den Mann, der sich geweigert hatte, ihr sein Gesicht zu zeigen. Das war das einzige, was sie wollte, ihn sehen. Und ihm eine einzige, einfache Frage stellen.

Sie war abhängiger von ihm als er von ihr. Er hätte sie vollständig links liegen lassen können, wenn er gewollt hätte, er hätte es sogar ablehnen können, mit ihr zu reden. Aber das hatte er nicht getan. Im Gegenteil, wenn man Alberto Huis glauben durfte. Er schien sogar begierig darauf, sie zu treffen.

Das verwirrte sie.

In diesem Moment klingelte es an der Haustür. Maria meldete sich sofort an der Sprechanlage, weil sie hoffte, es sei Alberto, aber er war es nicht. Es war eine Frauenstimme, die ein ausgezeichnetes Englisch sprach und erklärte, daß sie erwartet würden.

»Soll ich mitkommen?« fragte Maria.

»Was willst du? Einen Rat oder eine Anordnung?«

Kristina zitterte innerlich vor Nervosität, und Maria nahm ihr nichts übel. Sie begnügte sich damit, ihre eigene Entscheidung zu treffen.

»Ich komme mit.«

Kristina nickte erfreut.

Sie waren beide an weibliche Polizeibeamte gewöhnt, aber sie hatten nicht damit gerechnet, Marilyn Monroe als Polizistin verkleidet zu sehen. Erika van Schultz wunderte sich schon lange nicht mehr über die Wirkung, die ihre Schönheit auf andere hatte. Sie schenkte ihnen ein nachsichtiges Lächeln und einen kühlen, knappen Händedruck, setzte sich ans Steuer des Polizeiautos und fuhr los, ohne auch nur eine Sekunde ihrer Zeit oder der ihrer Kolleginnen zu verschwenden.

Kristina hatte ein paar Fragen, die Erika genauso kühl und knapp beantwortete. Nein, es war nicht die Gewitztheit der holländischen Polizei, die sie auf Jonathan Hagens Spur geführt hatte, obwohl sie mehrere

Jahre hinter ihm her gewesen waren. Sein eigener Körper hatte ihn verraten. Er war schwer krank und auf ärztliche Hilfe angewiesen.

»Wie krank ist er denn?«

»Er wird sterben.«

»Woran?«

»Krebs im Endstadium. Es fing mit einem roten Punkt in der Handfläche an, und dann hat es sich im ganzen Körper verbreitet.«

Kristina erinnerte sich plötzlich an die Rötung in seiner Hand, die sie in jener schrecklichen Nacht vor zwei Monaten gesehen hatte. In der Nacht, seit der nichts mehr war wie vorher.

»Ist er bereit, auszusagen?«

Erika antwortete, ohne den Blick von der Straße zu wenden.

»Er legt seine Eingeweide auf den Tisch. Das ist nicht angenehm, aber es erleichtert die Sache.«

Kristina hätte sie gern gefragt, ob sie immer so gesprächig sei, aber sie ließ es bleiben. Sie vermutete, daß Erika van Schultz oft mit unerklärlicher Aggressivität konfrontiert wurde, weil die Leute ihr zeigen wollten, wie gleichgültig ihnen ihr Aussehen sei.

Sie beschränkte sich darauf, einen Blick mit Maria zu wechseln, die stumm dasaß. Man brauchte nicht der liebe Gott zu sein, um zu wissen, woran sie dachte.

Es war zehn Uhr fünfunddreißig, als sie das Verhörzimmer betraten, das klein und fensterlos war. Jemand hatte versucht, diesen Mangel dadurch auszugleichen, daß er ein großes Plakat mit Van Goghs Sonnenblumen an die Wand geklebt hatte. Es hatte mehr symbolische Wirkung, als dem Betreffenden vermutlich klar war.

Denn die Sonnenblumen waren nicht immer Sonnenblumen gewesen. Der Sage nach hatte sich einst ein junges, kühnes Mädchen in den Sonnengott verliebt. Ihr Vater fand das ungehörig und sperrte die Tochter in einen unterirdischen Kerker, wo nur ein einziges Mal am Tag ein Lichtstrahl sie erreichte. Das Mädchen wartete auf diesen Augenblick, sie lebte dafür, und als sie starb, verwandelte sie sich in die Sonnenblume, die bis zum heutigen Tag ihr Gesicht der Sonne zukehrt.

Man hätte nicht sagen können, daß die Sonne aufging, als Jonathan Hagen von zwei stabilen Wachtmeistern ins Zimmer geführt wurde. Er war furchtbar abgemagert und hatte seine Haare verloren, er sah mehr tot als lebendig aus. Nur seine Stimme war noch dieselbe.

Er begrüßte sie herzlich, wie alte Bekannte, die sie ja auch waren.

»Kommissarin Vendel! Welche Ehre! Und Assistentin Maria Valetieri. Sie sind mir einmal sehr nahe gekommen, im Konsum in Huddinge. Als Sie mit dem Schlosser redeten, saß ich gerade auf seiner Toilette. Es hat mich fünfhundert Kronen gekostet, aber die schwedische Polizei macht immer wieder den gleichen Fehler. Sie glaubt, daß die Allgemeinheit auf ihrer Seite steht. Das ist nicht der Fall.«

Jonathan Hagen bat um eine Zigarette, und er bekam eine von seinen Wächtern. Er nahm einen tiefen Zug und grunzte vor Genuß.

»Wie schön, wenn man rauchen kann, ohne Angst um seine Gesundheit zu haben«, sagte er und nahm noch einen Zug, nach dem er heftig husten mußte. Er trank ein wenig Wasser, der Husten ließ nach. Es wurde sehr still im Raum.

»Herr Hagen, ich habe nur eine einzige Frage, und ich wäre für die Antwort sehr dankbar. Wissen Sie, wie der Junge hieß?«

Er schien nachzudenken.

»Was bekomme ich, wenn ich Ihre Frage beantworte?«

»Was wollen Sie haben?«

»Ich möchte in die Arme genommen werden. Das ist vermutlich das letzte Mal.«

Kristina nickte.

»Karim ben Sahid.«

Kristina stand auf, ging um den Tisch herum und legte für einen Augenblick die Arme um Jonathan Hagen.

Dann wandte sie sich ab und verließ wortlos das Zimmer. Maria folgte ihr. Als sie nach draußen kamen, regnete es.

Erika van Schultz fuhr sie zum Flughafen. Erst als die Maschine abhob, stellte Maria die Frage, die ihr auf der Seele brannte.

»Wie konntest du nur?«

Kristina antwortete nicht gleich, denn gerade hatte der Pilot das Wort ergriffen. Als er fertig war, sagte sie ruhig:

»Sein Leid ist größer als meins. Er ist im Unrecht, aber er leidet. Und je mehr er im Unrecht ist, desto mehr leidet er. Er versucht, den Tod zu überlisten. Das hat bisher nur einer geschafft, und er ist nicht glücklich geworden.«

Die Antwort überzeugte Maria nicht.

»Wer war das? Der den Tod überlistet hat, meine ich.«

Kristina seufzte.

»Oh, das ist eine lange Geschichte. Sein Name war Sisyphos.«

»Ach so. Der Typ, der einen Stein auf den Gipfel eines Berges wälzt, und dann rollt der Stein wieder herunter. Er hat den Tod überlistet? Und deshalb mußte er das machen?«

Kristina lächelte strahlend.

»Ja, der Typ ist das. Und das war der Grund.«

Diesmal war Maria mit der Antwort zufrieden. So zufrieden, daß sie ihr einen schnellen Kuß gab, der für die Wange bestimmt war, aber auf dem Hals landete, genau dort, wo noch die unschuldigste Berührung bei Kristina ein wohliges Erschauern auslöste.

Es war traurig, sich das einzugestehen, aber sie konnte mit dem Tod in all seiner Ungerechtigkeit besser umgehen als mit der Liebe, nach der sie sich so lange gesehnt hatte.